ALL MASTER

올마스터 8

박건 퓨전 판타지 장편소설

초판 1쇄 찍은 날 § 2007년 1월 30일
초판 1쇄 펴낸 날 § 2007년 2월 10일

지은이 § 박건
펴낸이 § 서경석

편집장 § 문혜영
편집책임 § 최하나
편집 § 문정흠

펴낸곳 § 도서출판 청어람
등록번호 § 제1081-1-89호
등록일자 § 1999. 5. 31
어람번호 § 제1-0793호

주소 § 경기도 부천시 원미구 심곡1동 350-1 남성B/D 3F (우) 420-011
전화 § 032-656-4452 팩스 § 032-656-4453
http://www.chungeoram.com
E-mail § eoram99@chollian.net

ISBN 978-89-251-0528-4 04810
ISBN 89-5831-823-6 (세트)

8

귀환

CHUNGEORAM FUSION FANTASTIC STORY

Contents

다차원의 여행자
Chapter 51

2,021년 12월 24일. 오후 10시.

　갈색 머리칼의 여인이 수많은 사람들을 헤치며 달려온다. 그녀의 이름은 데이나 디제스터. 키리에나 레스처럼 나와 같은 길드에 속한 길드원이며, 음유시인으로 마스터에 이른 마에스트로(Maestro)다.

　"돌아왔어요~!"

　숨이 찬 듯 헥헥거린다. 하긴, 그녀는 순수한 예술가라서 체력이 50 정도(건장한 성인 남성의 체력은 30)밖에 되지 않으니까. 그렇기에 그녀는 '달려서 지친다' 라는 직접계의 유저들에게는 다소 생소한 상황이 가능한 것이다.

　"나도 왔어."

　"다녀왔습니다."

　에일렌과 키리에도 돌아왔다. 수많은 사람들로 거리가 가득 차 있었지만 어차피 귓속말을 하며 맵(지도:현재의 좌표를 알 수 있다)을 볼 수 있는 유저들에게 사람 찾는 것쯤은 숨 쉬는 것만큼이나 쉬운 일이다.

"에, 저기… 그런데, 레온."

"왜?"

"그 뒤의 녀석… 누구야?"

에일렌의 말에 내 뒤쪽에 있던 녀석이 고개를 들어올렸다. 물론 그렇다고 해서 얼굴이 보이는 건 아니었다. 녀석은 보라색 복면으로 눈과 코를 가리고 있었으니까.

"에, 으음. 아!"

녀석은 잠시 바보 같은 소리를 내며 허둥대었다. 딴생각을 하고 있었군. 나도 가끔 그럴 때가 있어서 잘 안다.

"괜찮아요?"

"아, 네. 이것참, 잠깐 딴생각을 해서."

하하하, 하고 실없는 웃음을 흘린다. 얼굴에 착 달라붙는 보라색 복면. 저거 꽤 오래 쓴 물건이군. 얼굴 가릴 일이 많았던 걸까?

"밀레이온님, 그분은 새 일행이십니까?"

"…어이, 소개."

"하하하, 이것참."

녀석은 허탈한 웃음을 짓더니 일행을 보며 예를 표했다.

"뵙게 되어 반갑습니다. 욥이라고 불러주시면 좋겠군요."

"욥이라니? 성은?"

"하하, 그런 거 없……."

"비밀이래. 가끔 이런 녀석이 있잖아?"

유저 중에 성이 없는 녀석 따위는 없다. 애초에 이름을 뭘로 하든 성은 붙어 나오니까. 성과 이름은 모든 유저들이 가지는 있는 일종의 인식 코드. 따라서 상당히 중요하지만 그럼에도 유저 중에는 성을 감추는 녀석이 있다. 요컨대 보안이랄까? 애초에 성을 모르면 귓속말도, 위치 파악도 할 수 없으니까. 물론 귓속말을 막는 것도, 위치 파악을 막는 것도 시스템상 가능하긴 하지만. 뭐, 세상엔 별놈이 다 있는 법이다.

"여기서 이럴 게 아니라 식사라도 하러 가죠? 슬슬 저녁인데."

"그게 좋겠다. 너도 갈 거지?"

에일렌의 말에 키리에가 고개를 끄덕였다.

"물론입니다, 에일렌님."

"우우, 언니라고 부르라니까?"

"저, 저는 그런 식의 호칭에 익숙하지 않아서……. 아니, 그보다 딱 한 번만 더 시험을 보시면 안 되는 겁니까? 제가 90점에 이르렀을 정도이니 단 한 번 만에 89점을 맞으신 에일렌님이라면……."

"됐어. 한 번 꽝이면 계속 꽝이지 뭐."

"하지만……."

키리에는 못내 아쉬운 듯 더듬거렸지만 에일렌은 가뿐히 무시하고 내 옆에 섰다. 친해졌군. 아니, 그것보다 키리에가 공손해졌다는 편이 맞으려나?

"뭘 한 거야?"

"뭘 하긴, 그냥 약간 지도해 줬을 뿐이지."

"그래서 90점이 넘은 거야?"

"응. 엄살을 부리기는 하지만 키리에도 천재 쪽에 속하는 인간이니까."

그렇다기보다 마스터는 대부분 수재 이상이라는 말이 맞겠지. 일루전의 시스템상 어지간한 재능이 없으면 마스터에 이를 수 없으니까. 만약 일루전 서비스가 2~3년 정도 되었다면 계속된 노가다로 마스터에 이른 녀석도 많겠지만, 일루전이 생긴 지는 이제 겨우 반년이 조금 넘었을 뿐이다. 무슨 수를 썼든 간에 재능이 없어서야 그건 좀 힘들겠지.

"그런데 식사는 어디서 할 거야?"

“근처에 식당이 많으니 하나 골라서 가면 되겠죠.”

데이나는 고개를 들어 도처에 서 있는 빌딩(Building)들을 바라보았다.

“어?”

그때 조용히 이야기만 듣고 있던 욥이 경악성을 내질렀다. 왜 그러나 하고 돌아보니 그가 빌딩을 가리키고 있다.

“무슨 일입니까?”

“14층이던 건물이 15층이 됐습니다!”

“하?”

그의 말에 모두의 눈에 물음표가 떠오른다. 물론 그 물음표는 ‘정말?’ 에서의 물음표가 아니라 ‘그게 어때서?’ 의 물음표다.

“14층이 15층이 됐다니까요? 한 층이 뿅! 하고 생겼단 말입니다!”

“증축(增築)했나 보죠. 크리스마스라 사람이 바글거리는 만큼 층수도 많은 게 좋을 테니까.”

“그, 그렇게 간단한 문제인 겁니까?”

황당하다는 표정으로 이제는 15층이 되어버린 건물을 바라보는 욥. 정말로 당황한 모양이군. 일루전을 플레이하는 유저라면 증축쯤은 모를 리가 없는데.

“그럼 저기로 하죠. 막 늘어난 만큼 손님이 적을 테니.”

“찬성~”

“좋습니다.”

모두가 승낙한 이상 시간을 끌 필요도 없었기에 우리는 지체없이 식당으로 향했다. 화이트 크리스마스라는 컨셉 때문일까? 주변은 눈으로 가득 차 있었고, 그런 눈 속으로 수많은 사람들이 오가고 있었다.

지잉.

“응?”

문득 들리는 진동음에 발걸음을 멈춘다. 진동한 것은 오른팔에 걸려 있는 팔찌. 그것은 우리 길드원들이 받은 아이템으로, 서로 간의 위치 파악이나 길드 채팅을 하는 데 쓰는 물건이다.

"여어, 다들 뭐 하나?"

"앗! 레스 아저씨예요."

"레스?"

당연한 말이지만 레스의 목소리를 들을 수 있는 건 레이나와 키리에, 그리고 나를 포함한 길드원들뿐이다. 이건 길드 채팅(Guild Chatting)이니까. 내가 고개를 끄덕이자 키리에가 팔찌가 감겨 있는 오른팔을 들어올리며 속삭이듯 중얼거렸다.

"길드 채팅."

"무슨 일이십니까?"

"오, 키리에구나. 옆에 있는 둘은 누구냐?"

"밀레이온님과 데이나 양입니다. 그 외에 다른 동행 분들도 계시고요."

키리에의 말에 뭔가 왁자지껄한 소리가 들려왔다. 이게 길드 채팅이라는 걸 생각했을 때 그렇게 떠들고 있는 건 아마도 길드원들이라는 말이겠지.

"마침 잘됐군. 나도 지금 일행하고 같이 있으니 합류하도록 하지."

레스의 말에 이번엔 데이나가 말한다.

"그럼 같이 식사해요! 우리도 식당에 가던 중이었으니까 금방 만날 수 있을 거예요. 에에, 위치는 X247, Y452, Z58이에요."

"Z58? 높이로 보아하니 빌딩이로구먼. 알았다."

그 말을 끝으로 은은히 울리던 팔찌의 진동이 가라앉았다. 채팅을 종료한 모양이군. 가만히 있던 에일렌이 물어왔다.

"뭐라고 벙긋거리는 거야?"

"길드원들이 같이 식사하자고 해서. 같이 갈래?"

"당연하지."

이제는 인간의 몸을 얻었지만 그녀는 여전히 나와 심령으로 연결된 환원령이다. 나와 1킬로미터 이상 떨어지면 답답함을 느끼기 시작하고, 3킬로미터 이상 떨어지면 고통과 함께 페널티가 부가되기 시작한다. 괜히 멀리 가서 좋을 게 하나 없다는 말이다.

"친한 분들하고 만나야 하시는 모양이군요. 그럼 저는 이만 가도 될까요?"

"안 돼."

"아하하, 이것참."

욥은 곤란하다는 표정으로 헛웃음을 지었다. 물론 웃는다고 해봐야 보이는 건 입뿐이지만 그것만으로도 그가 웃는다는 것을 알기는 쉽다. 무엇보다 그는 나와 똑같은 얼굴을 가지고 있었으니까.

"그나저나 확실히 신기하긴 하지? 존재 농도가 이렇게 같은 존재라니."

"존재 농도?"

처음 들어보는 단어에 의문을 표하자 제니카의 얼굴이 묘해진다.

"존재 농도, 아니, 존재 확률을 몰라? 그럼 왜 이 녀석을 잡아두겠다고 한 건데?"

"똑같이 생긴 데다가 시리우스의 문장이 없었으니까요. 오라 패턴(Aura Pattern)이 일치하기도 하고."

"아, 그런 방법도 있구나."

오오, 하며 고개를 끄덕이는 제니카의 모습에 욥은 쓴웃음을 지었다.

"하하하, 존재 확률에 오라 패턴이라니. 조만간 차크라의 기운이 느껴져~ 하는 인간도 나오는 거 아닙니까?"

"차크라? 그거라면 나도 다루는데."

별 생각 없이 한 말이었는데 욥은 깜짝 놀라 눈을 치켜뜬다.

"뭐라고요?! 당신은 마력을 다뤘잖습니까!"

"내공도 써."

"그런······."

믿을 수 없다는 듯 눈을 끔벅거리는 욥. 난 신체(神體)가 가지는 특이성을 설명해 줄까 하다가 귀찮아져 어깨만 으쓱였다.

이걸로 확실해졌군. 이 녀석은 유저가 아니다. 하지만 유저가 아닌 존재가 일루전에 들어왔다는 것도 좀 문제로군. 밖에서 공간 이동이라도 시전한 건가? 하지만 일루전은 신들의 능력에 의해 보호받고 있을 텐데.

"아, 그런데 그 복면 말이에요."

"아, 아! 눈까지 가리고 있는 거 말입니까? 물론 이렇게 눈을 가리면 앞이 안 보이지만······."

"에? 뭐, 안 보인다거나 그런 게 아니라 센스가 꽝이라고요. 저 아저씨처럼 하는 게 낫잖아요?"

데이나는 손을 들어 수많은 사람 사이에서 걷고 있는 한 사내를 가리켰다. 큼직한 사이즈의 컴포짓 롱 보우를 등에 차고 있는 그는 새의 깃털이 그려져 있는 천으로 멋들어지게 눈을 가렸다.

일정 레벨 이상의 궁수에게서 가끔 볼 수 있는 모습이었지만 욥은 황당하다는 표정을 짓는다.

"에, 저 사람은 왜 눈을 가리고 있는 겁니까?"

"욥 씨는 궁수가 아니신가요?"

"굳이 말하자면 마법사 쪽입니다만."

"하? 근데 왜 눈을 가리세요?"

도리어 모르겠다는 듯 고개를 갸웃거리는 데이나의 모습에 욥은 뭐라 말도 못하고 입만 벙긋거렸다. 뭐, 궁수가 눈을 가리는 건 가끔 있는 일이다. 오히려 제일 가리면 안 되는 직업이 궁수 아냐? 라고도 생각할 수 있겠지만, 그들도 정말로 싸울 때는 눈가리개를 푸니까. 요컨대 저 눈가리개는 일종의 훈련인 셈이다.

궁수의 레벨이 25에 달하게 되면 천리안(千里眼)을 획득하게 되고, 그대로 40레벨을 넘어서게 되면 슬슬 투시(透視)라든가 집안(集眼)이 가능해진다. 그리고 저 눈가리개는 평소에도 투시를 사용해 그 능력을 극대화하는 훈련. 물론 저런 방식의 훈련은 초장거리 사격을 전문으로 하는 궁수들만 하기 때문에 모든 궁수들이 눈을 가리고 다니거나 하지는 않지만 말이다.

"그냥 심상치 않은 장소의 사람들이라고만 생각했는데 이건 상상을 초월하는군요. 여러 곳을 돌아다녀봤지만 이런 곳은 처음입니다."

투덜대며 입을 다무는 욥. 어느새 일행들은 식당이 있는 건물에 도착했다.

"여긴가? 몇 층까지 올라가면 되지?"

"막 생긴 층이니까 당연히 최상층이겠죠."

"내가 들어다 줄까?"

"괜찮습니다."

키리에는 제니카의 친절을 가볍게 거절한 후 데이나를 안아 들었다. 그리고 점프. 15층이나 되는 빌딩의 높이는 50여 미터에 이르러 점프로 도달할 수 없을 정도였지만, 키리에는 빌딩의 벽을 가볍게 타고 달려 순식간에 최상층까지 뛰어 올라갔다.

"와우, 타인을 안은 채 저만한 높이를 달려 올라갈 수 있다니, 대단하네."

"확실히."

지금 키리에가 사용한 스킬은 몸을 가볍게 하는 경(輕)과 육체의 어느 한쪽으로 빨아들이는 힘을 발휘하는 흡(吸). 그 두 개를 사용하면 빌딩 올라가는 것쯤은 간단한 일이지만, 타인을 안은 채 저렇게 달려 올라가는 건 확실히 대단하다. 경은 타인의 무게를 줄여주지 않을 뿐만 아니라 흡은 발동 시간을 짧게 할수록 까다롭기 때문이다. 지금 저 한 동작만으로 키리에는 자신의 역량을 드러낸 셈이다.

“…엘리베이터 같은 건 없는 겁니까?”

“없을 겁니다.”

“계단도?”

“건축 방식이 저렇다 보니 그런 건 만들기 힘든 모양이에요. 보통 정사각형 원룸만 층층이 쌓아 올리는 방식이죠.”

“그, 그렇게 하면 못 올라가는 사람이 나오진 않습니까?”

“없어요. 알아서들 잘하니까요.”

물론 정말로 아무것도 없는 건 아니어서 층층마다 길이 1미터쯤 되는 쇠막대기가 하나씩 박혀 있다. 정 비행 능력이 없다면 그거라도 잡고 올라가라는 뜻이겠지. 물론 20렙 전사만 돼도 그쯤은 한다.

“레온, 나도!”

“에, 은신이라면 몰라도 흡이나 경은 쓸 수 있지 않아?”

무엇보다 그녀는 내가 가진 직업 모두를 공유하니까. 그 레벨은 30에 미치지 못하지만 그것만으로도 빌딩을 타고 올라가는 것쯤은 간단할 것이다.

“들어줘.”

“하지만…….”

“들―어―달―라―고.”

죽죽 늘어지는 목소리에 한숨이 나온다.

“…뭐, 할 수 없지.”

“아싸~!”

해맑게 웃으며 다가오는 에일렌. 하지만 그때 제니카가 한결 더 밝은 미소를 띠었다.

“떠올라라. 비상(飛上)하는 3월(三月).”

“꺅?!”

순간적으로 마나가 휘몰아치는가 싶더니 에일렌의 몸을 삽시간에 날려 보낸다. 눈 깜짝할 사이에 최상층에 도착해 어안이 벙벙한 표정을 짓는 에일렌. 제니카는 웃으며 내 옆에 섰다.

"올라갈까?"

"그, 그러죠."

휘오오—

부드럽게 바람이 불어오는가 싶더니 나와 제니카를 15층까지 띄워 올렸다. 알고는 있었지만 정말 엄청난 마법 능력이군. 좀 전에 주문이 필요했던 건 에일렌이 나는 것을 순간적으로 거부해서일 뿐, 4클래스의 비행쯤은 주문도 없이 사용할 수 있는 모양이다.

"엄청나군요. 15층이면 결코 낮은 높이가 아닌데 다들 아무렇지 않게 올라오다니."

"욥?"

어느새 옆에 서 있는 그의 모습에 나는 깜짝 놀랐다. 이럴 수가! 제니카의 비행 주문은 그를 들어주지 않았을 텐데? 제니카도 놀란 듯 휘파람을 불었다.

"대단한 수준의 공간 이동이네."

"과찬이십니다."

공손하게 답하기는 했지만 정말 대단한 일이다. 공간 제어가 가능해지는 건 7클래스부터. 즉, 그는 아무리 낮아도 7클래스 이상의 마법사라는 말이다. 가볍게 놀라고 있는데 제니카를 째려보던 에일렌이 말문을 열었다.

"아직 길드원들인가 하는 녀석들은 안 온 모양이네. 가게도 한산한 편이… 우왁?!"

그때 밖에서 거대한 보따리가 건물 안으로 날아들어 일행들은 깜짝 놀라 방어 자세를 취했지만 짐은 매끄러운 곡선을 그리며 착지했다.

"얼씨구, 뭔 놈의 손님들이 주인보다 먼저 왔… 밀레이온?"

"레이그란츠님?"

나는 거대한 보따리에 올라타 날아온 남녀를 보며 휘파람을 불었다. 레이그란츠와 유리아로군. 짐 위에 탄 다음, 바람의 정령으로 날아온 건가? 쉽지 않은 일이긴 하지만 라운드 파이터인 동시에 엘리멘탈 마스터이기도 한 레이그란츠에게는 간단한 일이기도 하다.

"앗! 밀레이온, 안녕! 제니카랑 키리에도 있네?"

"오랜만입니다, 유리아님."

서로 알던 사이인 듯 자연스럽게 인사하는 유리아와 키리에. 제니카는 보따리에 가득 담긴 요리 도구와 재료들을 보고는 눈을 동그랗게 떴다.

"너, 요리사였던 거야? 완전 의외인데."

"의외면 의외지 완전 의외는 또 뭐야?"

"그야 말 그대로지. 넌 요리를 안 할 것처럼 생겼으니까."

제니카의 말에 유리아는 발끈하는 표정을 지었지만 이내 인정한다는 듯 고개를 끄덕였다.

"아아. 뭐, 틀린 말은 아니네. 실제로도 난 요리를 못하니까."

"그럼 이것들은 뭐야?"

제니카의 물음에 레이그란츠가 대답했다.

"푸하하하! 요리사는 나다!"

"에엑, 진짜? 손님한테 독극물을 먹이면 안 돼!"

"거, 실례되는 말을 아무렇지도 않게 하는군. 그럼 실프 1번부터 10번까지 소환!"

레이그란츠의 외침과 함께 건물 안으로 어마어마한 규모의 바람이 몰아쳤다. 깜짝 놀라 몸을 사리는 사람들. 그때 레이그란츠는 오른손을 들어올렸다.

"세트 온(Set On)!"

휘오오오!!

무지막지한, 그러나 차갑게 절제된 바람이 보따리 안에 있던 짐 전부를 휘감았다. 물론 주변으로 흩어지는 바람도 만만치 않아 인간 사이즈의 존재는 순식간에 휩쓸려 버릴 정도였지만 우리들 중 일반인은 아무도 없었다. 심지어 욥마저도 차원을 왜곡시켜 바람을 깔끔하게 막아내고 있었다.

"에, 바람 좀 막는 데 차원까지 왜곡시킬 필요가 있나?"

"뭐, 저 정도 왜곡은 소규모라 일단 차원을 다룰 수만 있다면 그리 어렵지 않은 편이야. 그렇다 해도 오버인 것은 확실하지만."

레이그란츠가 일으키는 바람은 공격성을 띠지 않는, 문자 그대로 일반적 의미에서의 바람이다. 이런 바람쯤이야 마나만 활성화시키고 있어도 비껴가기 마련인데 공간 왜곡이라니. 아니면 그만큼의 왜곡쯤은 아무렇지도 않을 정도로 마법 실력이 뛰어나다는 것일까? 그렇게 생각하던 차에 레이그란츠가 말했다.

"좋아, 설치 끝! 주문해."

"으엑, 진짜 요리하려고?"

"무시하지 마! 이래 봬도 요리는 10레벨이니까."

"뭐?"

"진짜?"

질끈 동여맨 머리띠, 등에 새겨진 태극 마크. 거기다 전체적으로 헐렁한 도복. 정말 길 가다 우연히 만나도 '앗, 무투가다!' 하고 소리칠 외모의 소유자가 요리사, 그것도 10레벨이라고?

"대단하다. 10레벨이면 아무 데서나 식당을 열어도 성공할 정도잖아?"

"일루전은 재료 구하기가 좋아서 연습도 편하니까."

"아무리 그래도 고등학생이 10레벨은 좀……."

"거, 쓸데없는 소리 말고 주문이나 해! 적당히 돈 벌고 이벤트를 하러 가야 한단 말이야!"

난 투덜대는 레이그란츠를 보며 한숨 쉬었다. 장사꾼은 못 될 녀석이군. 요리사는 대장장이에 비해 고레벨이 많은 편이라지만, 그래도 10레벨이면 상당한 어필이 될 텐데 광고도 안 하고 식당을 열다니. 물론 입소문이라든가 하는 게 있을 수도 있지만 잠깐 열고 가는 거라면 다 소용없는 일이다. 난 9레벨이면서도(물론 대장장이라는 직업 자체의 특성이 있긴 하지만) 상당한 금액을 벌었지만, 보아하니 녀석은 그러기 힘들 것 같다. 뭐, 어차피 돈은 충분하다고 생각하면 별 문제 없는 일이지만 말이다.

"좋아! 그럼 이거랑 이거랑 이거랑 이거!"

"중식, 한식, 일식에 패스트푸드랑 프랑스 요리?! 막 시키지 마! 요리하기 귀찮아지잖아!"

"우후후, 말 많기는. 손님은 왕이야."

제니카가 우훗~♡ 하고 무분별한 하트를 날려댔지만 레이그란츠는 꾸준히 투덜댈 뿐 별로 동요하지 않았다. 아아, 그러고 보니 예전에 동행하던 사이였지?

"여어~! 우리도 왔네!"

"앗! 레스 아저씨, 오셨… 어?"

막 고개를 돌리던 데이나가 깜짝 놀라는 모습에 나 역시 고개를 돌려 바라보았다. 큼지막한 문(계단 같은 게 없어서 열고 나가면 바로 떨어지는 문이기는 하지만 어쨌든) 앞에는 8개의 마법진에 둘러싸인 은빛 골렘이 떠 있었다.

"우하하! 놀랐지? 우리 럭셔리가 드디어 비행 능력을 얻었다!"

"…럭셔리?"

설마 골렘 이름이 럭셔리인 거냐? 한심하다기보다는 왠지 슬퍼질 정도의 네이밍 센스다. 아무리 그래도 그렇지 럭셔리가 뭐냐, 럭셔리가.

"그나저나 골렘에 걸려 있는 주문은 반중력[Antigravity]입니까?"

"오, 바로 알아보는군. 바로 그렇다네."

"뭐, 좋긴 하지만 제어가 어려울 텐데."

물론 반중력은 훌륭한 주문이지만 SF소설처럼 급가속을 한다거나 자유롭게 움직인다거나 하기는 힘들다. 보통 마법에서 말하는 반중력은 말 그대로 반(反)중력. 즉, 힘을 위로밖에 가할 수 없는 반쪽짜리니까. 물론 그건 5클래스 때의 이야기일 뿐, 8클래스에 이르러 제어가 이루어지게 되면 UFO에 가까운 움직임이 가능해지긴 한다. 실제로 8클래스의 반중력은 국민 비행 마법이라는 플라이(Fly)조차 뛰어넘는 비행 주문으로 평가받고 말이다.

"8클래스라."

그래, 8클래스. 말이 쉽지, 8클래스가 옆집 애 이름도 아니고 아무나 쓸 수 있을 리가 없지 않은가? 게다가 그 정도 클래스의 주문을 사물에 부여하는 건 사실상 불가능에 가깝다. 그게 가능하려면 9클래스 혹은 반중력에 특화된 8클래스 마법사가 있어야겠지.

"아아, 이 주문은 단순히 뜨는 데 중점을 두고 있을 뿐이야. 움직임은 이걸로 취하지."

철컹!

레스의 손짓에 따라 럭셔리의 등에서 날개 모양의 부스터가 솟아오른다. 와우, 별걸 다 만들었군. 이 정도면 완전 SF인데?

"능력만 보자면 어지간한 가디언(Guardian)에 맞먹겠는데요?"

"뭐, 내 레벨이 모자라서 정말로 가디언은 아니지. 이런 장비들을 달아도 기본 스펙이 달리는 건 어쩔 수 없고."

그렇다 해도 실로 쓸 만한 비행 능력이다. 지금만 해도 이만한 건물을 한 번에 올라왔을 정도니까. 사실 연금술사라는 건 특수 성향이 강해 저런 골렘을 타지 않으면 15층 정도의 높이는 올라오기 힘들다.

레스는 럭셔리를 문 앞에 공간 고정(空間固定)시켜 놓은 후 건물 안으로 들어섰다. 그리고 그런 그의 뒤를 따르는 세 명의 마스터.

"오랜만입니다, 트레스카님."

“아, 밀레이온님이시죠?”

건장한 체격에 자신의 키만 한 창을 가지고 있는 독일계 사내의 이름은 트레스카 오브 바실리스크. 베가본드 길드 유일의 창술사이며, 현실에서도 운동선수라고 하는 그의 몸에는 띠처럼 보이는 마나의 고리가 얽혀 있다. 마법사도 골랐군. 아니, 뭐, 이렇게 기운을 느낄 것도 없이 스스로 마창사(魔槍士)라 소개하기는 했지만 말이다.

“형님! 오랜만!”

“멜피스도 오랜만이네.”

초등학생으로 보이는 소년이 푸른 털의 늑대를 탄 채 다가온다. 푸른 털의 늑대에게서 느껴지는 청색의 오라. 나는 깜짝 놀랐다. 푸른 털의 늑대가 지닌 기운은 실로 엄청나 글레이드론조차 능가할 정도였기 때문이다.

[뭘 보나, 인간.]

“진화했군.”

“네. 이제 최상급 환수에요.”

태연한 표정을 지었지만 솔직히 막 한숨이 나온다. 불쌍한 글레이드론. 녀석은 분명 강하지만 지금 이 녀석과 싸우면 분명히 질 것이다. 아니, 뭐, 특성이나 능력 문제가 아니라 소환사의 서포트가 없으니까. 내 소환사로서의 레벨은 25에 불과하기 때문에 글레이드론을 보조하기는커녕 오히려 녀석의 힘이 약간이나마(원래는 심각해야 하지만 내 자체 마력이 높아서 약간) 억눌러진다. 반대로 하멜 녀석은 어떨까? 최상급 소환사인 멜피스에 의해 능력이 200~300%. 심하면 800~1,500% 이상 증폭된다. 물론 그 비정상적인 증폭에는 마스터 스킬이라는, 다소 사기적인 스킬이 포함된 거긴 하지만 그 효과만큼은 의심할 필요가 없겠지.

“다들 가면 갈수록 강해지네.”

“연구와 훈련을 멈추지 않으니까요.”

에헴, 하고 웃으며 팔짱을 끼는 멜피스. 이 녀석, 초등학생 주제에 너무 세진 거 아냐? 허탈한 마음에 한숨을 쉬는데 마지막 일행이 조용조용한 걸음으로 건물 안으로 들어섰다.

"아, 오랜만입니다, 레오나 양."

"……."

검은 머리칼에 차분한 분위기를 가진 그녀의 이름은 레오나 오브 라우레시아. 사령술사로서 마스터에 이른 그녀는 약간은 진한 청색의 원피스에 큰 챙 깃털 모자를 쓰고 있었다. 그리고 어깨에 앉아 있는 것은 푸른 깃털의 독수리.

"독수리?"

[네~ 독수리지요.]

명쾌한 답변에 모두들 경악했다.

"말했다?!"

"환수?"

깜짝 놀라 호들갑을 떠는 사람들의 모습에 독수리는 다시 말한다.

[하하. 저에요, 저. 패러디.]

"패러디? 하, 하지만 그 모습은……."

[웃차!]

독수리는 가볍게 날아올랐고, 그와 동시에 그 모습이 희미해지며 순식간에 10대 후반의 청년으로 변했다. 그것은 극히 순식간인 동시에 자연스럽기까지 해 모두들 놀람을 감추지 못했다.

"둔갑술(遁甲術)? 변이(變異)? 폴리모프(Polymorph)?"

"우와, 저런 건 처음 본다."

옆에 불덩이가 떨어져도 '아놔, 매너' 하고 넘긴다는 유저들이 깜짝 놀라서 호들갑을 떨자 패러디는 멋쩍다는 듯 헛웃음을 지었다.

"어쨌든 반갑습니다. 저는 패러디 오브 라우레시아, 이쪽은 레오나 오브 라우레시아입니다."

"…반가워."

너무나도 해맑아 수많은 사람들에게 인기가 있을 것 같은 패러디와 왠지 칙칙해서 미녀임에도 가까이가기 꺼려지는 레오나. 이 커플도 여전하구만. 문득 조용히 있던 욥이 묻는다.

"좀 전에 그건 어떻게 한 겁니까?"

"사실 전 변신술사(變身術士)거든요. 도술과 주술, 마법을 융합해 육체를 변신술 쪽으로 특화시켰죠."

"변신술사?!"

모두들 어이없다는 듯 소리쳤다. 풍술사나 화염술사라면 또 모르겠지만 특정 계통을 정해 마력 회로를 특화시켰단 말인가? 속성 특화만 해도 엄청나게 어렵다는 걸 생각했을 때 정말 대단한 일이다.

모두들 놀라는 가운데, 문득 트레스카가 주변을 둘러보며 휘파람을 불었다.

"와우! 그러고 보니 MS를 할 때가 떠오르네요."

"MS?"

"모르세요? 마비노기 세컨트(Mabinogi Second)라고, 일루전이 생기기 전에는 최고 인기의 게임이었는데."

그런 게임이 있었나? 아니, 뭐, 연구소에 들어가고부터는 게임에 전혀 신경 쓰지 않았으니 할 수 없는 일이다. 딱 1년 전만 해도 게임 따위(적어도 그때의 내 생각은 그랬다)를 할 거라고는 상상조차 못했으니까.

"그래서, 그 게임이 뭐?"

제니카의 물음에 트레스카는 어깨를 으쓱였다.

"MS에는 세계 통합 서버가 있었는데, 거기서 한국인들의 위명이 대단했다는 말이죠."

“아, 나, 그거 알아! 우리 쪽 사람들도 한국인이라면 치를 떨었어.”

유리아의 말에 키리에도 고개를 끄덕였다.

“저도 통합 서버를 한 적이 있었는데 친구가 그러더군요. 이중 반이 한국 노… 아니, 분이라고. 그나마 상위 랭커는 거의 모조리라 해도 좋을 정도의 한국인들이 자리 잡았다고 들었습니다. 우리나라 쪽에 오타쿠가 있다면, 한국에는 폐인이 있다고도 했고.”

“……”

거참, 세계에 위명이 쟁쟁하기도 하지. 그 말을 듣고 보니 트레스카가 무슨 소리를 하고 싶은지도 알 것 같다.

“그렇군요. 우린 전부 마스터인데 거의가 한국인이에요.”

“아! 들기로 일루전에 존재하는 마스터 중 30% 이상이 한국인이라는 논문을 본 적 있어.”

“무서운 인종이네요.”

확실히 여기 있는 마스터 중 키리에와 트레스카, 그리고 유리아를 제외한 전부가 한국인이다. 심지어 3학년 6반이라는 녀석들은 한 반 전체가 모조리 마스터인 한국인. 그것도 학생들이 아니던가? 그들이 세계 각국의 박사나 석사들보다 많은 지식을 쌓고 있다고는 생각하기 힘든 만큼 탁월한 마력 제어 능력과 전투 감각을 가지고 있는 것이 틀림없으리라. 당연하지만 그 모든 과정은 지나치다 못해 심각할 정도의 실전으로 갈고닦았을 테고 말이다.

“폐인이라……”

뭐, 남 이야기하듯 말할 만한 주제는 아니군. 나 역시 하루 2시간 수면을 유지하며 플레이했으니까. 으음, 나 역시 한국인의 피가 흐른다는 건가.

“아! 그리고 새로운 소식 하나. 이것 보세요~!”

그는 자랑스럽게 웃으며 왼손을 들어올렸다. 그의 손등에 그려져 있는 것은 시리우스의 문양. 우와, 매일 달고 다니는 것인 데도 엄청 오랜만에 보는 것 같군. 요새 저거 신경 쓸 일이 없어서 그랬던 것일까?

일루전 속의 유저들은 '시리우스의 전사'라고 정해져 있고, 왼손에 그려져 있는 문양은 그 증명이다. 흔히들 시리우스의 문양이라 부르는 그 문양의 왼쪽에는 내가 사용하고 있는 '칭호'가, 중앙에는 아이디가 새겨져 있었다.

그리고 문양 자체는 플레이어의 레벨을 뜻하는데 1~20레벨은 푸른색, 21~30레벨은 적색, 31레벨에서 40레벨은 보라색, 41레벨에서 50레벨은 은색이다.

난 들려져 있는 패러디의 손등을 바라보았다. 그가 마스터인만큼 문양의 색은 은색. 중앙에는 패러디라는 아이디가 보인다. 그리고 왼쪽에 써 있는 타이틀은······.

"썬더버드··· 슬레이어?"

패러디는 키리에의 말에 환하게 웃었다.

"예~ 제가 썬더버드를 잡았습니다!"

"우와, 진짜요?"

"요새 스페셜 보스는 엄청 세다고 하던데."

스페셜 보스(Special Boss)란 괴물들이 넘쳐 나는 일루전에도 단 4마리만이 존재하는 몬스터로서, 사실상 존재하는 몬스터 중 최강에 가까운 힘을 가진 존재들이다. 물론 처음부터 최강은 아니고, 죽음을 거듭할수록 강해진다고 들었다. 지금에 와서는 드래곤에 가까운 능력을 가지게 되었다는 말이기도 하고 말이다.

과거 나는 일루전에 존재하는 네 마리의 스페셜 보스를 모조리 잡은 적이 있었다. 물론 그걸 순수한 실력이라고 말하기는 어렵다. 거의 우연에 가깝게 소환된 최상급 소환수 글레이드론과 드워프들에 의해 만들어진 사기 급 공격 무기 드래고닉 피어싱, 그리고 드래곤이 봉인되어 있는 카이더스.

예전의 난 12개의 직업을 골랐음에도 일개 마스터(결론적으로 40레벨을 넘는 직업조차 없었으니까)의 힘을 가지고 있었지만 위의 세 요소로 인해 스페셜 보스를 모두 잡을 수 있었다.

"헤에, 그런데 그건 몇 번째 썬더버드야?"

"4번째요. 두 번째랑 네 번째. 그러니까 글레인님하고 저는 잡았다는 걸 공식적으로 알린 상태지만 첫 번째랑 세 번째는 누군지 도저히 모르겠더라고요."

그의 말에 나도 모르게 움찔했다. 첫 번째는, 아마도 나겠지. 하지만 첫 번째로 잡을 때도 썬더버드는 엄청나게 강했는데 그게 세 번이나 더 잡혔단 말인가?

"저기, 패러디 형. 썬더버드는 몇 명이서 잡으셨어요?"

"서른 명. 전부가 신기를 소유한 마스터였는데 스물다섯 명이 죽었어. 진짜 토 나오더라."

그냥 마스터만 해도 강력하지만 신기를 든 마스터는 실로 무시무시하기 짝이 없다. 그런데도 서른 명 중 스물다섯이 죽었다는 건, 썬더버드가 그만큼 강력하다는 거겠지.

"그래도 형이 타이틀을 얻었다는 건 기여도가 제일 높았다는 거겠네요?"

"그렇지. 나, 이래 봬도 세걸랑."

으스대는 패러디를 보며 나는 에일렌과 욥에게 눈치를 주었다. 유저가 아닌 둘은 손등에 문양이 없으니까 알아서들 숨기라는 뜻이었다. 물론 들키면 NPC라고 둘러댈 수도 있겠지만, 이렇게 맘대로 돌아다니는 NPC는 별로 없으니 이왕이면 안 들키는 게 좋다고 생각한 것이다.

하지만 뜻밖에도 사람들의 눈에 띈 것은 나였다.

"헉! 드래곤 슬레이어다."

"뭐라?"

모두들 경악성을 내지르며 내 손등을 바라본다. 아뿔싸, 깜빡했다. 그러고 보니 내 타이틀은 옛날부터 드래곤 슬레이어로 고정된 상태가 아니었던 가? 아무도 눈치를 못 채서(애초에 손등에 새겨진 글씨가 작으니까) 완전히 무 시하고 있었지만, 문양을 보면 내 타이틀을 너무나도 쉽사리 알아버리는 것 이다.

"아, 아니, 드래곤이 어디 있다고 잡았대?"

"그것보다 드래곤이라면 9클래스 주문을 쓰잖아요? 도시로 내려와 준다면 야 다구리로라도 족치겠지만, 자기 영지에 있는 걸 어떻게 잡았죠?"

요리하고 있던 레이그란츠와 주스를 마시고 있던 데이나까지 흥분해 소리 친다. 으, 이거 실수인가. 솔직히 이 타이틀은 거의 거저먹은 거나 다름없다. 운영자, 그러니까 신들이 레드 드래곤 메크로네스에게 잔뜩 패널티를 먹여놓 은 상태에서 수천 명의 유저들이 데미지를 주었고, 사기 급 아이템이라고 할 수 있는 카이더스로 9클래스 주문을 막고 입 안으로 뛰어들어 뇌를 태웠다.

지금 생각해 보면… 참 미친 짓이었지. 아무리 카이더스를 들고 있어도 그 렇지, 드래곤의 입속으로 뛰어들다니 이 무슨 개념이란 말인가? 자신의 브레 스가 막혔다는 사실에 메크로네스가 당황해 줘서 그렇지, 만약 침착하게 주 문을 사용하거나 들어오기 직전에 씹기라도 했으면 나 같은 건 그냥 아작이 었다. 무엇보다 드래곤의 입속은 녀석의 입장에서도 제로(Zero) 거리이기 때 문에 이런저런 패널티를 입었다 해도 8클래스 쯤은 순간 발동이 가능했다.

"하지만 드래곤 파티가 있었단 말은 못 들었는데. 대체 몇 명이서 잡으신 겁니까?"

"그리고 보니, 저 녀석이 사냥하는 건 한 번도 못 본 것 같아."

"생각해 보니 근력도 500이 넘었지."

"근력치가 500이라니. 완전 오거 급이잖아요?"

"직업도 여러 개인 것 같던데?"

점점 더 시끌시끌해지기 시작하는 주변 모습에 나는 당황하고 말았다. 이

거야 원, 이러다 본전까지 다 까발려야 하는 거 아냐? 하지만 그때 패러디가
성큼성큼 다가왔다.

"밀레이온님!"

"에?"

순간 흥분한 그의 모습을 보고 깜짝 놀랐다. 왜 이래, 이 녀석은? 당황하고
있는데 녀석이 묻는다.

"드랍 아이템(Drop Item:몬스터를 잡으면 떨어지는 아이템) 중에 드래곤 블
러드라고 있습니까?"

"드래곤 블러드?"

드래곤 블러드(Dragon Blood)라면 용의 피. 즉, 용혈(龍血)을 말한다. 그
거라면 물론 있지. 애초에 메크로네스를 쓰러뜨려 받은 보상 중 드래곤 하트,
드래곤 블러드, 드래곤 본 모두가 끼어 있었으니까.

하지만 타이탄에 들어가 제 몫을 한 드래곤 하트와는 다르게 드래곤 본과
드래곤 블러드는 귀하긴 귀한데 쓸데는 없는, 요컨대 계륵(鷄肋) 같은 존재였
다. 드래곤 본은 쓸 수가 없고, 드래곤 블러드는 쓸데가 없다고나 할까. 누군
가 이런 말을 듣는다면 용의 피쯤 되면 대단한 것일 텐데 왜 쓸데가 없어? 라
고 물을 수도 있겠지만 아쉽게도 정말 쓸데가 없다. 왜냐하면 유저의 피는 모
조리 신의 피. 즉, 신혈(神血)이다. 드래곤 블러드는 시약이나 여러 가지 재료
로서 쓸 만하지만 거의 동급의 효과를 발휘하는 신혈이 사방에(유저라면 능력
에 상관없이 신혈의 소유자니까) 널려 있다면 그 가치가 확 떨어지게 되는 것이
다.

"있습니까, 없습니까?"

"있긴 합니다만……."

긍정적인 대답을 듣고는 대번에 얼굴에 화색이 돈다. 찾고 있었던 건가?

"파세요. 제가 삽니다!"

"흠, 뭘로 사시게요?"

물론 나한테는 별 쓸모 없는 물건이긴 해도 굳이 판다면 싸게는 팔 수 없다. 뭔가 내가 알지 못하는 사용법이 있을지도 모르는 일이니까.

"뭘로 사다니. 돈은 안 되나요?"

"네."

단호한 대답에 끄응, 신음하는 패러디. 거, 미안하게 됐구먼. 하지만 돈이라면 충분히 있는걸. 무엇보다 지금의 난 10레벨의 대장장이기도 하니까. 가지고 있는 돈도 돈이지만, 일단 돈을 벌고자 하면 어마어마하게 벌어들일 수 있다.

"그럼 이건 어때요?"

패러디는 그렇게 말하며 신고 있던 운동화를 넘겼다. 오호, 구두나 부츠도 아니고 운동화라? 벌써 저런 걸 제작할 수 있을 정도로 라비린토스의 기술력이 높아졌나.

패러디는 그 운동화를 들어 내 쪽으로 내밀었고, 그걸 본 에일렌이 휘파람을 불었다.

"우와, 신고 있던 신발을 팔려고 한다!"

"별수없잖아요. 진짜 좋은 물건은 다 장착하고 다니니까."

당연한 말이다. 마법 무구라는 건 예술품이랑은 달라서 비싸면 비쌀수록 실용적이고 내구성도 뛰어나기 마련이니까. 창고에 넣어두기보다는 장착하고 다니면서 효과를 보는 것이다.

"그래서 그건 뭡니까?"

"블링크 슈즈(Blink Shoes). 유니크 아이템이죠."

"유니크 아이템?"

난 그 말에 깜짝 놀랐다. 엄청 귀한 거잖아? 겨우 드래곤 블러드에 그걸 내놓겠단 말이야? 하지만 그전에 레오나가 패러디 옆으로 다가선다.

"…손해야."

"에? 나도 알아."

"그럼 왜……?"

레오나의 말에 패러디는 웃었다.

"당연히 이대로 거래할 생각은 없어. 아무리 드래곤 블러드가 필요해도 유니크 아이템의 가치를 가지고 있지는 않으니까."

사실이다. 용혈이 희귀하기는 해도 별다른 가치를 가진 건 아니니까. 심지어 저 신발은 유니크 아이템이 아니던가? 이대로 거래하면 저쪽이 손해인 것이 당연하다.

"그렇다면?"

"드래곤 본(Dragon Bone)도 좀 넘겨주세요. 드래곤 블러드가 있다면 드래곤 본도 있겠죠?"

"흠."

드래곤 본. 그것은 뛰어난 항마력과 강도를 가지고 있는 드래곤들의 뼈로써, 생물의 구성 요소라고 하기에는 황당할 정도로 뛰어난 물질이다.

솔직히 말해 드래곤 하트와 더불어 드래곤 본을 발견했을 때는 나도 꽤 들떴었다. 드래곤 본이라면 전설적인 무기의 재료로 흔히 나오는 물건이 아니던가? 하지만 내 환상은 얼마 지나지 않아 깨졌다. 드래곤 본을 다루는 건 현실적으로 불가능하다는 것을 깨달았기에.

그러니까 그 망할 놈의 뼈는 자체적으로 열기와 냉기에 강한 데다 잘 변형되지도 않는다. 어디 그뿐인가. 무려 화염 내성까지 가지고 있다! 녹여야 하는데 화염 내성이라니! 이쯤 되면 '에에잇! 레드 드래곤의 뼈 따위!' 라는 비명이 터져 나올 지경이다. 물론 검기로 내려치면 조금씩 깨지기는 하지만 그걸로 무기를 만들기는 거의 불가능에 가깝다.

"어때요?"

"상관없긴 합니다만……. 드래곤 본은 9클래스 급 마력이 아니면 다룰 수 없을 텐데."

"에? 아, 상관없어요. 딱히 무기라든가 장비 같은 걸 만들 생각은 없으니까. 주실 수 있나요?"

무기가 아니라니. 그렇다면 시약? 딱히 떠오르는 용도가 없었지만 순순히 고개를 끄덕여 주었다. 이 정도라면 좋은 거래겠지.

"좋습니다. 양은?"

"그렇게 많이는 필요없어요. 드래곤 블러드 1리터랑 드래곤 본 10세제곱센티미터 정도요."

"잠시만."

내가 가진 드래곤 블러드는 약 1.2리터 정도고, 드래곤 본은 13세제곱센티미터다. 말 그대로 조금씩 남는군. 다 줘도 별 상관이 없기는 하지만 굳이 더 줄 필요는 없을 것이다.

"거래. 밀레이온 더 윈드리스."

"거래. 패러디 오브 라우레시아."

서로의 이름을 아는 만큼 거래에는 아무런 문제도 없었다. 곧 거래 성립. 나는 신발을 받아 들었다.

"블링크 슈즈라."

"스스로의 힘으로 3미터 이동할 때마다 1미터씩 이동할 수 있는 공간이 충전돼요. 최대 충전치는 500미터고요."

"충전 방식이라."

나는 신고 있던 신발을 벗어 품속(그러니까 인벤토리)에 넣고 블링크 슈즈를 신었다. 마법의 신발답게 사이즈는 알아서 맞춰졌다.

스윽.

발끝에서부터 묘한 느낌이 전신을 부드럽게 스치고 지나간다. 동조(同調)

로군. 신음과 동시에 사용자를 인식하고 공간 좌표를 확립하는 움직임이다. 차원은 존재하는 모든 마법적 속성 중에서도 가장 다루기 어려운 속성. 이런 게 마법 물품으로 있다니 신기한 일이군.

"지금 그건 뭡니까?"

"거래입니다. 유저들 사이에서만 통하는 스킬이죠."

"아, 그리고 그것 말인데요."

"그것?"

"네. 아까부터 묻고 싶던 건데……."

욥은 약간 망설이는 듯했으나 이내 내 귀에 대고 속삭였다.

"유저란 게 뭡니까?"

"……."

순간 난 어이가 없어서 할 말을 잃었다. 이 녀석, 진짜로 기본적인 것조차 모르잖아? 대체 이런 녀석이 무슨 수를 써서 라비린토스에 들어온 거지?

웅―

"아?"

"어."

"어라?"

느닷없이 퍼져 나가는 파동에 떠들고 있던 일행 전부가 멈칫했다. 그리고 그 순간,

"장비 3번."

[전 시스템 셋 업. 헬 파이어(Hell Fire) 장전 완료.]

[크르르르―!]

"명하노니 절망하라. 데스 컴퍼니(Death Company)."

허공에서 검이 나타나 떠 있던 골렘의 손에 거대한 핸드 캐논이 잡힌다. 냉기를 뿜어내는 소환수. 일어서는 죽음의 기운. 대여섯 발의 매직 미사일이

기척조차 없이 공간을 점하고, 주먹에 맺힌 권기가 나선으로 회전하기 시작한다.

그것은 실로 신속해 좀 전의 평화스러웠던 분위기가 거짓말 같을 정도의 반응 속도였다. 그리고 그 모든 공격의 중심에는 한 사내가 서 있었다.

"이런, 놀라게 해드렸나 보군요."

마치 마술처럼 우리들 사이에 끼어든 사내는 긴장된 분위기에도 가벼이 웃었다. 타는 듯한 새빨간 머리칼에 바라보는 것만으로도 절로 편안해질 것만 같은 미소.

"당신은……?"

그 강력하다는 마스터들조차 조심스레 그의 모습을 살폈다. 표정 하나하나, 움직임 하나하나에 묻어 나오는 위엄과 기품. 그는 단지 서 있는 것만으로도 수만의 사람들을 굴복시킬 만한 카리스마를 가지고 있었다.

"뵙게 되어 반갑습니다. 저는 카인 더 로스밀리언. 간단히 말하자면… 그렇군요. 일루전의 운영자입니다."

간단한 말에 마스터들의 눈동자가 커졌다. 분위기를 보아 운영자라고 하는 존재는 처음 보는 모양이군. 조심스럽게 꺼내 든 무기들을 집어넣는 마스터들. 먼저 레이그란츠가 입을 열었다.

"뭐야, 운영자였어? 깜짝 놀랐네."

"우와, 근데 일루전에 운영자가 있긴 있었구나. 나 처음 봤어."

"저기요! 카인님의 얼굴은 진짜예요?"

"님아, 아템 좀."

마지막에 좀 찌질해 보이는 말이 들렸지만, 하여튼 모두들 놀라서 카인에게 다가섰다. 어지간한 사람이라면 당황할 만한 상황이었지만 그는 태연스럽게 말했다.

"아아, 그런 것보다는 이벤트 때문에 왔는데 몇 분 데려가도 될까요?"

“이벤트?”

의아한 듯한 목소리에 카인은 웃었다.

“그렇죠. 축하드립니다. 밀레이온님, 욥님, 이벤트에 당첨되셨군요.”

진정으로 축하한다는 듯 사심없이 맑아 보이는 목소리. 하지만 그럼에도 불구하고 그건 새빨간 거짓말이다. 난데없이 이벤트는 뭔 놈의 이벤트란 말인가? 게다가 욥은 유저조차 아니지 않은가?

“Oh, Shit.”

고개를 돌리자 낭패한 표정으로 이를 악무는 욥이 보인다. 자세히 보니 빠르게 눈동자를 움직여 도주로를 살피는 욥. 하지만 그러면 공간 이동을 할 수 있을 텐데?

“공간을 접했네. 공간 이동 금지야.”

그때 제니카가 눈을 가늘게 뜨며 하는 말에 나 역시 감지력을 키우니 묘하게 일그러져 있는 마나의 움직임이 보인다. 과연, 주변의 모든 공간 좌표가 닫혀 있군. 이래서야 공간 이동은 물론 공간을 활용하는 주문(참고로 2클래스 이후로는 공간을 활용하지 않는 마법이 거의 없다) 자체를 사용할 수 없잖아?

“과연 신이라는 건가.”

나는 작게 한숨을 내쉬었다. 하지만 아무리 그래도 그렇지 공간 좌표 자체를 임의대로 닫았다 열 수 있다니, 만약 이런 걸 자유자재로 다룰 수 있다면 드래곤도 그냥 잡을 수 있겠다. 뭐, 배우고 싶다 해도 배울 수 없는 종류의 기술이겠지만 말이다.

“자, 그럼 이벤트를 위해 잠시 실례.”

공손한 말투에 욥은 어색하게 웃는다.

“아, 하하하, 저는 그다…….”

팟!

거절이고 뭐고 할 틈도 없이 사라졌다. 거, 단호하기도 하시지. 그 모습에 감탄하는데 카인이 내 쪽을 바라본다.

"가시죠."

"아니, 잠깐만. 에일렌은?"

나와 심령으로 연결된 에일렌은 나와 1킬로미터 이상 떨어지면 답답함을 느끼기 시작하고, 3킬로미터 이상 떨어지면 고통과 함께 페널티를 받는다. 그건 일종의 전파 같은 것이어서 공간이 차단되면 같은 현상이 발생하게 될 것이다.

"그렇군요. 그럼."

카인은 가볍게 움직여 에일렌의 앞에 섰다. 한 발짝 걸었을 뿐인 데도 5미터나 이동하다니. 공간 이동도 아닌 것 같고, 축지법(縮地法) 같은 걸 쓰는 건가?

"됐습니다."

"에?"

순식간에 다가선 카인의 모습에 긴장하고 있던 에일렌은 뜬금없는 말에 어벙한 표정을 지었다. 아무것도 안 한 것 같은데 뭐가 됐다는 거야? 의아해하는 나에게 카인이 말했다.

"그녀에게 독립성을 부여했습니다. 물론 그게 유지될 수 있는 건 제 힘이 미치는 라비린토스 정도겠지만, 잠시 떨어지는 데는 아무런 문제도 없겠지요."

그렇게 말하며 내 어깨에 손을 올린다. 바로 가려는 건가? 하지만 그전에 착 가라앉은 목소리가 들려왔다.

"잠깐."

"무슨 일입니까, 제니카님?"

그녀가 부를 것이라고 짐작이라도 한 듯 카인은 태연하게 답했다. 여전히 편안한 미소였지만 제니카는 차가운 목소리로 말했다.

"나는 별로 신경 쓰지 않네? 만나는 즉시 사생결단이라도 날 줄 알았는데… 무시하는 거야?”

“무슨 말씀인지 모르겠습니다만.”

태연한 반응에 제니카의 표정이 한층 더 차갑게 가라앉는다.

“농담이 심하네. 안 그래, 운. 영. 자?”

말에 가시가 돋자 카인은 이제야 알겠다는 듯 손바닥을 쳤다.

“아! ‘그거’ 말이군요. 계약 건도 그렇고, 확실히 당신이 하는 일은 우리와 대립되네요.”

“그래, 그런데 왜……”

“하지만.”

카인은 웃었다. 너무나 편안해서 오히려 이질적으로 느껴질 정도로 환하게.

“괜찮습니다.”

“괜찮… 다고?”

믿을 수 없다는 표정. 하지만 그럼에도 카인은 여전히 웃는다.

“당신이 좋을 대로 하십시오, 레이디. 저는 간절히 바라는 바가 있는 인간을 사랑하니까요. 설사 그 결과가 죄일지라도 저희는 당신을 탓하지 않을 것입니다.”

영문을 알 수 없는 대화이다. 이 녀석들이 지금 무슨 소리를 하고 있는 거야? 아니, 애초에 제니카가 카인들하고 아는 사이였나?

“잠깐만. 카인, 죄라니 무슨 소……”

“너무 오래 끌었군요.”

어느새 다가와 어깨를 잡는 카인. 순간 세상이 새하얀 불꽃으로 뒤덮이고—

화악!

나는 의식을 잃었다.

　　　　　*　　　　　　*　　　　　　*

“으으으.”

힘겹게 눈을 뜬다. 이거야 원, 신체를 얻은 이후부터는 정말 어지간한 타
격(뒤통수를 친다거나 목을 조른다거나)에도 정신을 잃지 않을 거라고 생각했는
데 기절이라니. 마법 같은 거라도 당한 건가? 애초에 생명력이 10 이하로 떨
어지지 않으면 혼절조차 하지 않는 이 몸을 가지고 이렇게나 쉽게 혼절했다
는 것은 아무리 생각해도 정상적인 상황이 아니다.

피카.

“응?”

뭔가 이상한 소리에 고개를 돌려보았다. 뭐야, 이 코맹맹이 소리는? 의아
해하는데 눈앞으로 정체 모를 괴생명체가 다가왔다.

피카피카!

“…….”

노란색 털에 검은색 무늬. 전체적으로 쥐의 그것을 닮은 외양과 번개 모양
의 꼬리. 그것은 꽤 유명해서, 캐릭터에 별 관심이 없는 나조차 알고 있는 녀
석이었다. 녀석의 이름은…….

피카츄~!

“어, 그래. 피카츄… 라고?!”

노호성을 지르며 몸을 일으켰다. 뭐야, 이건? 아니, 왜 눈을 뜨자마자 저런
이상한 녀석을 봐야 하는 건데?

“이, 일어났잖아? 피카츄! 백만 볼트!!”

“뭣?”

야구 모자를 거꾸로 쓴 꼬맹이가 명령함과 동시에 이상한 생물, 그러니까

피카츄의 몸에서 스파크가 일기 시작한다. 어이, 어이. 농담이겠지?

피카… 츄!!

뭔가 할 틈도 없이 샛노란 뇌전이 내 몸을 정면으로 후려친다. 내 몸을 지나 그대로 땅속으로 흘러드는 전류의 폭포. 나는 한숨을 내쉬었다.

"위험하잖아."

뇌정신공을 8성까지 익힘과 동시에 번개의 정령과 계약해 카이더스를 사용하는 내 속성은 이제 완전히 뇌(雷) 쪽으로 기울었다. 이제는 생각만으로도 어지간한 전격은 만들어낼 수 있고, 내성 또한 강해져서 감전당하는 일 역시 잘 일어나지 않는다. 게다가 육신은 강력하고 항마력도 높아 아마 번개를 맞아도 무사하리라.

역시 전격을 맞았지만 난 멀쩡하다. 뭐, 당연한 일이지만 상대방이 그 사실을 알 리가 없는 만큼 야구 모자 소년은 경악해서 외친다.

"배, 백만 볼트를 맞고도 멀쩡하다니! 네 녀석은 로켓단이냐?"

"……."

로켓단이면 괜찮다는 건가. 이런 전격 따위, 보통 사람이 맞으면 죽는다고. 뭐, 전압으로만 치자면 털옷에서 나오는 정전기도 10만 볼트는 되지만, 저 피카츄? 하여튼 그 녀석이 날리는 번개는 전류의 양도 장난이 아니다. 인간에게 사용하기는 너무 위험한 기술인 것이다.

"에잇! 피카츄, 천만 볼……."

픽!

망설임없이 후려치자 비명도 지르지 못한 채 혼절하는 야구 모자 소년. 전격에 대한 내성이 강하다고는 해도 천만 볼트까지 맞아줄 수는 없지. 게다가 그만한 전격을 맞으면 옷이나 장비에 걸린 마법들이 영향을 받을 수도 있단 말이야. 전격은 그 자체로도 강력한 에너지니까.

야구 모자 소년이 맥없이 쓰러져 버리자 막 전격을 불러일으키려던 피카츄가 당황한다. 녀석이 공격을 받아 혼절하는 상황은 별로 겪은 적이 없던 건가. 하지만 어쨌든 녀석은 강력한 전격을 가진 소환수(라고 할 수 있나, 이거?)로서 위험한 존재. 이놈을 어쩌나, 하고 고민하는데 공간의 문이 열렸다.

"앗, 찾았다!"

"다크."

익숙한 얼굴에 안도의 한숨이 나왔다. 아아, 다행이다. 이런 이상한 공간에서 제2의 인생~ 같은 스토리는 벌어지지 않는 모양이구나.

"앗, 미안. 갑자기 공간 좌표에 혼란이 일어난 모양이야."

"카인님은?"

"녀석도 널 찾는 중이었는데……. 뭐, 지금 찾았다고 전했으니까 이대로 가면 돼."

그는 날 잡더니 그대로 공간의 틈 안으로 들어섰다. 뒤에서는 덩치 큰 거북이가 나타나 물줄기를 뿜고, 머리를 부여잡은 오리가 염파를 뿜었지만 어느 것도 우리 근처로 범접하지 못했다.

우웅.

주변이 어두워지고 별 같은 것들이 옆으로 스쳐 지나간다. 우주 공간… 이라고 하기엔 좀 어색하군. 문득 궁금증이 들어 다크에게 물었다.

"아까 거긴 뭡니까?"

"뭐가?"

"에, 그 이상한 세계요."

내 물음에 다크는 웃었다.

"아하, 구현계(具顯界) 말이지?"

"구현계?"

들도 보도 못한 단어에 의문을 표하자 다크는 오른손을 들어올렸다. 그러자 허공에서 은은한 금빛을 품고 있는 검이 그 모습을 드러낸다.

"자, 이게 뭘까?"

"글쎄, 마법검입니까?"

"비슷하지. 이건 엑스칼리버(Excalibur)야."

"엑스… 칼리버?"

뭐? 그건 기사들의 왕, 아더가 썼다는 전설의 검이잖아? 깜짝 놀라 바라보자 다크가 시큰둥하게 웃었다.

"가짜이지만."

"……."

뭔 소리를 하고 있는 거야, 이 녀석은? 황당해하는데 그는 엑스칼리버(그러니까 가짜)를 들어올리며 말했다.

"이곳은 고유 성역(固有聖域). 라비린토스가 존재할 수 있도록 하는 일종의 아공간이야. 그 자체는 단순 에너지체일 뿐이지만 사람들의 사념이나 염원에 반응해 형태를 가지게 되지. 이 엑스칼리버도 그런 방식으로 만들어진 거고, 아까 그것도 마찬가지야."

즉, 누군가가 피카츄라는 걸 상상해서 저런 세계가 만들어졌다는 건가.

"그럼 각종 신화 속의 세계나 만화 속 주인공들이 있을 수도 있겠군요?"

"그렇지. 사실은 카카로트랑 베지터도 있는데, 한번 싸워보고 갈래?"

"……."

"에? 걱정하지 마. 설정상의 힘은 거의 신 급인 것 같다만, 고유 성역의 에너지에는 한계가 있어서 그만큼의 힘은 내지 못해. 지금의 너라면 충분히 승산이 있을걸."

"아니, 됐습니다."

그런 이상한 것들하고는 싸우고 싶지 않아, 하며 투덜대고 있는데 난데없이 빛이 몰아친다.

번쩍!

다시금 변하는 배경. 이번에는 제대로 도착한 것인지 카인과 욥의 모습이 보인다.

"어디 가셨던 겁니까?"

"아아, 차원장에 오류가 일어나서 잠시 헤맸지. 뭐, 도플갱어(Doppelganger) 상태에서 소멸하지 않은 것만 해도 다행일지도 모르지만 말이야."

"도플갱어?"

뜬금없는 소리에 나는 의아해했다. 도플갱어라니. 도플갱어는 남의 모습을 훔쳐 내는 몬스터가 아닌가? 하지만 다크는 고개를 흔들었다.

"몬스터를 말하는 게 아냐. 이 경우에 도플갱어는 일종의 현상이니까."

"아."

그거라면 나도 알고 있다. 도플갱어 현상. 도플갱어란 독일어로 '이중으로 돌아다니는 자'를 뜻하는데, 이것은 '또 하나의 자신'을 만나는 일종의 심령 현상이기도 하다. 사실 이름만 독일어일 뿐이지 동서고금을 가리지 않고 여러 곳에서 볼 수 있는데, 스코틀랜드에서는 죽음이 임박했을 때 보이는 자신의 환영을 가리켜서 레이드 혹은 페치라고 부른다. 현대 정신학 용어로는 오토스카피(자기상 환시)라고 하는데, 도플갱어를 본 사람의 말로는 무척 비참해서 대개는 죽음을 맞이한다고 들었다.

그렇다면 짐작 가는 게 없지는 않군. 나는 고개를 돌려 욥을 바라보았다.

"이제 그 복면은 할 필요가 없을 것 같은데요."

"확실히."

욥은 순순히 고개를 끄덕이며 눈과 코를 가리고 있던 복면을 벗었다. 검은 머리칼에 검은 눈을 가진 전형적인 동양인. 그의 얼굴은 나와 완전히 같아 마주 보면 거울을 앞에 두고 있는 것만 같았다.

"하지만 그런 것치고는 평온하군요. 도플갱어는 만나면 죽는다고 하던
데."

"아니, 뭐, 만나자마자 죽음을 느끼거나 하는 건 아냐. 문제가 아주 없는
건 아니지만."

"문제?"

"그래, 문제. 요컨대 살의지."

살의(殺意)라는 건 죽이거나 해치고 싶어 하는 마음. 그렇다면 도플갱어는
만나는 그 순간부터 서로를 죽이길 원하게 된다는 건가? 의아해하는데 욥이
고개를 끄덕인다.

"정확합니다. 실은 대여섯 번 정도 만났는데 전부 저에게 살의를 품고 덤
벼들더군요. 사실은 저도 그랬고."

"이해가 안 가는군요. 어째서 그렇죠?"

내 물음에 욥은 어깨를 으쓱였다.

"시스템이죠. 완전히 동일한 존재를 두지 않으려는 대우주적 시스템."

그렇게 말하며 쓰게 웃는 욥. 뭔가 안 좋은 추억이라도 있는 걸까. 하지만
그것보다 먼저 드는 의문이 있었다.

"잠깐. 지금 그 말은 자신과 동일한 상대를 여러 번 만났다는 것 같은데
요."

"맞습니다."

간단한 수긍. 하지만 역시 납득할 수 없어 다크를 돌아보았다.

"우주적인 시각에서 보면 오라 패턴까지 완전히 동일한 존재가 여럿 존재
할 수 있습니까?"

"없어."

"그럼… 욥이 말하는 건 뭐죠?"

"그야 간단하죠."

욥은 씁쓸하게 웃으며 예를 취했다. 무도회장에서나 취할 수 있을 것 같은 과장스러운 동작이다.

"뵙게 되어 반갑습니다, 밀레이온. 저는 다차원의 여행자, 이건영이라고 합니다."

"……."

익숙한 이름에 나는 순간 당황했다. 우연… 이기는 힘들겠지. 고개를 돌려 카인을 바라보자 그는 어깨를 으쓱였다.

"평행 우주[Parallel Worlds]라는 걸 알고 계십니까?"

"대충은."

여기 한 명의 사람이 있다. 그는 두말할 것도 없는 단일 객체. 하지만 거기에 거울을 비춘다면 어떻게 될까? 이제 그라는 존재는 둘이 된다. 물론 하나는 실체고, 하나는 허상이라는 차이가 있긴 하지만 시각적인 면에서는 분명히 나누어지게 되는 것이다.

이제는 두 개로 나누어진 형태. 그리고 그 뒤에 거울 하나를 더 놓으면 다시 그 거울에는 반대편 거울에 비친 모습이 비친다. 그것은 또 반대편 거울에 비치고, 그것 역시 반대편 거울에 비친다. 두 개의 거울이 마주봄으로써 생겨나는 무한(無限)의 세계. 그것이 평행 우주의 시작이다.

아아, 물론 저건 어디까지나 시각적인 설명일 뿐이라 완전히 들어맞는다고 보기는 어렵다. 평행 우주란 일종의 가능성이니까.

이해하기 쉽게 내가 몬스터를 잡으러 가고 있다고 치자. 나는 가던 도중 동료를 부를까 혼자 갈까를 고민할 수 있고, 그 순간 우주는 두 개로 나누어진다. 혼자서 몬스터를 잡는 우주와 동료와 같이 가는 우주가 만들어지는 것이다. 만약 혼자 싸우다 죽는다면? 내가 죽는 우주가 만들어진다. 동료가 도와줘서 산다면? 내가 살아가는 우주가 또 만들어지겠지.

어떤 일을 선택할 때마다 우주는 늘어간다. 딱히 어떤 특정 개채가 있어서 그러는 것도 아니다. 하다못해 옆집 철수 같은 녀석이 집에 가다 술 생각이 나도 술 먹는 우주와 그냥 집에 가는 우주로 나누어질 수 있다. 평행 우주의 생성은 그야말로 무한하기에 의식을 가진 모든 존재의 선택이 이루어질 때마다 우주가 늘어나게 된다.

만약 일루전이라는 것이 생기지 않았다면 어땠을까? 그렇다면 난 지구에서 평범한 생활을 영위했을 것이다. 하지만 지금의 나는 어떤가? 날아오는 총알을 칼로 쳐내고, 전력으로 점프하면 50미터쯤은 어렵지 않게 뛰어오를 수 있다. 일루전을 플레이하지 않았을 나와 플레이한 나는, 분명 같은 존재인 동시에 다른 존재인 것이다.

"말도 안 돼. 평행 우주의 여행자라니!"

물론 평행 우주를 이용하는 것이 전혀 불가능하다는 것만은 아니다. 내가 가진 초월안(超越眼)만 해도 주변의 정보를 재해석해 평행 우주의 너머를 엿보는 기술이고, 무투가 마스터 스킬 팔영분신(八影分身)은 평행 우주 너머에 있는 자신의 분신들을 투영(透映)하는 기술이니까.

하지만 평행 우주를 건너는 것은 보거나 투영하는 것과는 전혀 다른 차원의 문제이다. 그건 뭐랄까……. 그래, 달 같은 거다. 달을 보는 것은 쉽다. 그리고 그 달을 거울로 비추는 것도 쉽다. 하지만 직접 그 달로 가는 것은 어떨까? 달을 보는 것만큼 달에 가는 것이 쉬운가?

"보통은 불가능합니다만, 결국 성공했죠. 저는 시공의 틈에서 태어나 모든 차원에게 사랑받는 존재이니까."

"시공의 틈?"

이해할 수 없는 말에 되묻자 다크가 말했다.

"요컨대 네놈과 욥이 같은 건 이름과 존재 정도라는 거지. 기억, 주변 환경, 태생과 살아온 인생 모두가 다르니까."

"네. 하지만 존재가 같은 것만으로도 큰 문제라서 다른 저를 만났을 때는 항상 위험에 처하고는 했습니다. 그래서 요즘에는 만나는 즉시 자리를 피하고는 했죠. 그런데……."

"이 녀석을 보고는 살의가 느껴지지 않았다?"

"네."

실제로도 그랬다. 나는 나와 완전히 동일한 기운과 모습에 당황했지만 딱히 살의를 느끼거나 하지는 않았으니까. 윱도 날 보는 순간 도주하려고 했지만, 제니카에게 붙잡힌 뒤 그 사실을 깨달은 것 같다.

"그건 당연한 일입니다. 결론적으로 밀레이온님과 윱님은 미묘하게 다른 존재니까."

"어째서입니까?"

내 물음에 카인은 답했다.

"아실 텐데요. 그 몸에 대해서."

"아."

그렇다. 모든 유저들이 마찬가지 상황이긴 하지만 사실 이건 내 몸이 아니다. 이것은 다크가 자신의 몸을 복제해 만들어낸 신의 파편이다. 이것이야말로 신의 육체. 즉, 신체(神體)로써 기본적으로 2개 이상의 채널이 활성화되어 있는 데다 생물학을 넘어 물리학적으로 사기에 가까운 성능을 가진 생체병기(生體兵器)다. 그렇군, 분명 다르겠지. 같은 영혼을 지니고 있다고 해도 육체가 이렇게나 다르면 같은 존재라 보기 어려울 테니까.

"몸? 몸이 어떻다는 겁니까?"

우리들의 대화를 이해하지 못해 어리둥절해하는 윱. 그때 카인이 부드러운 미소를 지으며 말했다.

"그럼 궁금한 점은 다 풀렸습니까?"

"아. 뭐, 대충은."

"그럼."

번쩍이라고밖에 말할 수 없을 정도로 순식간에 수천 개의 검이 공간을 가르며 나타나 욥의 목을 겨눈다. 그것은 광검(光劍). 새하얗게 빛나는 빛의 검이다.

"무슨 짓입니까?"

"그다지."

그렇게 말하다가 문득 생각났다는 듯 다시 입을 연다.

"아, 혹시나 해서 미리 경고해 두는데 그것들은 영멸(靈滅)의 백염(白炎)입니다. 설사 불사성을 가지고 있다 해도 닿아서 좋을 게 없는 물건이죠."

그의 표정은 여전히 부드러운 데도 그에게서 느껴지는 압박감은 실로 어마어마하다. 그리고 느껴지는 것은 열기. 나는 욥에게 드리워진 검들이 빛이 아닌, 새하얀 불꽃이라는 것을 깨달았다. 그리고 욥의 응답은—

"항복."

그는 망설일 것도 없다는 듯 굴복의 뜻을 보였다. 그도 그럴 것이, 상대가 안 좋아도 지나칠 정도로 안 좋다. 상대는 누가 뭐래도 신인 것이다. 게다가 이곳, 그러니까 라비린토스는 완전히 그들의 공간이기도 하기 때문에 여기서 그들을 당해낼 자는 문자 그대로 없다고 해도 과언이 아니리라.

"좋은 자세군요. 그럼 부탁 좀 해도 될까요?"

태연한 말이었지만 욥의 얼굴은 사색이 되었다.

"아, 안 됩니다. 저는 평행 우주를 건너는 힘을 사용하기 위해 여러 가지 제약을 지니고 있어요. 이곳의 일에 함부로 끼어들 수 없습니다."

그의 말에 카인 역시 고개를 끄덕인다.

"그 정도라면 이미 알고 있으니 걱정 마시길. 저희들에게 필요한 건 정보뿐입니다."

"아, 그 정도라면 얼마든지 가능하죠. 자, 뭐든지 물어보십시오. 뭐가 궁금하……."

살았다는 얼굴로 막 뭔가 말하려던 욥의 얼굴이 다시금 굳어졌다. 문제가 더 있는 걸까? 의아해하는데 욥이 허탈하게 웃는다.

"왜 그러십니까?"

"아니… 하하, 이거야 원."

그는 잠시 멍하니 있다가 카인과 다크를 바라보며 물었다.

"광신(狂神)… 이로군요, 당신들."

"우와, 그냥 선신(善神) 정도로는 안 되려나."

피식, 웃는 다크의 모습에 지독한 이질감이 느껴졌다. 차분히 가라앉은 분위기. 욥은 다시 물었다.

"전지의 권능. 잃어버렸죠?"

"뭐, 그렇지."

태연하게 답하는 다크의 말에 의아함을 느낀다. 전지(全知)의 권능이라면 모두 안다는 말인가? 하지만 내가 아는 한, 적어도 그들은 전지의 권능을 가지고 있지 않다. 결정적으로 그들은 내가 죽었다는 사실조차 모르고 있지 않았던가?

"몇 번 본 적은 있습니다, 전지의 권능을 버리고 물질계에 관여하는 존재들을. 하지만 놀랍군요. 그런 존재는 상위 영령이나 하급 신 정도뿐이었는데. 당신들 같은 최고위층 신들이 그런 사도(邪道)를 걸으시다니."

"좀 신선하긴 하지?"

여기 무(武)의 신이 있다. 고대에 존재했던 전설적인 무공도, 현대에 발전되고 발전되어 온 무술들도, 그리고 앞으로 발전, 그리고 개발되어 갈 무도들도 결국 궁극적인 도달점은 바로 그다.

공(功), 술(術), 도(道), 심(心), 의(意). 그야말로 그 모든 무에 관련된 것을 지배한다. 그것이 바로 무신(武神). 그는 그 모든 무위에 존재하며 그로 하여금 그의 권능 또한 실로 무한하게 유지된다.

"하하하. 이것참, 난처하게."

지식의 신이 있다. 태초에 존재했던 은밀한 비밀에서부터 미래 천재적인 과학자가 발견해 내는 과학 지식까지 그는 존재하는 모든 지식을 통괄한다. 세상에 존재하는 지식 중 그가 모르는 것은 없으며, 그렇기에 그의 권능 역시 무한하다.

무의 신과 지식의 신. 즉, 카인과 다크는 신들 중에서도 가히 독보적이라고 할 수 있을 정도의 신성과 신위를 갖춘 최상위급 신이다. 그들의 힘 중 내가 경험한 것은 그야말로 티끌. 그들은 능히 우주를 파괴하고 세계를 창조할 수 있는 존재들이다. 그리고 그런 존재들이…….

"인간을 위해 권능을 버렸다는 말입니까."

"흥, 그냥 마음에 안 들었을 뿐이야."

"마음에 안 든다고요?"

모든 걸 알고 세계에 동화하는 게 어때서 하며 의아해하는데 다크가 코웃음을 친다.

"모든 것을 안다고? 하! 아카식 시스템에 제한 접속이라도 할 수 있는 지금도 알 건 다 알 수 있어. 전지의 권능까지 얻어 완전[全知全能]해져 버리면 우린 진짜 초월자가 돼버린다."

"진짜… 초월자?"

무슨 소리야? 이미 그들은 신이다. 그런데 진짜 초월자라는 말이 성립될 수 있는가? 대답은 옆에 있던 욥에게서 나왔다.

"간단한 겁니다. 그러니까, 인간들이 흔히들 말하는 신이죠."

요컨대 하느님이나 부처님 같은 존재를 말하는 것인가. 하지만 다크는 여전히 코웃음 칠 뿐이다.

"신? 신이라고? 하! 말이야 멋지지만 모든 일에 초탈해 단지 바라만 보는 것이 무슨 의미가 있지?"

"하지만 그렇기에 신입니다!"

"그렇다면."

다크는 씨익, 웃었다.

"무의미한 신 따위보다는 차라리 인간이 되겠다."

신이란 홀로 오롯하게 존재해 누구도 필요치 않은 초월자. 그리고 그렇기에 의미가 없다고, 그의 눈은 너무나도 명확하게 이야기하고 있었다. 그리고 그 뜻을 이해한 것일까. 욥은 한숨을 내쉬었다.

"후, 뭐, 애초에 광신한테 설득이 먹힐 거라고는 생각지 않았습니다만."

"선신이라니까."

투덜거리는 다크의 모습에 나는 헛웃음을 지었다. 이상한 신들 같으니. 아, 그러고 보니 그들은 전지의 권능을 잃었다고 하니 이런 건 말해줘야겠지.

"아, 물질계에서 핸드린느를 만났습니다."

"그래서 잡았어?"

"……."

순간 할 말을 잃었다. 이, 이 자식, 너무 쉽게 말하는 거 아냐? 핸드린느가 뒤뜰에 돌아다니는 오우거인 줄 아나!

"엥? 못 잡았어? 지금의 핸드린느는 힘이 제한당해서 잘해봐야 최상급 마족 정도야. 신기까지 손에 넣은 지금의 너라면 이길 수 있을 거라고 생각하는데."

"저도… 그렇게 생각했습니다만, 상대가 안 되더군요. 적어도 제가 보기에 핸드린느는 자신의 힘을 완벽하게 지니고 있었습니다. 만약 그녀가 덤비기라도 했다면 전 꼼짝없이 죽었겠죠."

물론 100% 그렇다고 장담은 할 수 없다. 그녀의 힘이 거대하다고 느끼기는 했지만 실제로 그녀가 9클래스 급 주문을 사용하거나 한 것은 아니니까.

뭔가 수를 써서 내 감지력에 오류를 일으키는 것 역시 있을 수 있는 일이기도 하고. 하지만 그렇다고 해도 어중간한 힘으로 초월안을 얻은 나를 속일 수는 없겠지. 그녀가 뭔가 예상 밖의 힘을 발휘하고 있다는 것만큼은 틀림없는 사실인 것이다.

"그건 이상하군. 그렇다면 그녀는 왜 인간계를 멸망시키지 않는 거지? 전력을 쓸 수만 있다면야 그깟 행성 하나 날리는 데 10분도 안 걸릴 텐데."

솔직히 말해 세상의 멸망은 의외로 쉽다. 아니, 이 경우에는 세상이라기보다 행성이라고 해야 하겠지만, 하여튼 하다못해 8클래스만 되도 원자 단위의 간섭이 가능해지기 때문에 핵폭발(물론 그 경우 자신의 안전은 둘째 문제지만)을 일으킬 수 있을 정도니까. 솔직히 초월자쯤 되면 행성 하나 파괴하는 방법은 너무나도 많아서 부수고자 마음만 먹으면 언제든 순식간에 파괴할 수 있는 것이다. 그건 비단 마법사만의 문제가 아니라서 그랜드 소드 마스터쯤 되면 공간 절단으로 차원 붕괴를 일으킬 수 있고, 세인트(Saint)라면 행성 궤도를 변경, 행성끼리의 충돌을 야기할 수도 있다. 초월자라는 건 하나의 행성이 견뎌내기에는 너무나도 강력한 존재인 것이다.

"하지만 그런 짓을 하면 아수라가 심판하지 않습니까?"

"그렇기는 하지만……."

카인은 잠시 고민하다가 품속에서 뭔가를 꺼내 들었다.

"에, 사과?"

"선악과입니다. 들고 쭉 가십시오."

별로 길 같은 건 없었던 것 같은데? 라는 생각이 들었지만 어차피 상식적인 공간이 아닌 만큼 상관없겠지. 아니나 다를까, 고개를 돌려보니 어느새 정면으로 기다란 복도가 생겨나 있는 것이 눈에 들어왔다.

"당신들은 어쩌실 생각입니까?"

"저랑 다크는 잠시 알아볼 일이 있어 여기서 실례하죠. 도착 지점에 가서 저희가 보냈다고 하면 그쪽 녀석이 알아서 해줄 겁니다."

말을 마친 카인은 몸을 돌려 어느새 열려 버린 차원의 틈으로 들어선다. 뒤이어 다크도 그 안으로 들어서더니, 문득 고개를 돌려 말한다.

"아, 그거 먹지 마. 신 된다."

닫히는 차원의 문. 욥은 내가 들고 있던 사과, 그러니까 선악과를 바라보았다.

"신이 된다는군요."

"저도 들었습니다."

오른손에 들려 있는 사과를 바라보았다. 싱싱함이 넘치는 빨간색을 띠고 있긴 하지만 그 외에는 어떤 특별함도 가지고 있지 않은 사과. 하지만 그 이름은 실로 심상치 않다. 선악과(善惡果)라니. 그건 창세 신화에서 아담과 이브가 먹었다가 에덴에서 쫓겨나야 했다는 그 사과가 아닌가?

"먹을 겁니까?"

"그럴 필요는 없겠죠."

먹지 말라고 한 것으로 보아 그만한 이유가 있겠지. 게다가 이런 걸 먹음으로써 신이 된다는 것도 웃기는 일일 테고 말이다.

"그렇다면 이제 가죠."

욥은 고개를 끄덕이고 성큼성큼 걷기 시작했다. 별로 망설이지 않는군. 나 역시 몸을 움직여 그와 나란히 섰다.

그리고 계속되는 복도. 금방 끝날 거라 생각했지만 복도는 생각보다 꽤 길었다. 우리 둘이 걷는 속도가 어지간한 사람이 달리는 속도보다 빠르다는 걸 생각했을 때 걸어온 거리가 실로 상당할 텐데 출구가 안 나오다니. 나는 이대로 걷기만 하는 건 심심하다는 생각에 욥을 향해 물었다.

"당신은 왜 평행 우주를 여행하는 겁니까?"

평행 우주를 넘나드는 것은 위험하다. 왜냐하면 신이나 악마들의 관심을 끌 수 있기에. 그가 뭔가 숨겨놓은 힘이 있다 해도 그런 존재들의 관심을 끌게 되면 위험천만할 수밖에 없는 것이다.

"찾고 싶은 게 있어서요."

"찾고 싶은 것?"

"네, 세계를 찾고 있습니다."

또 이해할 수 없는 말이다. 세계를 찾는다니. 애초에 세계란 우리가 살고 있는 이곳을 말하는 것일 텐데. 아니면 무슨 특수한 성향의 차원을 말하는 것일까?

"하하, 무슨 생각을 하시는지 대충 알겠군요. 하지만 그런 건 아닙니다. 제가 찾고 있는 건 말 그대로 '진짜' 차원이니까요."

진짜 차원이라니. 뭔 소리를 하는 거야? 더더욱 뚱딴지같은 소리에 의아해하자 욥은 멋쩍게 웃었다.

"제가 찾고 있는 건 말 그대로 '진짜' 세계입니다. 말하자면 평행 우주의 분기점이라고 하면 이해하기 쉬울까요?"

"요컨대 두 거울 사이에 있는 진짜, 모든 선택을 하기 전의 원형?"

"바로 그렇죠."

태연한 목소리에 나는 할 말을 잃었다. 거울 사이의 세계라니. 그래서 진짜라는 건가. 두 개의 거울 사이에 양초를 놓으면 거울 속으로 무한의 양초가 생겨나지만 결론적으로 실체는 거울 사이의 양초 하나뿐일 테니까. 하지만 그건 너무나도 추상적인 이야기일 뿐이다. 평행 우주를 거울에 비교할 수는 있어도 정말로 평행 우주가 거울에 비친 그림자인 것은 아니지 않은가?

물론 선택의 원형이라는 것도 가능할 수 있지만, 모든 선택을 백지화하며 거슬러 가보면 결국 시작점은 태초가 될 뿐이다. 그래서야 무슨 의미가 있겠는가?

"바보 같은 이론이군요."

"저도 그렇게 생각해요. 사실 근거도 희박해서 없을 확률이 오히려 더 높을 정도니까요."

"그럼 왜?"

"그야 그게 제 꿈이니까요."

욥은 웃었다. 그 웃음은 너무나도 순수하고 밝아 난 그와 똑같은 얼굴을 가지고 있음에도 도저히 흉내 낼 수 없을 것 같을 정도였다.

"꿈?"

"뭐, 학자로서의 목표라고 생각해 주세요. 진실의 세계라니, 멋지지 않아요?"

"……."

겨우 그런 이유만으로 온갖 위협을 무릅쓰면서까지 평행 우주를 이동하고 있단 말이야? 로맨티스트로군, 이 자식. 어쨌거나 그와 난 같은 영혼을 지닌 존재인데 이렇게나 다를 수가 있다니.

웅—

불현듯 들고 있던 사과가 진동을 시작했다. 윽! 떨어뜨릴 뻔했잖아. 평범한 붉은 사과의 모습을 하고 있는 이것의 이름은 선악과. 아담과 이브가 하나 먹었다가 에덴에서 발가벗겨진 채 쫓겨나야 했다는 이 사과는 은은한 빛을 흩뿌리며 공명하고 있었다.

파앗!

언제나 그렇듯 이동은 순식간이다. 부드럽게 불어오는 바람과 따스한 햇볕. 오색의 자태를 뽐내는 꽃들과 하늘에 떠 있는 뭉게구름. 나는 어느새 들고 있던 사과가 사라졌다는 것을 깨달았다.

"여긴……?"

"모르겠지만… 놀랍군요. 이렇게나 충만한 세계라니."

욥의 말대로다. 이 근처엔 온갖 생명력이 충만하게 들어 차 있었다. 불어오는 바람, 흐르는 물. 그 모든 것에는 실로 어마어마한 생명력이 담겨져 있어 단 하루만 지내면 일반인이라도 수명이 몇 십 년쯤 늘고 상당 수준의 마나를 지니게 될 정도였다.

"어?"

정신없이 주변을 둘러보다 커다란 나무와 거기에 기대 있는 사내를 발견했다. 반짝이는 백금발에 훤칠한 키를 가진 사내. 그때 불어온 바람이 풍성한 그의 머리칼을 흐트러 얼굴을 드러낸다.

"아."

순간 숨을 들이킨다. 아름답다, 정말 아름답다. 어렴풋이 남자라는 것을 알 수 있음에도 불구하고 도저히 눈을 뗄 수가 없다. 지금껏 내가 보아왔던 모든 미인, 그러니까 에일렌이나 제니카 같은 녀석들조차도 옆에 있으면 빛바래 보일 정도로 비현실적인 아름다움이다.

"오셨군요."

눈이 떠지고 별빛을 담은 듯한 눈동자가 그 모습을 드러낸다. 우, 우와! 뭐냐, 이 녀석. 석구보다 더 심하잖아? 내 살다 살다 이런 녀석을 보게 될 줄이야.

슥.

그때 내 옆으로 꽃다발이 내밀어진다. 근처에 핀 꽃들을 엮어 정성스럽게 만든 듯한 물건. 하지만 이런 곳에서 난데없이 웬 꽃다발? 어이없어 하는데 욥이 사내를 향해 그 꽃다발을 내밀었다.

"결혼해 주십시오!"

"……"

불문곡직(不問曲直) 바로 어택?! 난 황당해했지만 금발의 사내는 태연하게 웃었다.

"후훗, 죄송하지만 이미 임자가 있는 몸이라서."

"사, 사랑은 움직이는 겁니다!"

발끈해 외치는 욥의 모습에 나는 뭐라 말도 못하고 입만 뻥긋거렸다. 마음 같아서는 '우어어어어! 죽어라!' 하면서 매질을 하고 싶었지만 상황이 상황인지라 평범하게 말리려는데 조용히 보고 있던 금발의 사내가 웃는다. 그리고 주변의 공기조차 다 떨릴 정도로 달콤하게,

"저는 움직이지 않습니다."

말했다.

아무런 마력이나 영력이 담겨 있지 않은 목소리임에도 그 말이 가지는 설득력은 실로 엄청나다. 만약 그가 검은색의 종이를 가리키며 '여러분이 지금까지 잘 몰랐을 뿐이지, 저건 사실 하얀색입니다' 라고 하면 바로 납득하며 '그렇군요' 라고 대답해 버릴 것만 같을 정도다.

"이런, 소개가 늦었군요. 만나서 반갑습니다. 저는 일루전을 책임지고 있는 시리우스 나르실리온이라고 합니다. 요컨대……."

그는 잠시 고민하다가 이내 알겠다는 표정을 지었다.

"뭐, 사장이라고 하면 맞겠군요."

"사장……."

거, 사장이라는 건 무서운 존재였구나. 사장이 이 정도면 회장은 차원을 가르고 우주를 넘나드는 게냐? 뭐, 괴상한 사장인 건 사실이지만 여러모로 일리가 있는 말이기는 하다. 일루전을 만든 회사의 이름은 시리우스. 아마 그것도 저 녀석의 이름을 딴 것이겠지. 실질적인 제작자는 아마도 카인이겠지만 그의 힘을 여러모로 이용했을 것이다.

"그런데 그 사장님께서는 저희한테 무슨 용건이십니까?"

"용건이라고 한다면, 역시 왜곡의 수정이겠군요."

"왜곡의 수정?"

내 물음에 시리우스는 천천히 몸을 일으켰다. 하얀 피부에 가느다란 팔과 다리. 윽, 또 시선을 뺏기다니. 이를 악물어 정신을 차리려는데 그가 말한다.

"도플갱어는 함께 있는 것만으로도 시스템을 흐트러뜨립니다. 다른 곳에서는 괜찮을지도 모르지만, 여기 라비린토스에는 지속적인 타격을 입힐 정도니까 그 정도가 꽤 심각할지도."

"그렇다면?"

"제 영혼을 조금 나누어 드리겠습니다."

그는 태연하게 말하며 자신의 가슴에 두 손을 올렸다. 은은하게 퍼져 나가는 황금빛. 나는 그것이 강대한 영력의 집합채라는 것을 깨달았다.

"영혼을 나누다니."

옆에서는 욥이 숨 막히다는 표정으로 입만 뻥긋거리고 있고, 내 심정 역시 크게 다르지 않다. 아니, 영혼이 무슨 생일 케이크도 아니고 어떻게 나눌 수가 있단 말인가? 영혼은 마치 원자처럼 더 이상 나눌 수 없는 성질의 것일 텐데?

"이것에 크나큰 효용이 있을 거라고는 생각지 않지만 시스템의 오류는 막아줄 것입니다. 뭐, 겸사겸사 영적인 공격에 대한 방어력 역시 조금 늘어나기도 할 테고."

그는 들고 있던 빛의 구를 가볍게 놓았고, 그것은 순식간에 날아들어 내 가슴팍에 스며들었다.

"아……."

그 순간 뭐라 말할 수 없는 충만감에 신음했다. 그것은 차라리 쾌감에 가깝다. 자, 장난이 아니군. 둘 앞에서 망신당할 수는 없는 일이기에 이를 악물어 간신히 견뎌냈다.

"괜찮습니까?"

“아, 물론.”

힘겹게 정신을 차린 나는 몸 상태를 살펴보았다. 하지만 별로 달라진 건 없는 것 같은 데 말이지. 고개를 돌려보니 시리우스는 다시금 커다란 나무 밑에 기대앉아 있는 상태다.

“이걸로 된 겁니까?”

“네, 됐습니다. 돌아가시길.”

이야기가 끝났다는 듯한 시리우스의 모습에 뒤쪽에 있던 욥이 당황해 묻는다.

“잠깐. 저는 어떻게 되는 겁니까? 정보를 제공하라는 말을 들었는데.”

“욥님은 카인 녀석이 알아서 채갈 거라고 생각합니다. 필요한 건 알아서 챙기는 녀석이니까요.”

그렇게 말하며 이제는 숫제 눈을 감아버린다. 나는 반사적으로 다가서려 했지만, 코앞에 있는 그의 모습이 순간적으로 멀게 느껴지는 것이 아닌가? 읏, 무슨 결계 같은 건가. 눈앞에 있음에도 도저히 다가설 수 있을 것 같지가 않다.

“아니, 다가갈 필요도 없나.”

생각해 보니 이런 결계를 이겨내고 갈 필요도 없잖아? 뭔가 더 알고 싶은 게 있는 것도 아니고. 어지간한 용건은 다 무시할 것 같은 상대인데 말이야. 나는 고개를 돌려 욥을 바라보았다.

“그만 가죠.”

“하, 하지만 저는…….”

못내 미련이 남는 얼굴로 시리우스를 바라보는 욥. 이 녀석… 커밍아웃이라도 할 생각인가. 하지만 그때 녀석의 발밑에 마법진이 떠올랐다.

“어라, 이건…….”

“리콜(Recall)?!”

욥은 깜짝 놀란 듯 뛰어올랐고, 그와 동시에 공간을 뛰어넘어 50미터쯤 왼쪽으로 이동했다. 놀라울 정도로 신속한 이동이었지만 마법진 역시 공간을 뛰어넘어 여전히 그의 발밑에 있었다.

팟!

사라진다. 저것은 강제적 소환. 사용자는 안 봐도 뻔하지.

"필요한 건 알아서 챙기는 녀석들인가."

피식 웃는데 내 발밑에도 마법진이 떠오른다. 문득 이 마법진에 마나 동결이라도 써보면 어떨까 하는 생각이 들었지만, 괜히 개길 필요가 있는 것도 아닌 만큼 전신의 힘을 뺐다.

웅—

은은한 공명음이 퍼져 나가고,

번쩍!

눈부신 빛과 함께 세상이 일그러졌다.

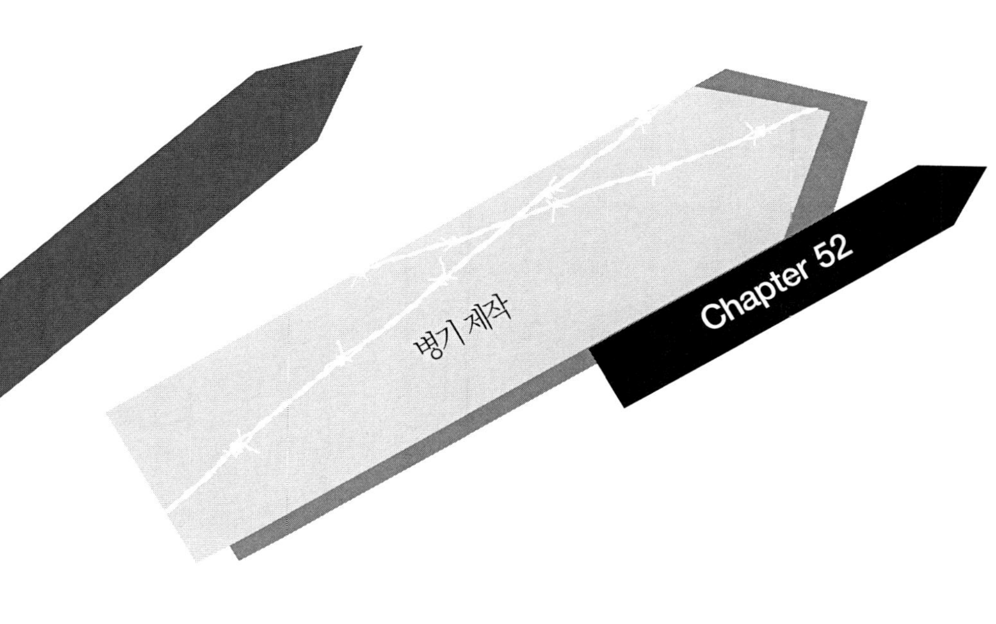

병기 제작
Chapter 52

2021년 12월 25일. 오전 3시.

"어허허허허~ 메리 크리스마스!"

"잡아!"

"할아버지, 스톱!!"

대여섯 마리의 순록들이 끌고 있는 마차가 무시무시한 속도로 질주하고 그 뒤를 수백 명의 유저들이 뒤쫓고 있다.

"산타… 인가?"

하지만 추격당하는 산타라니. 게다가 그 마차에 타고 있는 산타 복장의 사내는 마법단장인 드루발이 아닌가?

"샐러맨더 1번부터 5번! 실프 1번부터 3번까지 집중 타격!"

"간다! 참천참군(斬天斬軍)! 거병일격(巨兵一擊)!"

"나 지금 명하노니. 불타라, 버스트 플레임(Bust flame)!!"

"비기(秘技) 아수라멸천장(阿修羅滅天掌)!"

이름만 들어도 무시무시한 기술들에 휘파람을 분다. 와우, 저기에 휩쓸리면 아무리 나라도 위험하겠는걸. 특히 아수라멸천장은 천마신공(天魔神功)이 8성에 달해야 겨우 쓸 수 있는 기술이 아니던가? 이벤트이다 보니 별로 안 보이던 마스터들이 대거 돌아다니는 분위기다.

콰콰쾅!

"어허허허허! 메리 크리스마스!"

하지만 그럼에도 마차는 끄떡없었다. 마차를 둘러싸고 있는 푸른색의 기운이 모든 공격을 상쇄시키고 있었기 때문이다.

"이벤트라. 새벽부터 고생들 하시는군."

참여할까 하고 잠시 고민했지만 이내 포기했다. 보아하니 시작한 지 꽤 된 것 같은데 지금 껴서 뭘 얻기는 힘들겠지. 솔직히 말해 뭐 하자는 이벤트인지도 잘 모르는 상황이니까.

나는 시간을 확인했다. 어느덧 새벽 3시. 이거, 카인한테 끌려가서 꽤 오래 있었군. 다른 녀석들은 이미 다 흩어졌겠지?

"에일렌부터 찾아야겠군."

물론 찾는 것은 쉽다. 애초에 그녀와 난 심령으로 연결된 존재. 찾고자 마음먹는 순간 그 위치를 가늠할 수 있는 것이다.

웅—

순간 그녀의 기척을 느끼기도 전에 정면의 공간이 일렁인다. 뭐, 일단은 긴장하며 나는 마나를 활성화시킨 후 주먹을 들어올렸다. 꼭 무기를 들어올릴 필요는 없겠지. 나는 라운드 파이터, 근접 전투의 스페셜리스트이기도 하니까.

"레온!"

"뭐야, 너였냐?"

어느새 내 앞으로 한 명의 소녀가 내려섰다. 환한 금발에 푸른색의 눈동자, 그리고 건강하게 그을린 피부. 그녀는 내 전속 환원령임에도 불구하고 실체화해 육체를 얻게 된 에일렌이다.

"후후, 에일렌만 보이고 난 안 보이는 거야?"

"그럴 리가. 아직 안 주무신 겁니까?"

"잠이 별로 안 와서 말이야."

당연하지만 에일렌의 옆에는 제니카가 있었다. 애초에 에일렌에게는 공간 이동 능력이 없기 때문에 공간 이동을 한 이상 조력자가 있다는 말이었기도 하고 말이다.

"어허허허~!"

하늘에 떠 있는 달빛 아래 마차와 거기에 타고 있는 사내의 그림자가 떠오른다. 그것은 산타복을 입은 마법단장 드루발. 그 모습을 본 제니카가 한숨을 내쉬었다.

"저 영감도 아주 신났네."

"뭐 하는 겁니까?"

내 물음에 그녀는 어깨를 으쓱였다.

"뭐라고 할 것도 없이 이벤트지. 드루발이 저렇게 날아다니면서 선물을 떨어뜨리면 그걸 잡아채는 거야."

"하지만 유저들은 그를 공격하고 있습니다만?"

"드루발을 떨어뜨리면 선물이 쏟아지니까. 물론 썰매에 9클래스 방어 마법이 걸려 있어서 쉽지는 않겠지만 말이야."

9클래스 방어 주문이라면 실로 강대한 방어력을 가지고 있어 유저 수백이 모여 후려쳐도 쉽게 뚫리지 않는다. 게다가 그 보호막 안쪽에 있는 것은 8클래스 마스터 드루발. 심지어 그 마차는 빠른 속도로 움직이기까지 하니 저 난리를 친다 해도 떨어뜨리기는 힘들겠지.

"그렇다고는 해도 아주 안 깨지는 건 아니겠죠?"

"물론."

9클래스 방어 마법이야 물론 강력하지만 그렇다고 천하무적인 것은 아니다. 9클래스 마법사가 계속해서 유지하고 있다면 또 모르겠지만(그 경우 같은 클래스의 마법사가 없는 이상 뚫기가 거의 불가능하다) 사물에 걸려 있다면야 지속적인 타격을 줘서 파괴가 가능하니까. 9클래스의 특성상 방어 마법은 계속해서 힘을 충전하겠지만 회복 속도보다 빠르게 타격을 가하면 결국 소멸하는 것이다. 지금 드루발이 웃으며 달려가고는 있지만, 만약 한자리에 머물러 있었다면 9클래스고 뭐고 옛날에 파괴되었을 것이다.

"그런데 제니카님은 이제 뭘 하실……."

"그전에."

제니카는 에일렌을 가리키며 말했다.

"저 녀석, 환원령이지?"

"……."

순간 할 말을 잃었다. 아니, 이 여자는 모르는 게 없네. 내가 모든 직업을 선택했다는 걸 알아본 것도 놀라운 판에 에일렌의 정체까지 한눈에 꿰뚫어보다니?

"에, 아냐?"

"아뇨. 정답입니다. 하지만 어떻게 아신 겁니까?"

내 물음에 제니카는 헤헤, 웃었다.

"처음 볼 때부터 이상하긴 했어. 희미하긴 하지만 너랑 연결되어 있었거든. 그러다 운영자 양반이 한 말을 듣고 확신했지."

"카인이 한 말?"

"독립성을 부가한다던 말. 그것만 들으면 나머진 눈치와 추측으로 오케이거든."

겨우 그런 걸로 눈치 채다니. 그냥 넘기기도 뭐하다는 생각에 한숨을 내쉬며 설명했다.

"특수 이벤트를 겪었습니다. 신기로서는 평범하지만 실체를 얻어 평소에도 절 도울 수 있죠."

"그래?"

꽤나 놀라운 정보일 텐데도 그녀는 태연하다. 그냥 넘기는 건가? 황당했지만 나 역시 길게 끌고 싶은 정보는 아니었던 만큼 화제를 돌린다.

"그래서 이제 뭘 하실 생각입니까?"

"나? 흠, 너는 뭘 할 생각인데?"

돌아오는 질문에 잠시 생각하다 답했다.

"일단은 병기 제작을 할 생각입니다. 망치질을 꽤 오랫동안 쉬었으니까요."

게다가 10레벨을 달성한 이후로는 무기를 만든 적이 없다. 기껏 도달한 경지를 활용하지 않으면 아무래도 손해겠지.

"도와줄까?"

"도와준다고요?"

뜬금없는 소리에 의아해하자 그녀는 웃으며 품속에서 구슬 하나를 꺼내 내 쪽으로 던졌다. 느릿하게 허공을 날아 떨어지는 구슬. 나는 반사적으로 그걸 받아 들었다.

"이건 무슨 구… 윽?!"

뿌득, 소리와 함께 올려졌던 오른팔이 아래쪽으로 처지고.

쿵!

땅을 디디고 있던 두 다리가 엄청난 부하를 받으며 주변 바닥이 지진이라도 만난 것처럼 흔들렸다. 자, 장난이 아닌데? 하마터면 그 구슬을 놓칠 뻔했지만 나는 왼손으로 오른손을 받쳐 억지로 버텼다. 우득, 다시금 불길한 소리가 들리자 에일렌이 놀라 다가왔다.

"괘, 괜찮아?"

"아아, 괜찮아. 그냥 좀 무거운 것뿐이니까."

"하지만 넌 힘이 센 걸로 아는데. 대체 얼마나 무겁기에 그 지경이야?"

탈골된 어깨뼈를 다시금 끼며 그녀의 질문에 답했다.

"꽤 무거워. 굳이 수치화하자면… 10.4톤?"

"10.4톤?!"

에일렌은 깜짝 놀라 내 손 위에 올려져 있는 구슬을 바라보았다. 지름 1.5센티미터에 불그스름한 색채를 띠고 있는 구슬. 당연하지만 그 어마어마한 무게에 걸맞지 않는 외양이다.

"어때?"

"훌륭하군요."

나는 마력을 활성화시켜 들고 있던 구슬을 그녀에게 던져 주자 가볍게 받아 드는 제니카. 물론 그녀가 10톤짜리 구슬을 받을 수 있을 만큼 구슬의 무게를 조절한 것이리라. 하지만 이만한 크기의 구슬에 10톤의 무게를 부여할 수 있다니. 만약 이걸 만든 게 제니카라면, 그녀의 인챈트 실력이 실로 뛰어나다는 말이리라.

보통 무게 조절, 그러니까 중력 제어 마법은 +의 개념이 아닌 X의 개념이다. 즉, 1킬로그램짜리를 10킬로그램으로 만드는 거나 1톤짜리를 10톤으로 만드는 거나 마력 면에서는 커다란 차이가 없다는 것이다. 물론 조작 부분이 넓으면 넓을수록 부담이 심해져 큰 물건일수록 제어하기 힘들기는 하지만, 무게 면으로만 보면 무거운 걸 더욱 무겁게 하는 건 쉽다는 말이다.

하지만 좀 전의 그 구슬은 기본적으로 가볍다. 무겁다고 해봐야 쇠구슬 정도였다고나 할까? 그런데 그걸 10톤에 이르게 만들 수 있다는 건 거기엔 실로 섬세하고 꽉 짜여져 있는 중력 시스템이 담겨 있다는 말이리라.

"팔은 괜찮아, 레온?"

"부러진 것도 아니니 괜찮아. 봉인도 다 풀려 있는 상태고."

물론 아주 멀쩡한 건 아니어서 뼈 여기저기에 금이 갔지만 내 재생력이라면 문제없이 회복할 수 있는 수준이다.

"자, 그럼 도와줄까? 말해두는데 일루전에 나만 한 인챈터는 없다고."

나도 일단은 인챈터라서 그런 것쯤은 쉽게 알아볼 수 있다. 아니, 그걸 떠나서 그녀는 엄청난 능력의 대마법사. 굳이 도와준다면야 마다할 이유가 없지.

"그럼 부탁드리죠. 혹시 원하시는 무기가 있나요?"

"물론! 혹시나 하고 재료랑 설계도까지 다 준비해 놨어. 그리고 정해놓은 마법 술식에 대해 말인데……."

쾌활하게 웃으며 떠들기 시작하는 제니카를 보다 고개를 돌려 에일렌을 불렀다. 무언가 마음에 안 든다는 표정이기는 했지만 순순히 따라왔다.

"그럼 가죠, 스틸 하트(Steel Heart)로."

10레벨 대장장이, 처음으로 활동 시작이다.

*　　　　　*　　　　　*

한 행성이 있다.

지구에서 수천 광년이나 떨어진 그 행성의 이름은 803. 뭔가 이상해 보이는 이름이기는 하지만 인간이 사용하는 문자 중 가장 비슷한 느낌이 그것이니 할 수 없는 일이다.

지구에서 수천 광년이나 떨어져 있음에도 그 별의 생태 환경은 지구와 매우 흡사한 편이었다. 인간을 닮은 지성체들이 행성의 대부분을 차지한 채 살아가고 있고, 다른 생물들은 그들에게 가축이나 사냥감의 형태로 귀속되어 있는 세계. 문명 수준은 지구의 관점으로 봤을 때 16세기 중반으로 산업혁명이 일어나고 있는 시기다.

증기기관이 발명되면서 기차가 달리기 시작하고, 의술이 발달되며 본격적인 문명이 퍼져 나간다.

그곳은 문명이 꽃피워지기 시작한 신세계로, 넘치는 생명력과 미래를 향한 희망으로써 활발하게 움직이고 있었다. 지구의 인간에 비해 비교적 선량하다고 할 수 있는 성향의 그들은 별다른 전쟁이나 위험 없이 자신들의 행성을 발전시켜 나가고 있었다.

하지만 그때,

거대한 우주선이 그 별로 다가왔다.

사람들은 혼란에 빠졌다. 당연한 말이지만 이제 막 기차가 달리기 시작한 문명 수준으로 우주선 같은 것에 대항할 수 있을 리가 없었으니까. 그렇기에 그들은 대항 대신 항복하기를 원했다. 어차피 저항할 수 없다면야 항복하는 것도 나쁘지 않을 거라고 생각했기 때문이다.

하지만 그때 하늘에 떠 있던 우주선에서 빛이 뿜어져 나왔다. 아름다워 보일 정도로 새하얀 빛. 그들은 모두들 놀라 건물 밖으로 나왔다. 그것이 뭔가 신호일 거라고 생각했기 때문이다. 그들은 모두 그 빛을 신기함 혹은 두려움으로 바라보고 있었다.

그것으로 마지막.

그들은 끝끝내 몰랐지만, 그것은 2.3킬로그램 분량의 반입자포였다.

＊　　　＊　　　＊

"포격 종료. 생존자가 있을 확률 0.012퍼센트."

"오랜만의 성과로군. 결과는?"

"잠시… 아, 확인되었습니다. 대상은 로즌 B타입. '수확' 가능한 생명체의 수는 약 14억 정도입니다."

계기판을 살피고 있던 사내가 대답한다. 아니, 사실 사내라고 확정 짓기도 어렵다. 어떻게 보면 남자 같기도 하고, 어떻게 보면 여자 같기도 한 중성적인 외모의 소유자. 하지만 그의 외모가 아름답다는 것만은 틀림없는 사실이다. 게다가 그의 등에 달려 있는 것은 6장의 날개. 천족이었다.

"14억이라… 저만한 크기의 행성치고는 적지만 그만큼이라도 필요하겠지요. 키울."

"네."

"수확을 시작하세요."

"뜻대로."

그렇게 대답함과 동시에 양손과 6쌍의 날개가 공명하며 사방에 떠 있는 홀로그램을 조작하기 시작한다. 스치듯이 지나가는 수많은 문자와 영상들. 그와 함께 우주선의 정면에는 거대한 에너지의 띠가 떠오르고…….

"거기까지."

"웃?!"

막 확인 버튼을 누르려던 카울은 깜짝 놀라 오른팔을 휘둘렀다. 물론 아름다운 그의 외양만큼 팔 역시 가냘프고 하얀 피부를 가지고 있긴 했지만 그래도 그는 천족. 거기에는 능히 바위를 부수고 쇠를 찢을 만한 힘이 담겨 있어 실로 위험스런 공격이었다. 뭐, 물론 맞았을 때의 이야기지만 말이다.

"넌… 누구냐? 어떻게 여길 들어왔지?"

"그야 걸어서."

"무슨 헛소리를!"

함장으로 보이는 파워즈(Powers:能天使)가 양손을 주머니에 넣고 있는 사내를 보며 이를 갈았다. 현실의 것이 아닌 듯한 연두색 머리칼에 우락부락하지는 않지만 탄탄해 보이는 몸. 그는 인간의 모습을 하고 있었지만 그에게서 느껴지는 기운은 명백히 인간 외의 것이었다. 아니, 뭐, 상식적으로 생각해도 함선 내로 침입한 존재가 평범한 인간일 리는 없겠지만 말이다.

"아아, 정말 짜증스럽네. 아수라 놈이 신드로이아가 피어 있지 않은 행성에는 도통 관심을 기울여 주질 않으니 이런 녀석들이나 판치고 말이야."

"무슨 소리를 하는지 모르겠군. 우리는……."

"아아, 됐어."

연두색 머리칼의 사내, 그러니까 다크는 파워즈를 보며 코웃음 쳤다.

"이런 일도 지긋지긋하네. 한 박자 늦은 것도 짜증나고. 나 바쁜 몸이니까 이만 끝낸다."

"대체 무슨 소……."

쾌득!

순간 무언가 부서지는 소리가 들렸다. 순간적으로 상황을 파악하지 못한 듯 멍청한 표정을 짓는 파워즈. 다크는 주머니 속에 들어 있던 오른손을 들어 올렸다.

아무런 빛도 보이지 않는 우주 공간에 한 명의 사내가 서 있다. 연두색 머리칼에 탄탄한 몸매를 지니고 있는 사내. 몸을 뒤덮고 있는 우주복도, 심지어 보호막 같은 것도 없지만 그는 진공 상태의 우주에서도 아무렇지 않은 듯했다.

쿠쿠궁—

그의 옆에서는 어지간한 섬에 필적하는 부피를 지닌 우주선이 파괴되고 있었다. 아니, 사실 이 경우에는 파괴라는 단어는 어울리지 않을지도 모른다. 정확히 말해 그 우주선은 '압착' 되고 있었던 것이다. 마치 어마어마하게 큰 거인이 그것을 찌그러뜨리고 있는 것만 같은 모양새다.

"저 별도 끝났군."

그는 우주선 같은 건 상관없다는 표정으로 파괴되어 버린 행성을 바라보았다. 그 별에 더 이상 생물체란 없다. 애초부터 행성에 사는 모든 존재의 파괴가 목적이었으니 당연할지도 모르는 일이다.

창세 이후, 창조신은 4개의 신드로이아를 기반으로 4개의 차원을 확립했다. 그것이 테이란과 파니티리스, 그리고 프레이드와 진이다. 그 차원 하나에는 셀 수 없을 정도로 무수한 별들이 존재했는데, 개중에는 지성체들이 살고 있는 행성 역시 존재했다. 물론 행성에 지성체가 살아남기 위해선 많은 조건이 필요한 만큼 흔하다고는 할 수 없었지만, 그래도 그 수는 수십만에 달한다. 딱히 다른 이유가 있다기보다 순수하게 우주가 넓기 때문이다.

물질계에서 신적 존재가 벌이는 모든 일은 아수라에 의해 감시받는다. 하지만 그건 절대적이라고 할 수 없다. 왜냐하면 그의 감시는 신드로이아가 피어 있는 행성에만 국한되어 있었기 때문이다.

"타나토스."

[──.]

부름과 동시에 이미 상대방은 그의 옆에 서 있다. 아니, 사실 그는 어디라도 있는 존재다. 지금 그가 '인식'하여 모습을 드러냈을 뿐.

"영혼들을 수거해. 너라면 명계로 인도할 수 있겠지."

[──.]

일렁이는 검은색 그림자는 대답하지 않았다. 아니, 사실 입이라는 게 존재하지도 않은 만큼 말이라는 것을 할 수 있을지도 의심스럽다. 나타났을 때와 마찬가지로 아무런 흔적 없이 사라지는 죽음. 다크는 아무런 감정도 담겨 있지 않은 눈으로 이제는 죽음의 별이 되어버린 803을 바라보았다.

"골치 아프게 됐군."

그 별에서는 오염된 영적 파동이 미친 듯 폭주하고 있었다. 당연하다면 당연한 것이, 지성체가 살고 있는 행성에는 으레 성계신(星界神)과 더불어 수많은 정령과 영체들이 존재하기 때문이다. 게다가 자연적으로 행성이 궤멸했다면 모를까 외부적인 요소로서 파멸 당했다면, 그 결과란 결코 긍정적일 수 없으리라. 자칫 잘못하면 억울하게 죽은 영혼들이 서로 융합해 우주를 떠돌지도 모르는 일이다.

"결국 내가 처리해야 하나."

한숨을 내쉬며 오른팔을 들어올린다. 이제는 무인 혹성이 되어버린 803. 그는 오른손을 뒤로 당겼다가 천천히 앞으로 내질렀다.

후웅—

바람이 분다. 물론 그것은 있을 수 없는 일이다. 진공 상태라고 할 수 있는 우주에서 바람이라니? 과학 지식이라고는 전혀 없는 초등학생이 들어도 코웃음 칠 정도로 어처구니없는 일이었다.

쿠오오오—

하지만 그럼에도 바람이 분다. 다크의 손끝에서부터 시작해 무시무시한 기세로 크기를 키워 나가기 시작하는 연두색 소용돌이. 그것은 순식간에 행성 803을 집어삼켰다.

"쉬어라."

그리고 그와 함께 모든 것이 끝났다. 마치 거짓말 같은 풍경이다. 우주에서 불어온 바람이 행성 하나를 산산이 분쇄하여 마침내 소멸시켜 버렸으니 마치 믹서로 사과를 갈아버리는 것 같은 모습에서는 이미 현실성이라는 개념 자체가 결여되어 있다.

"이런 짓을 파니티리스에서 했다간 난리가 나겠지만. 뭐, 잘나신 아수라께서는 신드로이아가 피어 있지 않은 행성에는 무관심하시니 상관없겠지."

그가 가볍게 손을 내젓자 그에 따라 공간이 열렸다. 어지간한 마법사들은 게이트(Gate)를 열었다고 생각하겠지만, 실상은 강기로 차원을 갈랐을 뿐이다. 물론 목적지를 조절할 수 있다는 점에서는 게이트와 하나도 다를 바 없는 이동 방식이기는 하지만 말이다.

슈우—

다크가 들어섬과 함께 사라지는 공간의 틈. 그리고 우주는 언제나 그랬듯 고요 속으로 빠져들었다.

＊　　　＊　　　＊

쩡!

불꽃이 튄다. 마력이 요동치며 검과 망치가 비명을 지른다.

쩡!

한 번의 망치질과 함께 몸 안의 마력이 썰물처럼 빠져나간다. 당연한 말이지만 금속에 마력을 때려 넣는 것은 효율이 그다지 좋지 않은 편이다. 금속 안에 1의 마력을 넣기 위해 17의 마력이 들어가는 셈이니까.

물론 단순하게 효율이 나쁘다고 하면 17의 마력 중 16이 흩어지고 1만이 남는 느낌이지만 다 그런 건 아니다. 이건 뭐라고 할까… 그래, 재료의 문제다. 1의 마력을 안착시키고 16의 마력이 흩어지는 게 아니라 1의 마력을 안착시키기 위해 16의 마력이 소모된다고 할까? 하여튼 그런 느낌이다.

"후우, 이 정도면 되겠군."

"에, 그럼 나 이제 시작해도 돼?"

"부탁하지. 타이틀 변경."

헬 하운드 슬레이어(Hell Hound Slayer).

불에 대한 속성력을 증대시키며 정신을 집중하는데 등 뒤로 부드러운 손길이 닿는 것이 느껴진다. 그 느낌은 굉장히 새로웠다. 왜냐하면 지금의 난 마력 감응을 위해 상의를 벗은 상태였고, 또한 에일렌의 손에는 거대한 마력이 담겨 있기 때문이다.

[크르르.]

순간 짐승의 울음소리를 들었다고 생각했다. 지금 에일렌의 팔을 통해서 들어오는 것은 헬 하운드의 마력. 화염이라는 속성에 특화된 그 마력은 활성화된 것만으로도 화염을 불러일으켜 모든 것을 태운다. 그것은 존재하는 모든 마력 중 가장 공격성을 지닌 마력이었으니까.

화악!

헬 하운드의 마력에 반응해 모루의 불길이 더욱 맹렬하게 타오르기 시작한다. 화끈한 열기. 몸집을 더욱 키운 불꽃은 마침내 내 쪽에까지 이르렀지만 상관없다. 어차피 지금의 난 화염에 의한 피해를 입지 않는 상태니까.

쩡!

망치질을 재개한다. 물론 내 마력은 거의 바닥난 상태라 빈 공간으로 헬 하운드의 마력을 채워 넣는다. 당연한 말이지만 그 마력을 내가 활용할 수는 없다. 그것은 결국 타인의 마력. 지금 내 그릇[몸]에 내용물[마나]이 없기에 잠시 머무를 수는 있지만, 어차피 그 이상은 담을 수도 없을뿐더러 가지고 있어 봐야 내 몸에 지속적인 타격을 줄 뿐이니까.

그렇기에 난 그것들을 들어오는 즉시 망치 쪽으로 이끌었다. 몰려드는 불꽃의 마력에 망치가 시뻘겋게 달궈졌지만 이미 특수 처리해 놓은 상태라 뭔가 잘못되거나 하지는 않았다.

쩡!

몸 안에 들어왔던 불꽃의 마력이 망치질과 함께 검 속으로 쏟아졌다. 에일렌은 계속해서 마력을 유입하고, 나는 그것을 바로바로 소진시켰다. 그리고 그 과정이 반복되면 반복될수록 검에 깃들이는 폭염은 기세를 더해 망치질을 할 때마다 불길이 일 정도였다.

쩡!

불꽃이 튄다. 마력이 요동치며 검과 망치가 사납게 포효한다. 뿜어지는 열기와 폭염. 가만히 있던 제니카는 그 모습을 보며 몸을 일으켰다.

"내 차례네. 장비 4번."

가볍게 읊조림과 함께 강철로 만들어진 1.8미터짜리 지팡이가 모습을 드러냈다. 그건 너무나도 홀연해서 마치 마술 같지만, 당연하게도 아무도 놀라지 않았다. 그것은 장비 변경, 유저라면 누구나 가지고 있는 기본 능력이었으니까.

제니카는 그 지팡이를 자신의 정면으로 세우고 눈을 감았다. 조용히 일렁이기 시작하는 마력의 흐름. 그 흐름이 진정될 즈음에 그녀의 눈이 떠졌다.

"명하노라, 내가 명하노라. 폭염과 암흑, 광기와 파괴의 이름으로 내가 명하노라."

빛이다. 불꽃도 폭염도 아닌, 마치 작은 전구를 켜놓은 것 같은 소소한 빛. 하지만 그 빛은 붉고, 또한 뜨거웠다.

"지금 내 앞에서 멸하라. 작열(灼熱)하는 십일월(十一月)."

그녀의 말과 동시에 떠 있던 적광이 검 쪽으로 내려선다. 그리고 느껴지는 무지막지한 열기!

"웃."

피부를 익혀 버릴(농담 안 하고 문자 그대로의 의미다) 것 같은 열기에 신음성을 내뱉었다. 맙소사! 지금의 난 화염에 대한 속성력으로 보호받고 있는 데도 이 지경이라니? 인챈트라기보다 공격 기술에 가까운 위력에 감탄하는데 제니카가 오른손을 들어올렸다. 그와 함께 그녀의 손바닥과 손등에 새겨진 두 개의 마법진이 빛나기 시작했다.

　　―속삭여라, 제어(制御)하는 사월(四月)의 꽃.

　　―붙잡아라, 자각(自覺)하는 오월(五月)의 사슬.

　　―짓눌러라, 억제(抑制)하는 유월(六月)의 추.

—포효하라, 분노(忿怒)하는 칠월(七月)의 야수.

—각성하라, 의식(意識)하는 팔월(八月)의 눈.

울리는 듯한 목소리와 함께 일렁이는 마력에 할 말을 잃었다.

"다중 영창(多衆詠唱)……?!"

너무 어이가 없어서 망치질을 멈출 뻔했다. 아니, 대체 이 여자는 어느 별에서 온 괴물이야? 엔간한 아크 메이지도 더블 스펠에서 버벅거리는 판에 다중 영창. 그것도 오중창이라니?

오중창의 난이도는 결코 일반 마법의 다섯 배가 아니다. 극적인 예로 더블 스펠(그러니까 이중창)만 해도 일반 주문의 십수배에 달하는 난이도를 가지고 있다. 그런데 삼중창은 거기에 다시 십수배. 사중창은 다시 십수배. 오중창은 또 십수배…….

난 꽤 똑똑한 편이라고 생각하지만 더블 스펠도 정말 최근에 와서 간신히 사용하게 되었다. 이건 뭐, 노력이고 열정이고를 떠나 지능의 문제이기 때문에 마법사로서 마스터에 이른 유저들 중에서도 다중 영창을 쓰는 건 극히 일부다. 굳이 수치화하자면 약 10% 정도랄까. 다중 영창이라는 건 그 효과에 비해 너무나도 어려워서 유저들은 차라리 고속 신언(高速神言) 쪽을 선호하는 편이니까.

"집중!"

"아, 미안."

에일렌의 질책에 정신을 차리고 물밀듯 밀려오는 마력을 제어해 바로 망치 쪽으로 이끌어 검을 내려쳤다. 휴우, 이거 반동이 엄청나군. 마력이 반발하기 때문인지 망치질 한 번 한 번마다 상당한 힘이 들어간다. 만약 내가 망치를 놓치기라도 한다면 그대로 천장을 뚫고 하늘로 날아가지 않을까 하는 생각이 들 정도이니. 그나마 지금의 나도 착(着)으로 바닥에 뿌리를 내리고 있어서 그렇지, 만약 무방비로 있었다면 2~3미터쯤 튕겨 나가고 말았을 것이다. 힘이 아무리 세도 무게에는 변함이 없는 법이니까.

웅―

불현듯 망치질하던 검이 공명하기 시작했다. 금속 자체에 때려 넣은 마나와 금속 표면에 설치된 마나 회로가 반응하기 시작한 것이다.

"에일렌."

"알았어."

에일렌은 내 등에 대고 있던 오른손을 조심스럽게 떼 미리 준비해 놓은 포션을 잡아 들었다. 그것은 만드라고라와 월석, 그리고 게리온의 발톱을 연금술로 조합시켜 만든 일종의 마법 시약으로, 나는 망설임없이 그것을 검 위에 부었다.

치이익!

아주 극소량만이 증발하기는 했지만 나머지는 아무런 탈 없이 검 속으로 스며든다. 일순간 푸르게 변하는 미스릴 합금. 나는 남아 있는 마력을 일시에 활성화했다.

"분해(Dissolution). 그리고 물질 주입(Substance Injection)."

정해진 법칙에 따라 마력을 배분하고 완성품을 이미지하여 아직 존재하지조차 않는 결과의 틀을 만들어낸다. 휘몰아치는 불길과 그 안에서 몸부림치는 마력의 폭풍. 나는 마지막 재료를 검에 첨가했다.

"오리하르콘(Oriharcon)."

그것은 일종의 차원 촉매로써 이 세상에 존재하는 모든 물질의 원천이다. 사실 잘 쓰면 발전기로도 쓸 수 있다는데, 어차피 넘치는 게 마력인데 그런 방식으로 사용할 필요는 없겠지.

화아악―!

세 조각의 오리하르콘이 검에 스며듦과 동시에 푸르게 변하더니 이제는 숫제 타오르기 시작한다. 그 직후에 바로 가라앉기 시작하는 화염. 나는 천천히 마력을 안정화시키고는 웃었다.

"하나 완성."

그러나 갈 길은 멀지. 나는 다시 망치를 잡아 들었다.

＊　　　＊　　　＊

2021년 12월 25일. 오후 10시.

일루전에 존재하는 마법 물품들은 흔히 마법기(魔法器)라고 불린다. 이 마법기는 특급에서 8급까지 나누어지는데, 그 등급에 따라 효과와 가격이 결정된다.

8급 마법기는 50포인트 이하의 마력이 담긴 아이템으로 주로 1클래스 급의 마법이나 주술이 걸려 있는 마법기를 말하는데 그 종류가 실로 다양하다. 사소하게는 숫자 파악이나 발열 마법부터 매직 미사일 발생까지. 담겨 있는 마력 자체가 적은 만큼 그 위력은 그리 크지 않지만 그만큼 컨트롤은 쉬워 별의별 아이템이 다 있다. 심지어는 귀이개나 낙서하기 같은 것들도 있을 정도니 더 말할 필요도 없겠지.

다음으로 7급 마법기는 100포인트의 마력이 담긴 아이템이고, 6급 마법기는 150포인트 이하의 마력이 담긴 아이템이다. 뭐, 그래 봤자 다들 2클래스 이하의 마력이라 그리 강력한 물건은 없다고 할 수 있다. 그 다음이 5급 마법기. 5급 마법기는 200포인트의 마력이 담긴 아이템으로, 본격적인 마법기라 불릴 수 있는 수준이다. 마력으로 치자면 약 3클래스 정도랄까? 3클래스라면 왠지 약해 보이는 기분이 들긴 하지만 그래도 무시할 수는 없다. 왜냐하면 파이어 볼(Fire Ball)이나 썬더(Thunder), 그리고 아이스 스피어(Ice Spear) 같은 실용 마법들이 모두 여기에 속하기 때문이다. 이것들은 쓰기에 따라 괜찮은 위력을 내기 때문에 마스터 급 유저 사이에서도 흔히 쓰인다.

그리고 다음은 4급 마법기. 300포인트의 마력을 담으면 만들어지는 4급 마법기는 마력 안전화에 효율이 좋기 때문에 지속적으로 유지되는 결계 등이 담겨지게 된다.

"설명이 길어지는군."

뭐, 3급 마법기는 400포인트의 마력, 2급 마법기는 500마력이 들어간다. 이것들은 꽤 높은 수준의 마법기라고 할 수 있는 물건들로, 많은 유저들이 즐겨 사용하는 물건이다.

그리고 1급 마법기. 1급 마법기는 600포인트의 마력이 담겨 있는 아이템으로, 클래스로 치면 7클래스 급 마력이 담긴 물건들이다. 흔히 말하는 등급으로 치자면 레어(Rare) 급이랄까? 이것들은 마법 물품이 판을 치는 라비린토스에서도 상당히 귀한 물건들로, 강력한 위력과 효과를 자랑한다. 그 위력은 이미 상식 밖이라서 어지간한 전차나 전략적 미사일에 맞먹을 정도다. 잘 만들어진 1급 마법기는 단지 휘두르는 것만으로 건물 십수채를 날려 버릴 뿐만 아니라 강철을 우그리고 바위를 녹이는 위력을 가지고 있으니까.

뭐, 사실 1급 마법기 정도만 돼도 유저들로서는 제조가 거의 불가능하다. 애초에 인챈트라는 것은 사물에 마력을 입히는 작업. 그렇기에 보통 인챈트는 인챈터의 클래스보다 한두 단계 낮기 때문이다. 매우 숙련된 8클래스 인챈터 혹은 9클래스의 마도사가 아닌 이상 1급 마법기를 만들기는 어렵다.

하지만 그렇게 강력한 1급 마법기도 최강의 위력을 가지고 있는 것은 아니다. 바로 그 다음 단계, 사실상 아이템으로써는 최후의 등급. 그것은 바로…….

"특급 마법기……."

"우와!"

"이건 상상 이상이네."

나는 내 손에 잡혀 있는 적색의 검을 보며 말을 잇지 못했다. 일렁이는 화염. 넘쳐흐르는 마나의 흐름. 그 마력은 자체적으로 8클래스에 맞먹는다. 물론 집결식 마력이라 딱 한 번 쓰면 24시간 정도 재충전해야 한다는 단점이 있긴 하지만 그럼에도 강대한 위력의 무기이다.

"대단해. 이게 10레벨 대장장이의 특수 능력이구나."

"하지만 제니카님의 도움이 없었다면 불가능한 결과입니다. 에일렌의 도움도 그렇고요."

특급 마법기는 일루전 속에서 흔히 유니크(Unique)나 스페셜(Special)로 불리는 물건이다. 유저가 만들기는 불가능하고, 오직 사냥을 통해서만 얻을 수 있다는 희귀 아이템. 그런데 그걸 만들어내다니. 만들고 나서도 얼떨떨할 정도로군. 나는 만들어낸 무기들을 일렬로 늘어놨다.

"이름은 정했어?"

"그냥 간단하게 화령(火靈), 뇌령(雷靈), 독령(毒靈), 수령(水靈)으로 했습니다."

내 앞에는 각기 다른 기운을 뿜어내고 있는 4개의 클레이모어가 자리하고 있었다. 헬 하운드의 마력을 담은 화령검. 썬더버드의 마력을 담은 뇌령검. 루인 포레스트의 마력을 담은 독령검. 레비아탄의 마력을 담은 수령검.

그것들은 에일렌의 몸속에 들어 있던 특수 마력들을 집어넣은 후 각종 마법과 주술, 그리고 특수 능력으로써 만들어진 물건이다. 그 위력은 상당한 것이라 필살 무기로 사용하면 엄청난 위력을 발휘하리라.

"그럼 제니카의 물건은 뭐라 이름 지으셨습니까?"

"내 거라면 북두강옥(北斗鋼玉)."

"북두강옥? 그건 그냥 철입니다만."

"괜찮아. 옥색으로 덧칠할 거니까."

"그 문제가 아니라고 생각하는데."

고개를 들어 제니카를 보호하듯 떠 있는 7개의 쇠구슬을 바라보았다. 내 사령검(四靈劍)도 대단하지만 저 구슬들도 내 검에 비해 절대 뒤지지 않는 마법기다. 기본적으로 강대한 마력을 지니고 있으며, 각종 방어 마법과 술식들을 품고 있는 저 쇠구슬들은 단지 띄워놓는 것만으로도 주문을 강화시킬 수 있는 것이다.

그뿐만이 아니다. 저 구슬들은 제니카가 맨 처음 나에게 보여주었던 쇠구슬처럼 강대한 중력 마법이 걸려 있기 때문에 사용자(그러니까 제니카)가 원한다면 얼마든지 무게를 조절할 수 있다. 무게는 최고 15톤까지 증가시킬 수 있는데, 그 상태에서도 시속 200킬로미터에 가까운 속도를 낼 수 있기 때문에 물리적으로도 어마어마한 위력을 발휘한다. 만약이라도 그걸 얻어맞았다간 좀 다치는 정도로는 끝나지 않으리라.

"아아, 그나저나 크리스마스가 다 지나갔네."

"오래 놀 여유가 없어서… 죄송합니다."

꾸벅 고개를 숙이자 그녀가 손을 흔든다.

"아니, 됐어. 작업도 꽤 재미있는 편이었고, 좋은 장비도 얻었으니까. 그리고… 우."

"제니카님?"

갑자기 비틀거리는 바람에 놀라 다가서자 그녀는 손을 흔들었다.

"잠깐 유체 이탈된 것뿐이야. 으으, 너무 졸려."

"유체 이탈이라니… 아."

나는 그제야 우리들이 밤을 꼴딱 새버렸다는 것을 깨달았다. 생각해 보니 일루전 시스템상 잠을 자지 않으면 일순간 육신의 제어권을 놓치고 유체 이탈을 한다. 나도 예전에 잠을 못 자서 같은 경험을 한 적이 있다.

"그럼 가서 잘게. 로그오프."

뭐라 말할 틈도 없이 사라진다. 많이 졸린 모양이군. 어깨를 으쓱이자 에일렌이 묻는다.

"그런데 이제 넌 어쩔 거야? 역시 수면?"

"난 됐어."

현체가 죽어 이쪽 세계로 완전히 귀속된 후 내 수면 시간은 상당히 줄었다. 어찌 보면 당연한 것이, 수면이란 지친 육체의 휴식을 위한 것이라 어지간한 능력자만 돼도 수면 시간이 줄어드는데 이 몸을 가지고 오래 잘 필요가 없다.

아, 물론 그건 다른 유저들도 마찬가지일지 모르지만 그들은 이쪽 몸[神體]보다 저쪽 몸[現體] 쪽이 피로한 거니까.

"좋아. 그럼 바로 파니티리스로 나가……."

팟!

그때 하늘로 푸른색의 문자가 떠오른다.

크리스마스 특별 이벤트! 세 개의 시련을 생성합니다! 자세한 사항은 공지 사항을 살펴주세요!

"그러고 보니 아직 크리스마스네."

"하지만 세 개의 시련이라니 또 뭘 하려는 거야?"

나는 가부좌를 취해 게시판에 접속할까 하다가 왠지 그것도 귀찮아져 근처의 식당으로 향했다. 식당에는 광고 게시판이라는 게 있으니까. 물론 그걸로 세부적인 게시물까지 확인할 수는 없겠지만 공지 사항 정도는 볼 수 있기 때문이다.

웅성웅성.

어느새 게시판 앞에는 수많은 유저들이 모여 있었다. 야심한 시간에 다들 깨 있다니 하고 놀라기도 애매한 것이, 일루전은 전 세계 사람들이 플레이하는 게임인지라 한국이 밤이어도 낮인 나라가 얼마든지 있기 때문이다.

"우와, 이거 진짜냐."

"죽이는데."

뭔가 좋은 소식인 듯 탄성을 내지르는 유저들 속에서 게시판을 본다.

세 개의 시련 추가!

크리스마스 기념 새로운 패치! 12월 26일 0시를 기준으로 탄생의 분수에 시련의 문을 생성합니다. 시련의 문에 들어가면 시련이 주어지는데, 그것을 이겨낼 때마다 1개의 예비 생명을 받습니다! 제목 그대로 시련은 총 세 개로써, 충전할 수 있는 시련 역시 세 개. 당연하지만 뒤쪽의 시련일수록 난이도가 상승합니다.

점점 쌀쌀해지기 시작하는 겨울. 일루젼과 함께 즐거운 시간 되시길 바랍니다.

추신―아, 참고로 시련의 문에서 얻어낸 예비 생명의 유지 기간은 한 달입니다. 만약 유저가 잘 살아남는다 해도 한 달의 시간이 지나면 예비 생명이 사라지니 다시 시련의 문으로 와서 시련을 통과하시길 바랍니다.

"우와아, 예비 생명."

"죽음 페널티 때문에 말이 많더니 이런 거라도 생기네."

사람들이 웅성거린다. 반응은 다양했지만 전체적으로 좋아하는 분위기다. 왜 아니겠는가. 수십 번도 넘게 죽을 수 있는 다른 게임들과는 다르게 일루젼은 죽으면 보름, 혹은 한 달 정도 게임 자체에 접속할 수가 없었다. 그런 판에 이런 게 생겨주니 기쁘지 않을 수 없겠지. 지금껏 죽음 페널티 때문에 고생해서인지 '아이, 좋아~' 하고 헤헤거리는 분위기. 하지만 그때 한 사내가 옆에 있는 노인에게 물었다.

"확실히 이상하군요, 이놈의 게임."

"허허, 뭐가 말인가?"

전혀 뜬금없는 말임에도 태연하게 반응하는 노인. 사내는 다시 말했다.

"운영 방식이요. 영감은 게임 자체가 처음이라 잘 모르겠지만, 보통 다른 게임에서는 플레이어들의 힘을 강하게도 했다가 약하게도 했다가를 반복하면서 밸런스를 맞추기 마련이었습니다."

"그런데 일루젼은 아니다?"

노인의 말에 사내는 고개를 끄덕인다.

"네. 일루젼은 패치할 때마다 유저들을 강화시키기만 하고 있어요. 단 한 번도 유저를 약하게 하는 패치를 본 적이 없습니다."

별 생각 없이 쳐다봤는데 뜻밖에도 아는 얼굴이다. 훌륭하게 다듬어진 상체에 자신의 키보다도 큰 창을 들고 있는 금발의 사내. 그는 우리 길드원 중 한 사람으로, 스스로를 마창사라 부르는 트레스카였다.

"허허허, 확실히 그렇군."

그리고 그 옆에 있는 사내는 초면. 나이는 대충 6~70대 정도 되어 보이는데 놀라울 정도로 강건한 육체를 가지고 있다. 우, 우와! 저게 노인네의 몸이란 말인가. 완전 근육질인 것이 보디빌딩이라도 한 것 같다. 일루젼의 몸은 물론 신체지만 그 모습은 현실의 몸을 따른다는 걸 생각했을 때 저 노인은 원래 저런 몸을 가지고 있다는 말이리라.

"저기, 레온. 저 노인……."

"알아. 강하네."

파니티리스에 널린 게 은거 고수라는 말을 새삼스럽게 깨닫는다. 물론 기운이 정확하게 파악되는 걸 보아 싸우면 이기겠지만 그래도 저 정도면 엄청나다. 지금까지 내가 본 유저 중에서도 상위에 속하는 실력자인 것이다.

"앗, 레온. 저기 아래쪽의 게시물을 봐."

“아래쪽 게시물?”

고개를 숙여 아래 쪽 게시물을 보자 광고가 보인다.

백팔나한진(百八羅漢陣).

무신(武神) 길드에서 백팔나한진에 참여하실 마스터를 모집합니다! 검, 창, 권, 궁 등 어떤 무기라도 상관없으니 실력에 자신있는 분들은 마음껏 참여하세요~! 사람이 적으면 오행진(五行陣)이나 북두대천강검진(北斗大天剛劍陣) 혹은 진무칠절진(眞武七截陣) 쪽으로 전환할 생각이니 사람이 없어 계획이 무산될 거라는 걱정없이 마음껏 오시면 됩니다! 직접계 모든 마스터분들 환영~

무신 길드 마스터.

유리아 디제스터.

“백팔나한진이라니…….”

이젠 별게 다 나오는군. 게다가 유리아라면 레이그란츠랑 같이 다니던 그 여자가 아닌가?

“참여할 거야?”

“됐어.”

“그럼 시련의 문은?”

“그것도 안 해.”

아쉽게도 유저로서의 부활은 나에게 적용되지 않는다. 일루전에서 죽은 유저를 부활시키는 방식은 어디까지나 현체의 존재를 이용한 것이니까. 영혼이 속할 본질적인 그릇이 없는 이상 부활하기 위해서는 다른 수단을 찾아야만 하는 것이다. 그나마 난 사기 급 타이틀 드래곤 슬레이어가 있으니 다행인 편이다.

끼익.

　서부영화에서나 나올 법한 스윙 도어(Swing Door)를 밀치며 식당에서 빠져나왔다. 그나저나 저 식당도 어이가 없군. 건물 자체는 기와집인데 스윙 도어를 달다니 무슨 개념이냐?

　윙―

　"응?"

　불현듯 들리는 공명음과 함께 땅으로 초록색의 선이 그어진다. 그것은 모든 유저들에게 공통적으로 연결되어 있는 시스템 링크(System Link)다.

　"이번엔 또 뭐야?"

　의아해하자 마치 답을 해주듯 하늘 위로 글자들이 떠오른다.

　마스터 스킬 '부여(附與)'를 획득하셨습니다!

　"…하?"

　말 그대로 어이가 없어서 입만 벙긋거렸다. 마스터 스킬? 그것도 연금술사 마스터 스킬이라고? 아니, 왜? 난데없이 이게 무슨 소리야? 연금술사 레벨은 겨우 27이었는데, 그게 50까지 뛰어올랐단 말인가?

　다급하게 레벨 목록을 불러온다.

직업	레벨	직업	레벨
기사	55	마법사	50
무투가	50	암살자	42
정령술사	50	궁사	30
카드법사	32	예술가	34
사령술사	50	연금술사	50
신관	25	소환사	25

　"역시 50이네."

"에에? 정령술사야 언데드 노가다로 찍은 거지만 연금술사는 언제 찍은 거야?"

"그, 글쎄. 난 무기를 만든 것밖에는… 설마?"

나는 오른손으로 왼손을 두 번 쳐 스킬창을 띄웠다. 그리고 수련 목록을 검색하자 그 결과가 바로 나온다.

특급 마법기 제조 5/5

"특수 경험치인가."

특수 경험치란 다른 직업의 경험치와 중첩되지 않는, 직업 고유의 수련치를 말한다. 요컨대 무공의 절정(Ex:천마신공 12성)이라던가 상승의 마법 기술 실현(Ex:제니카의 오중창) 같은 직업 고유의 실력을 쌓아 새로운 길을 개척하면 상당히 많은 경험치를 한번에 주는 것을 말한다. 하나같이 더럽게 어려워서 무시하고 있었는데 특급 마법기 제작이 거기에 속할 줄이야.

"하지만 그래도 이건 심각할 정도로 많아. 27에서 단숨에 마스터라니."

역시 조작인가? 하고 하면 떠오르는 건 두 명뿐이다. 뭐, 두 명이라고는 해도 사실 한 무리니 결국 대상은 뻔한 것이다.

"밀어도 너무 밀어주는걸?"

"확실히. 아니, 뭐, 고맙기는 한데 너무 심한 편애 아닌가? 다른 유저들한테 미안해질 정도라니."

하지만 이럴 거면 그냥 모든 레벨을 다 올려주면 되잖아? 하며 의아해하는데 에일렌이 말을 꺼냈다.

"운영자라고는 해도 유저 레벨을 막 올려줄 수는 없어."

"왜?"

"조건 계약의 문제지. 애초에 일루젼은 만들어질 때부터 유저의 '성장=경

험치' 라고 정해져 있거든. 약간의 조작은 가능할지 몰라도 전반적인 개편은
할 수 없어."

일루전이라는 세계도 그리 간단하지만은 않다는 말이군. 그냥 '너는 올 마
스터!' 하면 '아싸!' 하고 끝날 수는 없다는 말인가.

"…어라?"

"왜 그래?"

"아니, 잠깐만."

잠시 제자리에 멈춰 생각을 정리해 보았다. 차라리 몰랐다면 '다크가 올렸
나 보다' 하고 말겠지만, 에일렌의 설명을 들으니 이 레벨 업은 뭔가 이상하
다는 느낌이 들었다. 그래, 아무리 생각해도 이건 너무 높다. 유저의 레벨 업
에 제한이 있고, 그것을 카인과 다크도 어기기 힘들다면 구태여 이런 짓을 해
서까지 연금술사 레벨을 올려줄 필요는 없지 않은가? 지금 내가 세이지가 된
다고 해서 팍! 하고 강해지는 것도 아닌데 그들이 이런 무리를 할 이유가 없
는 것이다.

다시 오른손으로 왼손을 두 번 쳐 스킬창을 띄운다. 좌르륵, 늘어지는 스
킬 수련. 나는 그것들 중 최근의 수련들을 뒤져 보았다. 가장 최근의 수련은
아까 찾았던 특급 마법기 제조. 그리고 그 위에 있는 것은…….

가디언 제조 1/1

"……."

잠시 할 말을 잃었다. 가디언 제조라니? 이건 또 무슨 헛소리야? 지금 여
기 써 있는 가디언이라 함은 연금술사 레벨이 75에 이르러야 만들 수 있다는
그 가디언이 맞으렷다?

"에, 가디언은 또 언제 만들었어?"

“만들긴 개뿔.”

언제고 뭐고 난 가디언을 만들 능력조차 없다. 아니, 궁극의 골렘이라는 가디언은커녕 일반 골렘조차 40레벨에 도달하지 않으면 만들 수 없는 마당에 가디언이라고? 최상급 연금술사라고 할 수 있는 레스의 럭셔리(아아, 이 눈물 나는 네이밍 센스라니)조차 가디언에는 이르지 못했는데 난데없이 이 무슨 소리란 말인가.

나는 오른쪽 눈꺼풀을 잡아당겨 아이템 열람표를 열었다. 좌르륵 늘어지는 아이템 목록. 하지만 당연하게도 그 어디에도 가디언의 이름은 없다.

“어떻게 된 거야?”

“글쎄.”

물론 나한테 손해 갈 것은 없다. 어쨌든 연금술사 레벨이 50에 이른 건 사실이고 거기에 따른 페널티 역시 없었으니까. 아니, 이 경우는 오히려 페널티가 너무 없어서 불안한 상황이니 말 다한 거겠지.

“일단 다크를 만나봐야겠군.”

파니티리스로 나오는 건 그리 어렵지 않은 일. 나와 에일렌은 해방의 문(의 옆에 있는 쪽문)을 이용해 라비린토스를 빠져나왔다. 그리고 그 앞에 있는 것은 세계의 틈이라 불리는 거대한 협공, 그라나 크레바크. 그리고 그곳을 담당하고 있는 것은…….

“앗, 안녕하세요!”

“…에?”

전혀 생소한 얼굴이었다. 그새 책임자가 바뀐 건가? 아니면 우연히 놀러 온 유저? 약간 뚱뚱한 체형의 청년이 김밥 한 줄을 씹어 먹고 있었다.

“어라? 응? 흐음.”

“왜 그러십니까?”

"아뇨. 형 때문에… 음음. 그런 게 아니라… 꿀꺽. 옆에 누나… 쩝. 때문에
요. 후아."

"……."

좀 먹고 말해라. 내가 작게 투덜거리거나 말거나 에일렌은 전혀 신경 쓰지
않고 그 청년에게 물었다.

"나 때문이라니. 뭐가 이상해?"

"이상하다면… 뭐, 이상하죠. 이 기운이 뭐더라……."

그는 작게 신음성을 내며 뭔가에 대한 기억을 떠올리려는 듯 생각에 빠져
들었다. 그리고 그렇게 잠깐 있었을까? 그는 알았다는 듯 손뼉을 쳤다.

"아! 형준이 형의 의체(意體)구나."

"의체라니 무슨 소… 형준?"

뭔가 익숙한 이름에 눈을 가늘게 떴다. 잠깐, 그건 예전에 잠깐 봤던 사내
의 이름이다. 다크가 나타나자 바로 도망갔던 동양인 사내. 그와 아는 관계
인 건가?

"아, 형준이 형은 우리 형의 친구예요. 지금은 마왕직을 맡았다고 들었는
데."

"……."

마왕직이라니. 마왕이 직업이었던 게냐? 황당해서 입만 벙긋거리는데 옆
에 있던 에일렌이 물었다.

"그런데 의체라니 그건 무슨 소리야?"

"형준이 형의 주특기 중 하나죠. 그 몸도 그 형이 만든 것 같은데, 직접 사
용하면서도 몰랐던 거예요?"

바보 아냐? 라는 표정으로 어깨를 으쓱이며 그는 옆에 있는 통에서 다음
김밥을 꺼냈다. 거, 오지게도 처먹네. 잘 보니 통에는 김밥뿐만 아니라 초
밥, 주먹밥, 샌드위치, 고로케 등 도시락으로 쓸 만한 음식들이 잔뜩 들어

있었다.

"마왕이라는 녀석과 아는 사이인 겁니까? 다크는 그를 쫓는 것 같던데."

"아니, 뭐, 이것저것 저지르고 다니니까요. 하지만 마왕이란 건 꽤 대단해서 도망치려고 작정하면 다크 형 급의 존재들도 잡을 수가 없으니 영원한 평행선이죠. 물론 싸우면 결과야 금방 나오겠지만, 형준이 형이 머리에 총 맞은 것도 아닌데 다크 형이랑 싸울 리도 없고."

어깨를 으쓱이며 이제는 초밥을 먹기 시작했다. 우리와의 대화를 의식해서인지 말하면서 먹지는 않는다. 그나마 다행이로군. 입에 음식을 넣고 대화하면 밥풀이 튀니까.

"레온, 골렘."

"아."

맞다. 그걸 물어보려고 했는데 저 녀석이 엉뚱한 소리를 해서 삼천포로 빠졌군.

"약간 문제가 있습니다."

"뭐가요?"

"그러니까⋯⋯."

이제는 샌드위치를 꺼내 먹기 시작하는 그를 향해 사정을 설명했다. 느닷없이 도달한 세이지의 경지, 만든 적도 없는데 수련치에 포함되어 있는 가디언. 내 설명을 다 들은 그는 고로케를 먹으며 고개를 끄덕였다.

"소유권 이전이네요."

"소유권 이전?"

"네. 다른 사람이 가디언을 만든 다음, 그 소유권을 형한테 이전한 거예요."

그 덕택에 시스템이 내가 가디언을 만들었다고 착각했다는 건가?

"그런 게⋯ 가능합니까?"

내 말에 녀석은 입가심으로 녹차를 좀 마시고는 주먹밥을 좀 먹더니, 이번에는 만두를 간장에 찍어 먹은 후,

"당연히 불가능하죠."

단호하게 말한다. 아니, 뭐, 분명 맞는 말이긴 하지. 일루전 속에서 골렘의 거래는 엄격하게 금지되니까. 물론 거래 자체가 아주 안 되는 건 아니지만 중급 이상의 골렘은 거래할 수 없도록 되어 있다. 골렘이란 일종의 전자동 병기. 그런 게 거래가 된다면 여러모로 곤란한 것이다.

"그렇다면 역시 카인이 만든 겁니까? 내 레벨을 올려주려고?"

"글쎄요. 카인 형이 형에게 여러 가지 특혜를 봐주는 거야 알고 있지만 그렇게 생각없는 편애는 하지 않을 거라고 보는데요. 무엇보다 아무런 성과 없이 레벨을 올려주는 건 우리로서도 부담이고요."

일리 있는 말이다. 실제로 난 훈련을 받으면서 골렘 제작에 대한 여러 가지 조언을 받았다. 그런데 이제 와서 가디언을 그냥 준다? 마스터 레벨도 찍어주고? 그건 이상하지 않은가.

"다크나 카인님을 만나봐도 되겠습니까?"

"안 돼요."

"네?"

단호한 거절. 그는 다시 김밥을 먹으며 당황하는 나를 향해 말했다.

"형들은 바빠요. 지나치게 행패를 부리는 초월종이 우주 넓게 깔려 있는데 항상 여기만 관리할 수는 없죠."

안 보이는 곳에서 뭔가를 하고 있다는 건가. 내가 한숨을 내쉬자 에일렌이 말했다.

"이러지 말고 그냥 가자. 그 문제가 너한테 피해를 입히는 것도 아닌데."

"하긴."

나중에 다크가 와 레벨을 다시 깎을 수도 있겠지만 애초부터 공짜로 올린

레벨이니 손해 볼 것은 없을 것이다.

"그럼 이제 문제는 없는 거네. 출발해도 돼?"

"아, 네. 어디로 가시죠?"

"에, 정확히 어디라고는 하기 힘들고. 이레인 왕국의 군대를 찾아가면 돼."

"아, 그 네레이드 말이죠?"

"녀석을 알아?"

"물론이죠. 잠깐만요."

그는 그대로 눈을 감더니 정신을 집중했다. 어떻게 정신을 집중했는지 아느냐 하면, 음식을 먹는 걸 잠시나마 멈췄으니까. 하지만 햄버거를 들고 있는 건 마찬가지여서 여전히 성의가 없어 보이는 모습이다.

"발견~ 지금 이동하고 있네요. 장소는 노그 평원 근처인 것 같은데… 응?"

"무슨 일이야?"

정확하게 장소까지 집어내는 것을 보고 솔직히 조금 놀랐다. 그냥 다 보이는 거야? 전지의 권능은 잃어버렸다면서? 내가 황당해하거나 말거나 녀석은 말을 이었다.

"상황이 별로 안 좋아요. 다리안 교의 녀석들도 와 있는 것 같고… 좀 살벌한 게, 전투가 벌어질 수도 있겠어요."

"전투가 만약 벌어진다고 치면… 누가 이기는데?"

에일렌의 말에 청년, 정훈은 눈을 뜨고 어이없다는 표정을 지었다.

"당연히 다리안 교죠. 그걸 말이라고 해요?"

"……."

그, 그렇게까지 상대가 안 되나? 어쨌든 간에 이레인 왕국의 병사들의 수도 꽤 되는 데다 질 역시 떨어지지 않는 편인데 이런 답변이라니.

“아, 떨어졌다.”

정훈은 옆에 있던 통에 손을 넣었다가 그 안이 텅 비어 있다는 것을 알고 눈을 동그랗게 떴다. 그리고 옆에 있는 소형 냉장고를 열었는데 거기도 깔끔하게 비어 있다. 그렇게 처먹어대니 당연히 떨어지지. 하지만 그는 별 상관없다는 듯 냉장고 문을 닫았다. 그리고 그와 동시에 냉장고에서 음성이 들렸다.

“종류는?”

“랜덤은 방금 먹었으니 이번엔 통일하자. 햄버거.”

“알겠습니다.”

웅— 하고 울리는가 싶더니 냉장고가 은은하게 빛난다. 뭐 하는 거지? 하며 보고 있자 그가 다시 냉장고를 열었다.

“저게… 뭐야?”

에일렌은 냉장고에 가득 들어차 있는 햄버거를 보며 신음했다. 나 역시 놀라기는 마찬가지여서 할 말을 잃었다. 뭐냐. 그냥 말하는 것만으로 음식이 무한정하게 나오는 거야?

“왜 그러시… 아! 배가 고프신 모양이군요. 원하신다면 좀 드릴 수도 있는데.”

“됐습니다.”

별로 배가 고픈 것도 아니었던 만큼 손을 내저었다. ‘그럼 나나 먹지 뭐’ 하는 표정으로 햄버거를 먹기 시작하는 정훈. 나는 왠지 초조해져서 말했다.

“빨리 넘겨주시죠. 파니티리스에 가봐야 합니다.”

“싸움을 말리려고요? 그전에 끝날 텐데.”

“흠.”

맞는 말이다. 글레이드론은 마하에 가까울 정도로 빠르지만, 노그 평원은 거리가 너무 머니까. 게다가 내 소환사 레벨은 그리 높지 못한 편이어서 오랜 시간 동안 글레이드론을 구현시킬 수 없다. 결국 중간중간 쉬어야 하는데, 그래 가지고서는 도저히 제시간에 도착할 수 없는 것이다.

"그럼 내가 보내 드리죠."

"당신이?"

"네. 못해도 10분이면 도착시킬 수 있을 거예요."

그렇게 말하며 에일렌에게 다가선다. 어어, 하며 물러서는 에일렌. 하지만 어째선지 막 손을 뻗던 정훈의 움직임이 멈춘다.

"왜 그러십니까?"

"아뇨. 흠, 잡을 곳이 없네."

"잡을 곳?"

"네. 아무래도 여자의 몸을 아무 데나 잡으면 변태 같으니."

잠시 당혹스러운 표정으로 고민에 빠지는 정훈. 하지만 그는 이내 마음을 결정한 듯 에일렌의 멱살을 잡았다.

"우, 우왁?! 무슨 짓이야!"

"아, 한번 여자 몸을 잡다가 변태 취급을 받은 과거가 있어서요."

"그렇다고 멱살을 잡……."

"웃차!"

정훈은 가볍게 몸을 돌리더니 그대로 에일렌을 집어 던져 버렸다. 말 그대로 가벼운 동작. 하지만 그 결과는 결코 가볍지 않았다.

쿠아아아—

'꺅!' 하는 비명 소리와 함께 에일렌의 몸이 무지막지한 기세로 날아오르더니 엇, 하는 순간에 벌써 작아져서 모습이 보이지 않는다. 뭐, 뭐야, 이 만화 같은 상황은?

"맙소사! 지금 설마 던진 겁니까?"

저런 게 가능할 리가 없다. 힘의 문제가 아니라 물리적으로 말이 안 되잖아?! 세상에, 집어 던졌다고 해서 구름을 뚫고 날아가다니? 과연 내 대답에 정훈은 어깨를 으쓱였다.

"아아, 던진 것에 특수 능력을 조금 썼으니까요. 아마 순식간에 도착하겠죠."

"추락사는… 하지 않겠죠?"

"당연한 말씀을."

그렇게 말하더니 이번엔 내 멱살을 잡는다.

"아니, 저까지 이렇게 잡으실 필요는 없는데."

"아뇨. 한번 던져 보니 확실히 이게 편해요."

가볍게 팔을 당기는 정훈. 이대로 던져지는 건가.

"그러고 보니 당신의 정체를 아직까지 못 들었군요."

"뭐, 정체까지야. 제 이름은 정훈. 중압왕(重壓王) 금강저(金剛猪)라고도 불립니다."

그의 대답에 고개를 끄덕인다. 돈신이었군. 아니, 그냥 모습만 봐도 왠지 그럴 것 같았어.

"그럼 안녕히."

"네. 아, 그리고……."

던지기 직전에 정훈이 말했다.

"술잔에 담긴 달을 조심하세요."

"술잔에 담긴 달? 그게 무……."

막 반문하려는 순간, 세상이 일렁인다. 쿠아아! 하고 생기는 소닉 붐(Sonic Boom)!

"던져서 음속이라고?!"

경악하는 순간 세상이 멀어져 간다.

거짓 신성
Chapter 53

그곳은 기괴한 장소였다. 검은 하늘과 검은 땅, 그리고 하늘에 떠 있는 스무 개의 적월(赤月). 온통 피와 죽음으로 가득 차 그 자리에 서는 순간 세계가 적의를 띠고 달려들 것만 같은 분위기에 한 명의 천사가 내려섰다.

파직!

새하얀 날개가 세계와 충돌하여 스파크를 일으켰지만 그 천사는 별 상관없다는 표정으로 신성력을 발한다. 천이 찢어지는 듯한 소리와 함께 밀려나는 마계. 나는 그 천사의 모습이 눈에 익다는 것을 떠올렸다. 아니, 익고 안 익고를 떠나 그 천사는 바로 일루전의 사장이라는 시리우스가 아닌가?

"도착."

목소리와 함께 10장의 날개가 활짝 펴졌다. 그것은 강대한 신성력을 품고 있는 권능의 증표. 그가 대천사 바로 아래라는 권천사의 위를 지니고 있다는 뜻이었다.

“아……..”

그리고 그런 그를 바라보고 있는 흑발의 여인, 아니, 그냥 여인은 아니다. 온몸에 흐르고 있는 막대한 흑마력은 그녀가 마계의 주민임을 알려주고 있었으니까. 적어도 내가 보기에 그녀의 힘은 결코 핸드린느에 비해 떨어지지 않았다.

“도대체 여길 왜 온 거야, 바보! 멍청아! 그렇게 죽고 싶어?”

맹렬하게 분노하고 있는 데도 그 모습이 사뭇 아름답다. 밤하늘을 담고 있는 것 같은 흑발에 조물주가 섬세하게 만들어낸 것 같은 외모. 우와, 고위 천마족은 다 저따위로 생긴 거야? 아무리 생각해도 저들이 그저 인간을 홀리기 위해 만들어진 존재 같지는 않은데. 그냥 취향일지도.

“죄송합니다, 키엘라. 하지만 당신을 잃고 싶지는 않아요.”

여마족의 이름이 키엘라인가 보다 생각하는데 그들의 주위로 수많은 마족들이 다가왔다. 그들은 증오스러운 천족 중에서도 고위급의 상대가 자신들의 앞에 있다는 것에 분노한 듯 강렬한 마기를 뿜어내고 있었다.

“죽고 싶어 환장한 녀석이군. 감히 이곳에 혼자 나타나다니.”

“킥킥! 이거 오랜만에 천족의 고기 맛을 볼 수 있겠는데!”

수십, 아니, 수백은 되어 보이는 마족들이다. 가장 약한 것도 상급 마족 이상이었고, 마족공 이상의 힘을 가진 존재도 몇이나 있었기에 도저히 무시할 수 없을 정도의 전력. 하지만 그럼에도 시리우스는 전혀 두렵지 않은 듯 부들부들 떨고 있는 키엘라의 몸을 껴안았다.

“또 제 걱정을 하고 있나요, 키엘라?”

“시, 시끄러! 너란 녀석은 도대체!”

“그만.”

시리우스는 그렇게 말하며 키엘라의 머리를 쓰다듬었다. 그 태도가 얼마나 당당하고 여유로운지 포위하고 있는 마족들조차 감히 딴죽을 걸지 못했다.

"무슨 말을 해도 전 후회하지 않아요. 그러니까 차라리 제가 행복해할 만한 말 좀 해주시면 안 될까요? 이대로라면 전 너무 슬플 텐데."

약간은 슬픈 듯 미소 짓는 시리우스. 키엘라는 그만 울음을 터뜨리고 말았다.

"사랑해. 너무 사랑한다고, 이 바보 같은 자식아!"

시리우스는 양 볼을 타고 흘러내리는 키엘라의 눈물에 입술을 가져다 댔다. 느닷없는 행동에 깜짝 놀라 얼굴을 붉히는 키엘라. 그 모습에 시리우스는 웃음을 지었다.

"고마워요. 전 지금 생애 최고로 행복합니다."

너무나도 해맑은 함박웃음이 주변을 환하게 비추었다. 그 누구라도 감히 범접할 수 없을 정도로 아름다운 모습이었지만 마족들은 입맛을 다시거나 더더욱 강한 증오를 불태울 뿐이었다.

"웃기지도 않는군! 우리들 앞에서 바보 놀음이나 하고 있다니."

"씹어 삼켜주마!"

쐐에엑!

수백의 마족들이 일시에 몰려들기 시작하자 키엘라는 조용히 속삭였다.

"미안해. 나를 만나지만 않았으면 너는 영광된 삶을 살아갈 수 있었을 텐데."

깊은 슬픔과 탄식이 담겨 있는 영언(靈言). 하지만 시리우스는 가당치도 않다는 듯 고개를 흔들었다.

"아뇨, 전 언제나 감사하고 있습니다. 당신을 만난 건 제게 너무나 큰 행운이었으니까."

샤아아앙!

시리우스의 날개가 일시에 활짝 펴지며 환한 빛을 쏟아내기 시작했다. 순식간에 어둑침침한 마계를 가득 채우는 황홀한 빛.

무시무시한 기세를 담고서 시리우스를 향해 몸을 날리던 마족들은 그들의 전신을 감싸는 어마어마한 신력에 경악하며 몸을 멈췄다.

"이 무슨?!"

"아무리 권천사라고 해도 이 정도의 신력은……!"

사라락!

빛이 사라짐과 동시에 시리우스의 모습이 나타났다. 더없이 당당하면서도 아름다운 10장의 날개와 그의 주위를 맴도는 막대한 신력. 그는 가볍게 몸을 움직여 키엘라의 앞에 섰다.

"시리우스? 지금 무……."

"나……."

가볍게 키엘라의 말을 자르고 잔잔한 눈을 들어 키엘라를 바라보는 시리우스. 그는 부드럽게 미소 지으며 조용히 온몸에 신력을 둘렀다.

"나, 시리우스 나르실리온. 내 존재와 영광을 걸고 여기서 맹세합니다. 그 어떠한 고통이 닥친다 해도, 그 어떠한 슬픔이 닥친다 해도 오직, 오직 그대만을 사랑하겠다는 것을."

아무리 긴 시간이 흐른다 해도, 그 어떤 일이 벌어진다 해도 변함없을 맹세. 키엘라의 얼굴에 참을 수 없는 미소가 피어올랐고, 이내 그녀 역시 시리우스의 얼굴을 응시했다.

"나, 키엘라 다이니스. 여기서 맹세합니다. 그 어떤 고통이 닥친다 해도, 그 어떤 슬픔이 닥친다 해도 오직… 그대만을 사랑하겠다는 것을."

영혼의 언약(言約). 소멸하는 그 순간까지 지켜질 태고의 약속. 잠시 그들이 자신의 상대를 바라보고 있었을까? 시리우스의 뒤쪽으로 두 개의 신형이 불쑥 튀어나오며,

[난 진천왕(眞天王) 풍호(風虎)! 증인 서주지!]

외침과 함께 거대한 연두색 호랑이가 모습을 드러냈다. 강력한 태풍을 전신에 두른 채 패도적인 기세를 풍기는 12지 호신(虎神).

[전 혜안왕(慧眼王) 염룡(炎龍). 문서로 남겨 드릴까요?]

역시 거대한 적색의 용이 모습을 드러내며 말을 이었다. 뜨거우나 결코 주인의 의지에서 벗어나지 않는 폭염을 지닌 12지 용신(龍神).

시리우스의 얼굴에 미소가 피어올랐다.

"풍호! 염룡! 와줬구나!"

[야, 이 멍청한 자식아! 말은 하고 와야 할 거 아냐!]

[바보짓은 제발 적당히. 어차피 말리기야 하겠지만 그래도 결국은 도와줄 텐데 왜 혼자 와버린 겁니까?!]

"미, 미안."

순식간에 밀어붙이는 박력에 성스러운 기운을 뿜어대던 시리우스가 안절부절못하며 고개를 숙였다. 하지만 너무나 태평한 모습이 마음에 들지 않았던 것일까? 그들을 포위하고 있던 마족들이 다시금 분노를 터뜨린다.

[건방진 녀석들! 우리들이 우습게 보이는 거냐!]

"신족이 우리 일에 끼어들다니!"

쿠오오오오!

강력한 마기가 시리우스 일행을 압박하기 시작했지만 그들은 태연하기만 했다. 시리우스와 키엘라, 거기에 염룡과 풍호까지 모인 상태. 이미 그들은 세상 그 어느 누구도 두렵지 않았기 때문이다.

[자, 이 자식들을 전부 쓸어버리면 되는 거겠지?]

[무시하지 마. 이들은 강하다.]

"죄, 죄송해요. 저 때문에……."

[시끄러. 네가 사과할 필요는 없어. 키엘라가 화내면 어쩌려고 그래?]

"이, 이봐! 지금 무슨 소리를 하려는 거야!"

[어? 틀려?]

가볍게 웃으면서 전신에 강력한 바람을 두르는 풍호와 주문을 암송하기 시작하는 염룡, 그리고 마찬가지로 흑마력을 집중하기 시작하는 키엘라. 시리우스는 그런 그들 사이에서 금색으로 치장된 하프를 꺼내 들었다.

"자, 그럼 시작할까요?"

[좋아!]

위험한 전투가 될 것이 분명함에도 그들의 표정에는 아무런 두려움이 없다. 서로의 마음을 확인한 이상,

샤아아아앙!

남은 것은 오직 미래뿐!

*   *   *

2021년 12월 30일. 오전 8시.

눈을 뜬다. 문 밖으로 지나다니는 사람들의 발소리와 약간은 차가운 공기. 나는 잠시 할 말을 잃은 채 눈만 깜빡이고 있다가 간신히 신음했다.

"…뭐지?"

이상하다 못해 해괴한 꿈에 당혹스러웠다. 아니, 진짜 뭐지? 내가 왜 이런 꿈을 꾸고 있는 거야?

"시리우스가 넘겨준 영혼의 조각 때문인가."

생각해 보면 그것밖에는 없다. 아마도 그의 영혼에 담긴 기억이 영상의 형태로써 나에게 전해진 것이리라. 인간은 정보를 육체, 그러니까 뇌에 저장하지만 고위 영적 존재들은 영혼에 저장한다고 하니까.

"꿈이야 됐고, 대충 얼마나 잔… 2시간 18분 13초?"

문득 떠오른다. 그것도 정확하게. 방금 막 잠에서 깬 주제에 수면 시간을 초 단위로 알 수 있다니. 웃기다면 웃기는 일이지만 신체에 적응하면 적응할수록 감각은 예민해지고, 지각력 역시 상상을 초월할 정도로 좋아지고 있다. 지금 의 나라면 정말 푹— 자는 도중에도 날아드는 화살을 잡아챌 수 있으리라.

"물론 어디까지나 보통 화살의 경우겠지만."

간이 침대에서 몸을 일으켜 옷걸이에 걸어놨던 코트를 걸치자 코트 안쪽 에 달려 있는 단검들이 작은 쇳소리를 낸다. 그것은 암살자 전용으로 준비해 놓은 99개의 단검으로, 코트와 마법적으로 연결되어 있어 던져진 후에 언제 든지 수거할 수 있게 만들어져 있다.

"암살자 레벨도 50 완료."

다크가 경험치를 상향시켜 준 덕택에 언데드나 마족들을 죽여 얻는 경험 치가 의외로 엄청나다. 물론 상향시켜 줬다 해도 한 마리, 한 마리가 큰 경험 치를 주는 것은 아니지만 하루에 몇천 단위를 잡는다면 이야기는 달라지는 것이다.

"그러고 보니 이것도 써야 할 텐데 말이야."

크리스마스 이벤트에서 얻어낸 진명석(進明石)을 꺼내 들었다. 은은한 기 운을 풍기는 청색의 보석. 소환사 아이템이라는데 그 용도를 모르겠다. 예술 가 특수 스킬 감정을 사용해 봐도 '식용' 이라는 설명밖에 안 뜨고. 하지만 식용이라면 누구더러 먹으라는 거야? 내가 먹어야 하나? 아니면 글레이드론?

"게다가 암살자도 마스터하고 나면 어떻게 될지도 문제고."

꾸역꾸역 마스터하다 보니 발휘할 수 있는 직업의 수가 계속 줄어든다. 이 번에 암살자마저 마스터에 이르게 된다 치면 남는 직업은 소환사와 카드 법 사, 그리고 신관, 예술가에 궁수까지 해서 총 5개이다.

"하지만 죄다 간접계라니… 그나마 남은 직접계도 궁수뿐이고."

곤란하군. 상황이 상황인지라 신성력을 쓰기도 애매한 데다 예술가는 남을 보조하는 쪽이지 홀로 사냥하는 직업이 아니다. 결국 남는 건 궁수와 카드 법사뿐이니 암살자를 마스터한 다음에는 이것들이나 활용할 수밖에 없다.

"후, 이 녀석도 오랜만에 불러내야 할 것 같고."

품속에서 카드 한 장을 꺼내 들었다. 최상급 몬스터 파 시어(Far Seer). 지금의 내 상태로는 오랜 시간 소환하기가 힘들어 적절한 순간에나 불러내야 한다.

"안녕하십니까!"

막사 밖으로 나가자 경비를 서고 있던 병사가 정중하게 경례를 붙인다. 약간은 긴장되어 있는 표정. 하지만 익숙해져서인지 처음 봤을 때의 공포는 없었다.

"안녕하십니까!"

"안녕하십니까!"

병사들이 나를 보고 경례를 붙였지만 무시하며 지나쳤다. 건방지다면 건방진 태도건만 병사들은 전혀 개의치 않았다. 내가 걸어감에 따라 옆으로 비켜서는 병사들, 그리고 그런 병사들 사이에서 경갑을 입은 기사 한 명이 다가와 공손하게 예를 표한다.

"좋은 아침입니다, 레온님."

"에일렌은?"

"성녀님께서는 병사들을 치료하고 계십니다."

"그놈들은?"

"그놈이라니 무… 아."

잠시 의아해하던 기사는 주위를 살펴 듣는 자가 있는지 확인한 후 조심스레 말했다.

"다리안 교 놈들은 동행을 요구하는 주제에 끊임없이 시비를 걸고 있습니다. 성녀님을 마녀라 칭하고 몇 번이나 구금하려 했어요. 성녀님과 레온님을 경계해 경거망동하지 않는 듯하지만 제7기사단에 이어 다른 기사단이라도 온다면……."

뒷말을 흐렸지만 그 내용은 알 만했다. 공격당한다는 말이겠지. 하지만 문득 정훈의 말이 떠올라 물었다.

"그렇다면 지금은 어떻지?"

"지금?"

"그래, 지금. 나와 에일렌이 없다 치고 그대로 전투에 돌입한다면 어찌 될지 알고 싶다."

"……."

기사의 얼굴이 굳어졌다. 대답은 들을 필요도 없겠군. 숫자 면에서는 이레인 군의 다리안 교의 신성병사(神聖兵士)보다 4배 이상 많지만 그 능력 면에서 차이가 크다. 누가 뭐라 해도 다리안 교의 병사들은 전원이 능력자인 것이다! 여러 가지 조건이 필요한 다른 능력과 다르게 다리안 교의 신성력은 단지 다리안 교에 충성하는 것만으로 신성력을 얻는다. 다른 신들의 신관이 되기 위해선 여러 가지 수련과 조건이 필요한 데도 이상하게 다리안 교만 그렇다. 물론 그 신성력이란 보잘것없는 정도이지만 능력자와 일반인의 차이는 하늘과 땅이라고 할 수 있다.

"대장!"

그때 병사 하나가 헐레벌떡 달려왔다. 좀 경박한 움직임이어서 그랬을까? 기사의 눈썹이 찡그려진다.

"지금 레온님과 대화하는 게 안 보이는… 무슨 일이냐?"

절박한 병사의 표정에서 뭔가를 느낀 기사의 물음에 병사가 헐떡이면서도 다급히 말했다.

"다리안 교 놈들이 병사들을 치료하고 있습니다!"

"뭐?!"

언데드의 천적은 신관이다. 그들은 마치 물과 불 같은 관계여서 한 명의 성직자만 있어도 수많은 언데드를 손쉽게 처리할 수 있다.

언데드는 신성력에 노출되는 순간 막대한 타격을 입게 되고, 개중 턴 언데드(Turn Un—Dead) 같은 언데드 전용 신성기는 주위에 존재하는 모든 언데드를 단순한 시체로 되돌린다. 즉, 수많은 신관들을 보유한 다리안 교라면 언데드들을 쉽사리 처리할 수 있다는 말이다.

흠, 뭐, 좀 말이 새어버린 것 같지만 하여튼 언데드에게 있어 신관은 천적이다. 그리고 그것은 언데드에게 전염된 사람들에게도 마찬가지. 예전에 난 언데드를 치료하기 위해 전염자에게 신성력을 발현했다가 그의 육체 자체를 반쯤 날려 버렸었다. 새하얗게 불타 없어지듯 '정화' 되는 육체. 그것은 실질적으로 내가 경험한 첫 살인이었다.

"크윽, 저 자식들……."

반쯤 타버린 시체들이 널려 있는 것을 보며 기사들이 신음성을 흘렸다. 다리안 교와 대립하듯 서 있는 사람들. 그리고 그 맨 앞에는 에일렌이 있었다.

"비켜라."

"안 돼."

당연하다는 듯 고개를 흔드는 그녀의 대답에 신성기사의 표정이 차갑게 가라앉았다.

"비켜라."

"이들은 부상자야. 단지 다친 거라고. 나라면 치료할 수 있어. 너도 그건 알고 있잖아, 리테인?"

그녀의 말에 병사들이 술렁이기 시작한다.

"리테인?"

"제1신성기사단장!"

지금까지 있던 것은 제7기사단. 하지만 1기사단장이 여기에 왔다는 건 1기사단까지 오고 있거나, 어쩌면 이미 왔을 수도 있다는 말이다. 지금까지는 자신들의 피해를 고려해 동행만 요구했지만 1기사단까지 온다면 그 결과는 너무나도 뻔했다.

"마지막이다. 비켜."

"나도 마지막으로 말할게. 싫어."

"비키지 않겠다면……."

팟! 하고 리테인의 검이 채찍처럼 늘어나 에일렌의 목을 노렸다. 에일렌은 바스타스 소드로 그것을 막았지만 파워에서 밀렸다.

"꺅!"

검이 팅겨 나감과 동시에 새하얀 검기가 몸을 틀어 재차 그녀를 노린다. 쳇! 역시 안 돼. 에일렌의 마력은 상상을 초월하지만 스킬 레벨이 한정되어 있어서 한 번에 사용할 수 있는 마력은 지극히 제한적이다. 게다가 그녀의 몸은 신체도 아니지 않은가? 물론 그렇다고 그녀가 약한 건 아니지만 어지간한 마스터 급 유저에 필적하는 리테인을 상대로는 역부족이다.

핑!

나는 품속의 단검을 던지며 둘 사이로 끼어들었다. 작은 단검쯤 무시하겠다는 듯 신성력을 일으키며 검을 들어올리는 리테인. 하지만 그 단검에 실린 것은 섬전투법(閃電投法) 4식 철쇄아(鐵灑牙)! 그냥 몸으로 받아내려던 리테인은 뒤늦게 그 힘을 알아챈 듯했으나 말 그대로 뒤늦게일 뿐이다.

쩡!

단검을 얻어맞은 리테인의 몸이 2~3미터쯤 밀려났지만 놀랍게도 그의 몸에는 상처조차 나지 않았다. 마치 갑옷처럼 온몸을 뒤덮는 신성력으로 단검을 막은 것이다. 하지만 그렇다고 해도 타격이 전혀 없는 건 아니어서인지 얼굴이 딱딱하게 굳어 있었다.

“넌…….”

“건방진! 감히 여기가 어느 안전이라고 끼어드느냐!”

상황이 좋지 않다는 것을 알고 움직이기 시작하는 신성기사단. 하지만 그 앞에는 녹색 피부의 거한이 자리하고 있었다.

“멈—춰—라—앗!!”

그 목소리가 얼마나 큰지 뒤쪽에 서 있던 내 귀까지 얼얼했다. 정면에 서 있던 녀석들은 더 심했는지 일순간 그 움직임이 멈췄다.

“응? 너는…….”

“오랜만이군, 인간.”

카이저는 차갑게 가라앉은 눈으로 그레이트 소드를 잡아 들었다. 아, 그러고 보니 카이저는 리테인에게 당해 노예가 되었었다. 그랬기에 원한을 가지지 않을 리가 없지.

“거인족이다.”

“설마 거인족이 또 있었을 줄이야.”

카이저의 모습에 신성기사단이 웅성거리기 시작했다. 약간씩은 긴장한 모습. 그들 중 하나가 물었다.

“네놈, 이름은 뭐지?”

“카이저.”

“그래, 카이… 뭐?”

채쟁! 하는 소리와 함께 기사단 전체의 검이 뽑혀 나왔다. 바짝 긴장된 표정들이었지만 리테인은 손을 들어 그들을 진정시켰다.

“이름이 같을 뿐, 다른 녀석이다. 신장도 정보에 못 미치고, 난 그 녀석을 생포한 적도 있으니까.”

“에… 하, 하긴. 녀석이 여기 나타날 리 없지.”

“몇 남지도 않은 거인족의 이름이 서로 같다니.”

멋대로 흥분하더니 다시 차분해지는 기사단원들의 모습에 카이저는 그레이트 소드를 들어 수평으로 겨눴다.

"미안하지만 거인족 중에서 카이저라는 이름을 가진 것은 나뿐이다. 거인족은 동시대에 같은 이름을 쓰지 않으니까."

"헛… 소리. 너는 네가 멸절(滅絶)의 검왕(劍王)이라 말하고 있는 거냐?"

"멸절의 검왕?"

오히려 무슨 소리냐는 듯 되묻는 카이저. 전혀 모르겠다는 표정에 신성기사들의 얼굴이 차갑게 가라앉는다.

"역시 아니군. 네놈 따위가 우리의 명예를 우롱하다니!!"

그의 고함에 카이저의 눈매 역시 날카롭게 변한다.

"웃기는군. 멀쩡히 돌아다니는 상대를 잡아 노예 상인에게 팔아넘기는 쓰레기들이 명예를 찾나?"

"닥쳐라! 불경한 이단자! 덩치를 믿고 건방을 떠는 모양인데, 사지를 잘라주마!"

정작 리테인은 가만히 있는데 앞으로 나서서 으르렁거리는 신성기사를 보며 한숨 쉰다. 아아, 저게 신앙자의 입에서 나올 만한 말인가? 하지만 다리안교의 강력함은 익히 알려져 있는 사항인지라 카이저는 물론 다른 병사들까지 바짝 긴장했다.

"멈추세요!"

멀찍이에서 달려온 넬이 숨을 헐떡이며 소리쳤다. 그녀는 이레인의 공주이자 이 군단의 책임자 중 하나. 하지만 리테인은 고개를 흔들었다.

"당신의 말을 들을 이유는 없습니다."

"뭐라고요? 하지만!"

"전원 공격."

리테인이 오른손을 들어올리자 수백 명의 기사단이 일시에 돌진하기 시작했다. 이런 미친! 어쩌자고 이렇게까지 막무가내로 덤벼들 수 있단 말인가?
어쨌든 이레인 왕국과 다리안 교는 우군이라 할 수 있는 데다가 여기에는 제
1공주 네레이드 이레인이 있는데 말이다.

"큭."

나는 낮게 쓴웃음을 지으며 품속의 단검들을 잡아들었다. 아주 다 쓸어버
릴까? 나는 살인을 별로 안 좋아하는 데다 인간이 경험치를 준다는 확신은
없지만 이렇게나 막무가내인 녀석들을 보면 화가 치밀어 오른다!

"섬전투법(閃電投法)."

정해진 길을 따라 내공을 순환시킨다. 활성화되는 기의 흐름과 손에 잡히
는 대여섯 개의 단검. 하지만 그때 묵직한 울림이 퍼진다.

"멈춰라."

깜짝 놀랄 정도로 거대한 기운이 머릿속으로 침투해 들어왔다. 그것은 이
미 강제력에 다다른 의지. 나는 깜짝 놀라 항마력을 일으키며 주변을 살폈다.

딸랑— 딸랑—

그러자 갑자기 방울 소리가 울려 퍼지기 시작했다. 이, 이건 뭐야? 당황하
기도 전에 새하얀 빛과 함께 거대한 마차가 환상처럼 그 모습을 드러냈다.

"저, 저건 설마……."

"게인하드. 신인(神人) 게인하드다!!"

당장이라도 사람들을 참살하려던 신성기사와 병사들이 순식간에 무릎을
꿇기 시작했다. 완벽하다면 완벽한 빈틈을 보고 이레인 군이 머뭇거릴 때, 백
금으로 빛나는 마차가 우리들 사이에 끼어들었다. 거대한 정십자(좌우의 길이
가 같은 십자가)가 새겨진 마차. 넬은 신음했다.

"맙소사. 다리안 교의 교황이 어째서 여기에……."

황당할 정도로 거대한 신성력이 깃든 마차를 보고 놀랐다. 이 정도면 특급 마법기에 가까운 물건이잖아? 물론 거기에 깃든 것은 마법이 아닌 신성력이 었지만 지금 중요한 것은 기운의 종류가 아니다.

"허허허, 모두 멈추게나."

마차의 문이 열리고 새하얀 백발의 노인이 마차에서 내려섰다. 그 안에서 느껴지는 것은 거대한 신성력. 맙소사! 강하다, 정말 강하다! 물론 내가 모든 봉인을 풀고 대적한다면 이길 수 있을 거라고 생각하지만, 그가 보통 인간이 라는 걸 생각했을 때 이 강함은 상상을 초월할 정도의 수준이었다. 이건, 어 지간한 마스터 급 유저 둘셋은 어렵지 않게 격퇴할 수준이 아닌가? 레벨로만 쳐도 80을 넘어설 정도라 정말 어지간한 신성은 모두 발현할 수 있을 것이 다.

"레온."

"느꼈어. 하지만 저 정도의 인간이라니."

초인이라고 불리는 세인트의 교장도 7클래스라기에 교황도 그 정도라고 생각했는데, 이 정도라면 인간 중 최강이라고 해도 과언이 아닐 정도라서 직 업을 6개나 봉인한 지금으로서는 상대하기 힘들지도 모른다.

"뵙게 되어 반갑습니다, 게인하드. 저는 이레인의 제1공주 네레이드 이레 인이라고 합니다."

어느새 거대한 흑곰을 소환한 넬이 공손하게 예를 표한다. 지휘야 다른 장 군이 하는 모양이지만, 어쨌든 지금 이레인 군의 책임자는 왕족인 그녀. 그리 고 그런 넬의 인사에 게인하드는 인자하게 웃었다.

"허허허, 그만한 나이에 상급 환수를 다루시다니 놀랍소. 나는 게인하드. 다리안님의 영광된 종이라오."

언뜻 보아도 굉장히 선해 보이는 인상이다. 하지만 누가 뭐라 해도 그는 다리안의 교황. '왠지 착해 보여~' 라고 믿었다간 뒤통수를 제대로 맞을 것이다.

"인사는 이쯤 하고 묻고 싶은 것이 있습니다."

"허허, 무슨 질문이 있는 거요, 공주?"

"봐서 아실 텐데요. 지금 신성기사단은 저희를 공격하려고 했습니다. 이것은 제이스 제국의 의지입니까?"

날카로운 질문이었지만 게인하드는 사람 좋게 웃기만 할 뿐이다. 제이스 제국이란 대륙 최강의 저력을 가진 나라로, 사실상 다리안 교의 전력을 소지한 국가였다. 일설에서는 다리안 제국이라고까지 부를 정도니 말 다할 정도겠지.

"뭔가 오해가 있었던 것 같소. 리테인."

"네, 교황님."

어느새 검을 집어넣은 제1기사단장 리테인이 게인하드의 앞에서 예를 표했다.

"너는 이레인 군을 적대한 적이 있느냐?"

"없습니다."

그야말로 당연하다는 듯한 대답에 이레인 군 사이에서 불만이 터져 나왔다.

"저런 뻔뻔한!"

"좀 전에 공격했잖아!!"

그렇다. 불과 1분도 채 안 되어 그들은 이레인 군을 정면으로 공격하려던 참이었다. 심지어 그 사이에는 일국의 공주마저 있었거늘, 이제 와서 적대시한 적이 없다고?

"그건 단지 이교도를 제압하기 위함이었을 뿐. 방해를 하지 않았다면 저마녀만 잡아가고 끝날 일이었지."

"헛소리! 성녀님께서는 병자들을 치료하고 계신다! 우리가 언데드와 싸울 수 있는 것은 전적으로 그녀 덕분이야! 그런데 그런 그녀를 마녀라 칭하며 잡아가겠다니!"

"맞다! 신이 다리안 하나뿐인 것도 아닌데 이런 횡포가 어디에 있……."

촤악!

순간 빛살처럼 늘어난 신성력이 소리치던 병사의 목을 잘라 버렸다. 말 그대로 순식간의 일이라 사람들은 순간 멍청한 표정을 지을 뿐 아무런 반응도 하지 못했다.

"불경한 놈. 진정한 신은 오직 다리안님뿐이시다."

예전에 알던 어떤 종교에서나 나올 듯한 반응에 난 할 말을 잃었다. 이곳은 마법과 신성력이 존재하고, 그럼으로써 신들과 직접적으로 접촉할 수 있는 세계이다. 각종 신과 이능의 힘이 알려져 있으며, 그에 따라 수많은 신관과 마법사들이 존재하는 곳이기도 하다. 그런데 이런 세계에서 유일신(唯一神)을 믿는 신자라고?

"무슨 짓입니까! 우리를 공격하다니!"

"녀석은 다리안님을 모욕했으니까."

"말도 안 돼. 그는 이레인의 병사입니다!"

"하지만 그전에 다리안께서 만들어낸 피조물이기도 하지."

그는 너무나도 당연하다는 듯 말하며 들고 있던 검을 검집에 넣었다. 맙소사, 저 믿음은 대체 뭐야? 다리안은 빛의 신이지 창조의 신이 아니다. 그런데 다리안이 만들어낸 피조물이라니? 자신들은 홀로 존재하는 신을 모시며, 그렇기에 자신들은 누구에게도 검을 겨누거나 죽일 수 있다고 그들은 너무나도 당연하게 말하고 있었다.

"하하."

이걸 어떻게 한다? 드래곤이고 뭐고 봉인을 전부 푼 다음에 글레이드론을 부르고 카이디스를 꺼내서 전부 쓸어버리고 싶어졌다. 생각해 보니 어차피 핸드린느한테도 들킨 상태잖아? 이제 와서 이런 얼굴을 달고 소극적으로 움직여야 할 이유가 대체 뭐지? 교황이 강력한 것은 분명하지만 지금의 나라면……!

“레온.”

막 마력을 발하기 직전, 에일렌이 내 손을 잡았다. 부드러운 피부와 온기. 잠시나마 흔들렸던 이성이 자리를 잡았다.

“아아, 괜찮아. 참지.”

“참을 필요는 없어.”

“뭐?”

놀라 돌아보자 에일렌이 웃는다.

“아무 생각 없이 날뛰는 건 안 돼. 하지만 무조건적으로 참는 것도 바보짓. 생각해서 움직여. 레온이라면 할 수 있지?”

“…….”

잠시 고개를 돌려 뭐라뭐라 떠들고 있는 신성기사단과 넬을 바라보았다. 아아, 약간은 알 것 같군. 나는 웃었다.

“땡큐.”

“뭘.”

에일렌의 어깨를 툭툭, 치고 앞으로 걸어나갔다. 내가 나서자 깜짝 놀라 물러서는 병사들. 나는 망설임없이 두 개의 단검을 꺼내 들어 섬전투법(閃電投法) 제5식 비령폭검(飛靈暴劍)을 펼쳤다.

“건방진…….”

단검이 자신을 향해 날아오자 리테인의 검이 공간을 가른다. 그는 소드 마스터로서 검의 경지에 이른 자. 그의 검술은 실로 놀라워 빠르게 날아가는 단검을 정확히 쳐냈다. 하지만,

“웃?”

내가 던진 단검은 두 개. 먼저 던져진 단검 뒤쪽으로 숨어 들어간 단검은 그대로 리테인의 가슴팍에 착탄하더니 폭발했다.

쾅!

촤악― 하고 리테인의 몸이 밀려났다. 물론 이번 것도 그의 신성력에 막혔지만 가볍지 않은 내상을 입은 듯 입가에서 피가 흐르고 있다.

"큭큭, 이런 생각은 안 해봤나? 네놈이 상대방을 아무렇지도 않게 죽이듯 상대방 역시 네놈을 아무렇지도 않게 죽일 수 있다는 생각. 내가 만난 다리안의 개들은 모두 그 사실을 잊고 사는 듯하더군."

"네놈!"

으르렁거리는 리테인을 보며 웃었다. 뭐, 이렇게 센 척하긴 해도 지금의 내 전투력은 그에게 여러모로 밀린다. 봉인을 건 나는 불사의 격노나 팔영분신 같은 마스터 스킬들을 쓸 수 없는 데다 검기나 마법 모두 사용 불가능한 상태이니까.

하지만 그럼에도 정말로 싸우면 내 쪽이 이긴다. 왜냐하면 나한테는 사기에 가까운 초월안이 있으니까. 게다가 난 이쪽 기사들이 감히 상상도 못하는 전투 기술(즉, 무공)을 사용하기 때문에 나는 그들의 움직임을 익숙하게 보는 반면 그들은 내 공격에 하나같이 대응하지 못한다. 지금 리테인만 해도 그렇지. 내 단검이 감추어져 날아갔다고 해도 피했다면 괜찮았을 텐데, 속도도 적당하고 해서 자기도 모르게 방심하여 어쭙잖게 쳐내다가 치명상을 입은 것이다.

"네놈이 감히 리테인님을!"

"사악한 놈!"

신성병사들이 떠들기 시작하자 제7기사단장이 앞으로 나섰다. 그 눈에는 어지간한 검사들도 기겁할 만한 살기가 어려 있었지만 나는 그를 비웃었다.

"거슬리는군. 당장 그 눈을 뽑아 삼키고, 목을 잘라 땅에 굴리고 싶어질 정도야."

살기를 뿜어내자 7기사단장은 물론 신성기사단 전체가 대경하며 한 걸음씩 물러선다. 이 면상과 살기의 싱크로는 상상 이상이라 그 효과는 신앙으로 무장한 상대들에게까지 통하는 것이다. 좀 더 압박을 가해볼까? 하고 생각하는데 정체불명의 기운이 일어나 살기를 통째로 밀어버렸다.

"허허허."

사람 좋게 웃는 백발의 노인. 온화해 보이는 모습이긴 하지만 지금 싸우면 확실히 내가 진다. 전사나 궁수를 상대로 한 초월안은 사기에 가깝지만, 그게 마법사나 신관한테까지 통용되는 건 아니니까. 지금 나와 그의 능력 차는 크기 때문에 범위 공격 같은 걸 당하면 몇 초 정도 먼저 본다 해도 큰 이점은 없는 것이다.

"네놈도 덤빌 건가?"

"그럴 리가. 오히려 내가 미안하구려."

"교황님?!"

게인하드의 사과에 기사들의 얼굴이 사색이 되었지만 그는 별로 상관없다는 듯 허허롭게 웃었다.

"허허, 너무 흥분하지 말게. 맞는 말일세. 우리가 마음대로 하는데 상대방이라고 유쾌할 리가 있나."

"하지만……."

"내 말을 의심하는 것이냐, 쉐인?"

게인하드가 자상하게 웃자 제7기사단장은 깜짝 놀라 고개를 숙였다.

"교황님은 언제나 옳을 뿐입니다."

마치 신이라도 대하는 듯한 그의 태도에 할 말을 잃었다. 세뇌라도 한 거야? 교황이 죽으라면 바로 죽어버릴 정도로 맹목적인 분위기다.

"아, 그리고 공주님께 전해 드릴 소식이 있소."

"소식이라니. 무슨 소식을 말씀하시는 거죠?"

"세인트가 멸망했소."

너무나도 태연한 목소리에 모두가 경직됐다. 세인트라면 유일하게 다리안 교에 필적하는 무력을 가지고 있다는 마법 도시가 아닌가? 언데드는 물론, 어지간한 마족도 뚫을 수 없는 방어력을 지닌 곳일 텐데 거기가 뚫렸단 말인가? 과연 넬은 믿을 수 없다는 표정으로 말했다.

"하지만 세인트는 강력한 마법으로 보호받고 있습니다. 게다가 수만 명의 능력자가 존재할 텐데."

"그렇소. 그리고 그들 모두가 죽었기도 하고."

"그런……."

넬은 믿을 수 없다는 듯 멍한 표정을 지었다. 지금 게인하드가 거짓말을 하는 것 같지는 않았다. 하지만 어떻게? 그만큼의 전력이 있는 곳이라면 최상급 마족이라도 그리 간단하게 처리할 순 없다. 즉, 그럴 수 있는 존재라고 해봐야 핸드린느 정도라는 말이다. 만약 그녀라면 왜 세인트만 공격한 거지? 힘을 다 쓸 수 있는 이상 대륙 전체를 위기에 몰아넣는 것도 가능할 텐데.

"아직 이레인을 적대시할 마음이 없으니 이쯤 하도록 하겠소. 부디 다음에 만날 때는 웃는 낯이었으면 좋겠군."

허허허허, 웃으며 마차 속으로 들어가는 게인하드. 일사불란하게 움직이는 병사들과 그들을 지휘하는 기사들. 그들은 몇 만이라는 숫자가 무색할 정도로 신속하게 시야 내에서 사라졌다.

"세인트가 멸망……."

"말도 안 돼. 규모가 작아서 그렇지 세인트는 다리안 교보다도 강한 곳이 잖아? 대체 누가 멸망시킬 수 있다는 거야?"

병사들이 수군거렸다. 그 강력하다는 무장 세력이 문자 그대로 소리 소문 없이 멸망했다니 놀랄 만하겠지. 에일렌은 웅성거리는 병사들을 가볍게 무시한 채 넬을 보며 말했다.

"갔네."

"네. 하지만 다행이네요. 다리안 교와 충돌하지 않아서."

후우, 넬이 안도의 한숨을 내쉬자 엘이 어느새 뽑아놨던 검을 검집에 집어넣으며 말했다.

"그렇지만 이상하군요. 다리안 교가 이렇게 쉽게 물러나다니."

"에, 하지만 교황도 체면이 있으니 물러난 게 아닐까?"

순진한 에일렌의 말에 엘은 고개를 흔들었다.

"그렇지 않습니다. 저렇게 웃고 다닌다 해도 게인하드는 역사상 가장 패도적인 정책을 시행하는 교황. 이교 척살을 시행한 것도 그입니다."

"이교 척살?"

에일렌의 질문에 넬이 말한다.

"다리안이 아닌 신을 모시는 모든 종교를 탄압하는 정책을 말하는 거예요. 엘프들이 모시는 가이아나 드워프들이 모시는 카툼은 차라리 괜찮지만 다른 종교들이 받은 타격은 치명적이죠. 특히 어둠의 신을 모시는 사바인 교는 사실상 멸망했습니다."

"그것, 좀 더 자세히 들어도 되겠나."

그때 뒤에 서 있던 카이저가 관심을 보이며 다가왔다. 다른 사람이면 별 특징 없는 행동이겠지만, 거인족인 카이저가 다가오자 거대한 동산이 움직인 것 같은 느낌이 들었다. 착각인지도 모르겠지만 그의 덩치가 조금 더 커진 것 같았다.

"종교 문제에 관심있으신가요?"

"…모르겠다. 하지만 그 이야기를 듣고 있으니 뭔가 떠오르는 것 같아."

"떠오른다고요?"

넬이 이해할 수 없다는 표정을 짓자 카이저는 뭔가를 생각하는 듯 미간을 찡그렸지만 별 수확이 없는 듯 곧 한숨을 쉬었다.

"그것도 모르겠다. 기억에 공백 같은 것도 없는데… 일단 설명을 들어보면 안 되겠나?"

카이저의 말에 넬은 고개를 끄덕였다.

"좋아요. 그럼 케이안님!"

네레이드의 말에 조금 멀찍이에 서 있던 사내가 다가왔다. 복장을 보아하니 병사들의 총지휘관인 모양이다.

"부르셨습니까, 공주님."

"네. 슬슬 이동할 준비를 해주시겠어요?"

네레이드의 말에 그는 살짝 고개를 흔들며 말했다.

"부탁하시면 안 됩니다, 공주님."

"아, 그렇군요. 이동할 준비를 하세요."

"명대로."

케이안이라는 녀석은 정중히 예를 취하고 병사들 쪽으로 향했다. 넬 녀석은 나이도 어려 병사들에게 무시당하지 않을까 걱정했는데 꽤 잘하는 것 같군. 환수들을 이용해 전투에 직접 참여함은 물론 멋대로 행동하기보다 부하들의 의견을 중시하였다. 어지간히 까칠한 부하라도 충성할 만한 존재인 것이다.

"어디까지 설명했죠?"

"사바인 교가 멸망했다는 것까지."

"그렇군요. 그런데 레온님도 모르시는 거예요?"

"종교 문제엔 관심이 없어서."

"다리안 교는 관심이 없다고 넘길 만한 종교 단체가 아닌데… 뭐, 일단 설명해 드릴게요."

'어쩌다 내가 선생 역할을……' 이라고 투덜대며 넬은 설명을 시작했다. 그녀의 말에 따르면 파니티리스는 좀 더 많은 종교가 존재하는 대륙이었다. 개중 가장 널리 알려진 것이 빛의 신, 어둠의 신, 대지의 신, 숲의 신, 그리고 달의 신이다. 그들은 5대신이라 불리며 서로 동등한 힘을 가지고 있었고, 그 외에도 수십이 넘는 신들이 존재했다.

대륙은 평화로웠다. 빛의 신을 모시는 다리안 교와 어둠의 신을 모시는 사바인 교의 사이가 좀 안 좋은 편이기는 했지만 어디까지나 약간일 뿐 충돌이 일어날 정도는 아니었으니까. 종교들의 힘은 균형을 이루고 있었고, 각종 마법 단체들과 더불어 그런대로 잘 유지되고 있었다.

"그때 신인(神人)이라 불리는 게인하드가 나타났어요. 연수로 치면… 대충 30년 전이네요. 하여튼 게인하드는 압도적인 성력으로 교황직에 올랐죠. 그리고 선포한 거예요."

"뭘?"

"성전(聖戰)이요. 그는 진정한 신은 오직 다리안뿐이며, 다른 신은 모두 그릇된 악마나 정령에 불과하다고 주장했어요. 그리고 다른 종교들을 공격하기 시작했죠."

그게 종교 탄압의 시작인 거로군. 그러다 문득 궁금한 게 있어서 물었다.

"하지만 힘이 균형적인데 어떻게 성전이 될 수 있지? 1:4라면 4가 유리한 게 당연할 텐데."

"상식적으로 그렇지만 그때부터 다리안 교는 무시무시할 정도로 강대해지기 시작했어요. 단지 다리안에 대한 충성을 맹세하고 교에 들어가는 것만으로 신자들이 신성력을 쓰기 시작했죠. 다른 종교는 몇천 명 중에 하나 나올까 말까 한 프리스트가 단체로 쏟아져 나오기 시작한 거예요."

확실히 나도 그건 느꼈다. 다리안 교에 속한 존재라면 심지어 병사들까지 다소의 신성력은 사용할 줄 알았다. 하지만 그게 가능한 일인가? 신성력이 외부에 힘을 끌어오는 종류의 힘이라고는 하지만 그것이 가능하려면 역시 능력자여야 한다. 하지만 개나 소나 다 신성력을 쓴다니, 이게 무슨 일이란 말인가?

"그래서 결국 다리안이 이겼군."

"네, 그 힘이 워낙 압도적이라 누구도 막지 못했어요. 수많은 사람들이 다리안 교로 들어갔고, 제이스 제국은 순식간에 다리안 교의 성지가 되고 말았죠. 처음엔 다리안을 제외한 4대 신들만 탄압하던 다리안 교였지만 나중에는 다른 신들도 탄압하기 시작했어요. 거인족이 멸망한 것도 이맘 때 즈음… 꺅?!"

친절하게 설명을 계속하던 넬은 난데없이 다가서는 카이저의 모습에 놀라 작게 비명을 질렀다. 반사적으로 검을 뽑아 드는 엘과 움찔하고 긴장하는 병사들. 하지만 카이저는 상관없다는 듯 소리쳤다.

"헛소리다! 거인족은 멸망하지 않았어!"

"에? 하, 하지만 그건 틀림없는 사실이라 알고 있어요. 그래서 저도 카이저님을 처음 봤을 때 깜짝 놀랐는데."

당혹스러워하는 넬의 눈에는 단 한 점의 거짓도 없다. 믿을 수 없다는 표정으로 부들부들 떠는 카이저. 설마 그 사실을 지금까지 몰랐던 건가? 나는 혹시나 살아남아 따로 만든 마을이 있는 줄 알았는데 그것도 아니었던 모양이군.

"그럴… 수가! 내가 마을을 떠난 지 2년도 채 안 됐는데 그사이에 멸망하다니."

"네?"

카이저의 말에 넬은 무슨 소리냐는 표정을 지었다. 이번엔 또 뭐냐는 표정으로 넬을 바라보는 카이저. 넬 대신에 엘이 차분한 목소리로 말한다.

"거인족이 멸망한 건 정확히 10년 전입니다."

"…뭐?"

"거인족의 마을인 기가스가 멸망한 건 10년 전이라는 말입니다. 살아남은 거인족들이 있어 다른 마을을 만들었다면 저희가 모를 수도 있겠지만, 기가스의 멸망은 확실하다는 말이죠."

"……."

카이저는 믿을 수 없다는 표정으로 부들부들 떨었다. 혼란스러운 표정이었지만 사정을 모르기에 함부로 끼어들 수도 없다.

어떻게 된 건지? 기억상실에라도 걸린 건가? 현재 파니티리스에서 내가 본 거인족은 단 두 명. 그리고 그 둘은 모두 카이저라는 이름을 가지고 있었다. 물론 그 둘은 전혀 상관없는 존재다. 덩치부터 시작해서 가지고 있는 기운까지 완벽하게 다르니까. 막말로, 병아리와 독수리의 차이다. 이쪽의 카이저는 약간의 마나를 다룰 뿐인 초보자인 데 비해 전의 카이저는 무려 그랜드 소드 마스터였으니까. 그는 물질계 최강 검사로서 경악할 만한 무력을 지니고 있었다.

"잠깐만."

어라, 그렇다면 이상하잖아? 다리안 교가 제법 강한 단체라고는 해도 그 수준은 어디까지나 인간의 레벨일 뿐이다. 그랜드의 경지란 이미 종족의 수준을 뛰어넘는 것이어서 그랜드 마스터에 이른 이는 인간이라기보다 반신(半神)이나 신선(神仙)에 가까운 존재이다. 그런 존재가 정말 작정한다면 다리안 교를 없애 버리는 것도 불가능한 일은 아닐진대 거인족이 그냥 멸망해 버렸단 말인가?

"에일렌님."

잠시 웅성거리고 있는 사이에 스무 명 정도의 소녀들이 다가왔다. 그들은 노예 상인에게 팔려가고 있던 이들로, 지금은 병사들 사이에서 치료사로 활약하고 있었다. 요새 들어 엘프들은 에일렌에게 치유 마법을 배우고, 인간 소녀들은 나에게 의술을 겸사겸사 배우고 있었다.

"치료가 끝났어요."

"녀석들이 건드린 병자들은?"

"그분들은……."

말끝을 흐리는 녹발의 엘프 그리엔. 뭐, 물어볼 필요도 없는 말이긴 하다. 언데드에 감염된 이들이 다리안의 신성력에 닿으면 즉사하니까.

"그런데 카이저 아저씨는 왜 이러고 계세요?"

뒤쪽에 있던 소녀 중 하나가 의아한 표정으로 묻는다. 아저씨라? 카이저의 나이는 그리 많지 않은 모양이지만 덩치나 외모 때문에 그렇게 불리는 모양이다.

"윽."

"카이저님?"

갑자기 카이저가 휘청거리자 소녀들이 놀라 그의 몸을 받쳤다. 하지만 신장 차이가 워낙 커서 받치기보다는 깔리지 않을까 하는 염려가 들 지경이다.

"크으."

"괜찮으세요?"

"괜… 찮다. 큭."

이마에 손을 얹은 채 몸을 바로 하는 카이저. 그는 여전히 통증을 느끼는 듯 굳은 표정으로 말했다.

"우리 일족이 멸망했다는 것… 맞는 말인 것 같군. 약간이지만… 성기사들에게 공격받은 기억이 난다."

"에? 직접 싸웠던 거야?"

에일렌의 물음에 카이저는 기억을 떠올리려는 듯 눈을 가늘게 떴다.

"싸운… 정도가 아니라 모두 쓰러뜨렸었다."

"그럼 이긴 거야?"

"그건… 큭!"

다시금 비틀거렸지만 쓰러지지는 않는다. 걱정하는 소녀들에게 손을 내저으며 생각에 빠져드는 카이저. 나는 그 모습에 문득 의문점이 떠올라 물었다.

"멸절의 검왕은 거인족의 멸망을 외면한 걸까?"

"왜 그렇게 생각하는데?"

"생각할 것도 없는 게 힘의 차이가 너무 명백하니까."

다구리에는 장사 없다고 몇 번 말한 적이 있다. 수많은 유저들이 바글거리는 탄식의 성 같은 곳에는 드래곤이 떨어져도 목숨을 보전할 수 없다고 말이다. 맞는 말이다. 실제로 거기에 있는 모든 유저를 상대하는 건 상식적으로 불가능하다. 일루전의 유저는 늘고도 늘어(게임 이용료가 엄청나게 싸졌다고 들었다) 이제는 2억을 넘는다. 그들은 모두, 전부, 에누리없이, 싸그리 신체를 지닌 일종의 신인(神人)들. 그들은 모두 이능자이고 그중 대부분이 전투에 특화된 스페셜 리스트들이다. 그들은 현실에서의 경험 혹은 일루전 속에서의 훈련으로 몇 달 만의 성과라고는 믿을 수 없을 정도로 강해졌다.

"하지만 이쪽은 그렇지 않다?"

"당연하잖아. 유저랑 보통 인간이랑 같을 리가 없지."

그래, 물론 숫자란 중요한 문제다. 실제로 일반 유저 하나하나는 드래곤에 상대도 안 되지만 수만 명이 모여 압도할 수 있는 거니까. 하지만 그게 인간에까지 통용되지는 않는다.

쉽게 예를 들어 그랜드 급에 이른 존재를 인간이라 친다면, 유저는 장수말벌 같은 존재라고 할 수 있다. 사회성 말벌 중 가장 크기가 크고 독성이 강한 장수말벌의 침은 꽤나 강한 것이어서 잘만 쏘면 인간이라도 한 방에 죽어버릴 수 있으니까. 아아, 물론 그렇다고 해서 말벌이 인간보다 강하다는 건 아니다. 인간이 저항(약을 뿌린다든지 두꺼운 옷을 입은 채 파리채를 휘두른다든지)을 하면 말벌은 쉽사리 죽어버리게 되는 것이 현실이기 때문이다.

하지만 그 말벌이 수십만 마리이고, 인간이 그 한가운데에 포위되어 있다면 어떻게 될까? 결과는 뻔하다. 그 인간은 저항하다가 결국 죽고 말겠지.

하지만 말했다시피 보통 인간의 경우는 유저와 다르다. 그랜드 급 존재가 인간이라고 치면 그들은… 그래, 개미 정도가 되겠다. 그것도 그냥 평범한, 독도 뭣도 없는 아주 평범한 개미. 그런 개미가 10만 마리 모인다면? 볼 것도 없다. 인간은 순식간에 개미들의 포위망을 벗어나 불을 지르든 차근차근 밟아 죽이든지 할 것이다. 10만 마리씩이나 모여 봐야 죽이는 데 시간이 걸릴 뿐 그걸 싸움이라고 보기는 힘들다. 물론 그냥 개미도 10만 마리쯤 모이면 인간을 죽일 수도 있지만 그건 아주, 아―주 희미한 확률에 불과하다.

"냉정하네."

"현실이니까."

보통 인간과 반신의 능력은 누가 얼마나 더 강한가 하는 차원의 문제가 아니다. 그건 말 그대로 수준이 다른 힘. 인간과 개미의 차이처럼 그 궤를 달리한다고 할 수 있다.

"그럼 파니티리스에 멸절(滅絶)의 검왕(劍王)이라는 녀석을 이길 수 있는 존재는 얼마나 돼?"

"글쎄."

라고 말하는 순간 한 존재가 떠오른다.

드래곤(Dragon).

너무나 간단한 대답이다. 드래곤이야말로 물질계에 존재하는 최강의 종족. 그들은 태어나는 순간 마력을 감지하며, 단지 나이를 먹는 것만으로도 반신의 권능을 얻는다. 수명은 무려 만 년. 세기로 치면 100세기나 사는 셈이니 인간의 시점에서 보면 사실상 신이라고 봐도 무방할 정도다.

그들은 실로 강력한 데다 지혜로워 인간쯤은 가볍게 지배할 만한 종족이건만 그들이 물질계에서 크게 활약하는 경우는 별로 없다. 물론 가끔 악룡 같은 녀석들이 나와 세상을 뒤집고는 하지만 에이션트(Ancient) 혹은 웜(Worm) 급만 돼도 세상의 이치를 깨닫고 중용의 길을 걷게 되는 것이다. 그들에게 있어서는 인간이든 천, 마족이든 다 마찬가지의 존재. 게다가 그들은 차원 이동이나 우주여행까지 가능하기 때문에 여차하면 이 행성을 떠나 버릴 수도 있다. 예전 그들이 천, 마족들과 싸웠던 것은 그들이 이 별 안에 있는 신드로이아를 차지하기 위해 행성 자체를 봉쇄했기 때문일 뿐이지, 그렇지 않았다면 참전할 리가 없었다.

"레, 레온, 드래곤……."

별안간 중얼거리는 에일렌의 목소리에 나는 가볍게 한숨 쉬었다.

"에일렌, 내 마음을 읽는 거야 어쩔 수 없다지만 그걸 구태여 표현할 필요는……."

"그게 아냐! 드래곤이라고!!"

"하?"

격렬한 반응에 놀라 고개를 들어올렸다. 에일렌의 말을 들은 건 나뿐만이 아닌 듯 모두들 당황하며 하늘을 바라보았다. 하늘을 뒤덮고 있는 것은 거대한 금빛. 나는 마인이라는 컨셉도 잊은 채 멍청하게 중얼거렸다.

"어이, 어이. 농담이겠지?"

어지간한 성벽보다도 거대한 신장과 온몸을 뒤덮고 있는 금색의 비늘. 나는 너무 황당해서 그저 입만 벙긋거렸다. 이 무슨?

"어, 어째서 드래곤이?"

내가 당황해하자 에일렌이 당황하던 외중에도 답한다.

"솔직히 어째서라고 말할 상황은 아닌 것 같은데?"

"웃."

부정하지 못하고 수긍했다. 그렇다. 생각해 보면 들킬 만한 요소는 얼마든지 있었다. 어차피 핸드린느한테 들켰다는 생각에 마구잡이로 활약해 버린 것이다. 요즘 금발의 성녀와 흑발의 마인하면 모르는 인간이 없을 정도이니 정보망을 펼치고 있는 드래곤이 알아채기도 쉬웠겠지. 하지만 이렇게 대놓고 정면 공격이라니? 드래곤이라면 폴리모프도 할 수 있는 만큼 간접적인 공격을 할 거라 생각하고 몇 가지 대비를 해놨는데 전부 꽝이다. 지혜와 마법의 상징이라고 할 수 있는 드래곤이 이렇게나 막가는 존재일 줄이야!

“우, 우와!!”

“드래곤……..”

병사들은 무기를 잡는 것도 잊은 채 멍하니 하늘에 떠 있는 골드 드래곤을 바라보았다. 하늘에서 가볍게 선회해 우리 쪽을 바라보는 골드 드래곤. 거리는 상당히 멀었지만 천리안을 가지고 있는 난 그의 눈동자를 볼 수 있었다.

[찾─았─다─]

“윳.”

역시 들킨 건가! 하고 이를 악무는데 부들부들 떨고 있던 카이저의 몸이 멈칫하더니 마침내 기억났다는 듯, 하늘을 보며 포효했다.

“게벨로크!!”

[카이저!]

폭풍처럼 몰아치는 살기에 멍청한 표정을 짓는다. 에에, 내가 아냐? 하지만 그때 골드 드래곤, 그러니까 게벨로크라 불린 녀석은 숨을 크게 들이쉬며 고개를 들어올렸다.

우우우웅─

게벨로크의 거대한 입으로 빛의 입자들이 모여들기 시작했다. 미칠 듯이 일렁이는 마나의 폭풍과 점점 커지는 빛덩어리. 저 준비 자세가 뭘 뜻하는지는 생각할 것도 없이 뻔하다! 이런 미친!

“꺅!”

나는 양손을 뻗어 멍청하게 서 있는 넬과 엘, 그리고 에일렌을 끌어안았다. 그녀들은 깜짝 놀란 듯 버둥거리려 했지만 나는 힘으로 내 아래쪽으로 앉혀 버리고 양손을 들었다.

"장비 2번!!"

부름과 동시에 5자루의 클레이모어가 그 모습을 드러냈다. 각기 불과 전격, 그리고 독과 물의 기운들을 가진 검. 나는 그중 무속성의 검을 바닥에 박고 수인을 맺었다.

"결(結)."

무범진위(無犯眞威). 나는 내공을 전부 마력으로 전환시킨 후 그것으로 네 개의 클레이모어를 공명. 그 직후 마력을 다시 차크라로 전환시켜 결계를 완성시켰다. 마치 우산처럼 우리들을 감싸는 결계, 그리고 그와 동시에 눈부신 빛이 하늘을 뒤덮었다.

"브레스다!!"

"피해!"

사람들은 당황해 움직였지만 빛줄기는 그보다 훨씬 빨리 주변을 덮쳤다. 화악― 하고 눈을 아프게 찌르는 백광(白光). 넬과 엘은 비명을 질렀지만 그 소리조차 들리지 않았다.

"큭!"

미처 봉인조차 풀지 못한 난 막대한 타격에 피를 토했다. 젠장, 난데없이 브레스라니! 게다가 그 위력이 실로 심상치 않아서 사령검(四靈劍)을 만들지 않았다면 꼼짝없이 죽었을 판이다.

"괜찮아?"

"그럴 리가 있겠냐."

지금 내 상태는 농담으로라도 좋다고 말할 수 있는 수준이 아니었다. 방금 공격을 막는 것만으로 상당한 내상을 입었고, 눈부신 빛에 시력을 상실해 주변의 상황을 파악할 수가 없었다. 문자 그대로 최악의 상황인 만큼 망설임 없이 마나를 움직였다.

"시리우스의 무한한 힘이여, 지금 그 영광으로 내 존재를 억압하는 그 모든 봉인을 해제한다."

웅— 하는 느낌과 함께 거대한 힘이 몸 안에 들어차기 시작했다. 내공, 마력, 차크라. 그 모든 기운들이 깨어나고 각종 특수 능력과 주술들이 제 위력을 발휘하기 시작했다.

"후우."

근육 사이사이에 깃드는 것은 강철조차 우그리는 괴력. 세포 하나하나에 깃드는 것은 뇌가 파괴되지 않는 한 죽지 않는 생명력. 눈을 떴다. 시력 상실 따위는 이미 예전에 복구된 상태였다.

"방금 그건……."

"브레스. 지금 드래곤이 우리를 공격한 겁니까?"

넬과 엘은 아직도 상황 파악을 못한 듯 얼떨떨한 표정으로 주위를 둘러보았다. 그리고 그 순간, 그녀들의 표정은 딱딱하게 굳었다. 주위의 상황을 파악했기 때문이다.

"이… 럴 수가."

주변은 이미 초토화된 후다. 바짝 타버린 시체들과 녹아 그 시체들에 눌어붙어 있는 갑옷. 틀림없이 초고열의 화염에 당한 모습인 데도 주변의 공기는 데워지긴커녕 차갑기까지 하다.

"당황하지 마라. 겨우 천명도 안 죽었어."

"겨, 겨우 천 명이라고요?! 당신은……!"

"닥치고 병사들을 지휘해. 공격은 안 끝났다."

말 그대로였다. 브레스 직후 연속 공격이 이어질 거라 생각했는데 골드 드래곤, 그러니까 게벨로크라는 녀석은 차분하게 호버링(Hovering)하면서 우리들의 낌새를 파악하고 있었다.

"내려올 생각은 없는 건가."

안 좋군. 저래서는 공격할 수단이 지극히 한정된다. 물론 나에게는 글레이드론이 있지만 여기서 날아올랐다가는 단번에 표적이 되고 말 것이다.

"응?"

어떻게 할까 고민하다 문득 한 가지 의문이 떠올랐다. 아까 저 녀석은 카이저를 노리고 브레스를 썼다. 만약 이레인 군을 공격하는 것이 목표라면 에너지가 집약되는 브레스보다 넓은 범위를 가지는 마법 쪽을 사용했을 테니 그건 틀림없겠지. 하지만 브레스를 쓰고도 저렇게 우리를 살피고 있다는 것은……

"레온."

에일렌의 목소리에 고개를 돌려 뒤를 보았다. 내 뒤에 서 있는 것은 녹색 피부의 거한. 그의 몸을 둘러싼 갈색의 반구가 그는 물론 노예, 아니, 노예들이었던 치료사 소녀들을 감싸고 있었다.

"맙… 소사! 호신강기?"

경악했다. 호신강기라고?! 호신강기라면 유저 중에서도 사용할 줄 아는 녀석이 꽤 있지만 저건 그냥 호신강기(護身罡氣)가 아닌 호신강기(護身剛氣)가 아닌가!! 저걸 사용할 수 있다는 건……!

"그랜드 소드 마스터(Grand Sword Master)."

그것이야말로 검의 궁극. 모든 검사들이 꿈꾸는 경지. 검 하나로 바다를 가르고 산을 무너뜨리는 경지. 하지만 그 절대적인 경지를 이룬 사내는 단지 하늘을 보며 으르렁거릴 뿐이었다.

"게벨로크!"

마치 거짓말처럼 그의 몸이 부풀기 시작하더니 그의 몸에서 뭐라 말도 못할 정도로 패도적인 기운이 뿜어지기 시작했다. 그것은 어디에선가 한 번 느꼈던 기운. 이건 틀림없이 예전 물질계 최강 검사라던 녀석에게 느꼈던 기운과 같다.

[아깝군. 조금만 빨리 찾았으면 쉽사리 잡았을 텐데.]

저 먼 하늘에서 말하고 있음에도 바로 옆에서 말하는 것만 같은 느낌에 조금 놀랐다. 뭔지 모르겠지만 영언(靈言)도 아닌 듯한 걸 보아 내가 알지 못하는 마법인 모양이다.

"레온, 나 지금 상황이 어떻게 돌아가는지 모르겠는데."

"나도."

그래도 만약을 대비해 품속에서 카드를 꺼내 한쪽으로 집어 던졌다. 핑—하는 소리와 함께 멀리 사라져 버리는 카드. 그리고 나는 대여섯 개의 부적을 몸에 붙이고 붓을 이용해 몸에 몇 가지 문자를 그려 넣었다. 나름 전투태세를 취하고 있는데 주변 녀석들은 별로 관심을 가져 주지 않는다.

"우와, 태클이 없어."

다크와 대련 시에는 항상 사방에서 태클이 몰아친다는 설정하에 훈련을 했기 때문에 강화 주문 하나도 힘겹게, 정말 힘겹게 걸어야 했다. 그런데 이 상황은 뭘랄까. 무시당하고 있다고나 할까?

"눈부신 빠름을 선사하는 의지의 힘이여[Quick Haste], 지금 그 강함으로 나를 도와라[Heavy Strength]."

강화를 시작한다. 가속 주문과 근력 강화 주문. 그리고…….

"폭혈(爆血)의 버서크(Berserk)."

보통 주문이라는 건 중첩될 수 없다. 마법의 강화 주문이란 수치가 정해져 있는 것이어서 반복해서 걸어도 효과는 같으니까. 하지만 그럼에도 중첩 주문 자체는 매력적이라 많은 유저들이 활용하는 기술이다. 무기 중 반복 내성을 가진 물건이 그 자체로는 아무 힘도 없으면서도 1급 마법기에 속하는 것도 그와 같은 이유. 5단계의 반복 내성이 걸려 있는 마법검은 보조 주문 역시 연속해서 받아들일 수 있기 때문에 그 위력이 실로 대단한 것이다.

“다리안의 영광된 빛이여, 지금 그 신성을 여기에.”

마법에 가까운 주문과 함께 온몸의 세포 하나하나에 신성이 깃들기 시작했다. 그것은 축복[Blessing]에 이은 성천(聖天). 그렇다. 이것이 내가 사용하는 주문 중첩이다. 전혀 다른 구조의 강화 주문들을 사용하여 그것을 몸에 안착시킨다. 신성력, 마력, 차크라, 내공 등 각기의 기운이 몸을 활성화시킨다. 물론 그런 짓을 하면 육체에 어마어마한 부하가 걸리게 되지만 어차피 내 몸은 평범하지 않으니 상관없는 일이다.

“에, 지금 뭐 하시는 건가요?”

“준비.”

“준비라니… 피해야 하잖아요?”

넬은 초조한 표정으로 하늘을 보았다. 어지간한 성보다도 거대해 보이는 덩치를 가지고 있는 금빛 비늘의 드래곤을 바라보면 어디를 어떻게 쳐야 저만한 녀석에게 타격이 갈지 막막하기까지 하다. 하지만 드래곤이 무서운 직접적인 이유는 덩치가 아닌 마법 능력 쪽이라는 게 더 문제다. 지금 여기에 5만이 넘는 이레인 병사들이 있다고 하지만 녀석이 작정한다면 쓸어버리는 것은 어려운 일도 아니리라.

[지긋지긋한 악연의 종지부를 찍자, 카이저.]

“닥쳐라, 게벨로크!!”

후웅— 소리와 함께 카이저의 그레이트 소드에서 검기가 솟아올랐다. 그랜드 마스터가 겨우 검기? 라고 생각했지만 그 순간 그 크기가 무시무시할 정도로 커지기 시작했다. 그 규모란 실로 어마어마해 언뜻 봐도 200미터 이상이었다.

“죽어라.”

[홍. Fortsetzung Blitz!]

수천의 낙뢰와 거대한 검기가 충돌하며 무시무시한 충격파가 사방으로 퍼져 나갔다. 비명을 지르며 휩쓸리는 병사들. 이런, 제길! 오만의 병사가 둘의 싸움에 휩쓸리다니!

"죽고 싶지 않으면 빨리 모두를 데리고 후퇴해."

"저, 저기, 레온님은……."

"나?"

피식 웃으며 뒤돌아섰다. 사방에서 거센 바람과 충격파가 몰아쳤지만 그중 어떤 것도 감히 나에게 다가서지 못한다.

오오오오―

마력이 몰아친다. 그것은 한계에 다다른 거대한 힘. 그 힘에 얼굴을 감싸고 있던 뭔가가 깨져 나가는 듯한 느낌을 받았다.

"밀… 레이온… 님?"

"에, 에에?"

멍해지는 넬과 엘의 표정에 변신이 풀렸다는 것을 깨달았다. 아아, 애초에 이렇게 드래곤을 만날 거였다면 험상궂은 얼굴을 할 필요도 없는 거였군. 녀석들은 미래도 대충 볼 수 있는 듯하던데, 이 면상은 왜 만들어준 거지? 의아해하면서도 다시금 몸을 돌려 걷기 시작했다.

"가자, 에일렌."

"응."

어느새 양손에 물질의 방패와 샤프니스 소드를 챙겨 든 에일렌이 내 뒤로 따라붙었다. 하늘에는 셀 수 없을 정도의 마법들과 검기가 충돌하고 있었지만, 내 마음에는 단 한 점의 공포조차 없었다.

"카이더스."

중얼거림과 함께 왼손의 마법진에서 그 모습을 드러내는 손잡이. 나는 망설임 없이 그것을 뽑았고, 숏 소드의 크기로 빠져나온 카이더스는 순식간에 아름다운 검신을 가진 클레이모어가 되었다.

“그리고 발리스타.”

잡혀오는 거대한 활을 잡으며 생각했다. 내가 다크에게 온갖 방해와 태클을 받아가면서도 스스로에게 강화를 걸었던 것은 거기에 그만한 효과가 따르기 때문이다. 저 드래곤 녀석, 애초부터 카이저가 목표라서 주변을 신경 안 쓴 거겠지만 나에게 시간을 준 건 크나큰 실수다.

“장비 5번.”

가볍게 말함과 동시에 주변을 맴돌고 있던 네 개의 클레이모어가 사라지고 대신 거대한 랜스가 모습을 드러냈다. 이것의 이름은 드래고닉 피어싱(Dragonic Piercing). 드워프들이 만들어내고 체르멘이 보강해 준 대물병기(大物兵器)다.

철컥. 키리릭.

카이더스를 드래고닉 피어싱에 장착하자 드래고닉 피어싱의 몸체에서 전격이 흐르기 시작한다. 뇌정신공 때문일까? 카이더스에서 흐르는 기운이 한층 강해진 느낌이다.

픽!

그때 카이저에 의해 파괴한 마력 파편 하나가 내 쪽으로 날아들었다. 파편이라고는 해도 원래 마법의 규모가 컸던 만큼 어지간한 공격 마법보다 강력한 파괴력을 가지고 있었지만 내 몸에 접근하기 무섭게 소멸했다. 뭔가를 한 것은 아니다. 단지 내 항마력에 상쇄되었을 뿐.

“뭐 해?”

“아, 잠깐. 능력치 좀 볼게.”

“아니… 그래도 드래곤의 앞인데 너무 긴장감이 없다.”

“다같이 무시하니 할 수 없지.”

왼쪽 귀를 2초 정도 눌렀다가 뗐다. 그러자 눈앞에 상태창이 떠올랐다.

성명:밀레이온 더 윈드리스. 클래스:기사.

55레벨.

드래곤 슬레이어(Dragon Slayer).

근력 640(+100) 생명력 670(+50)

순발력 430 마력 390

마법력 435(+100) 체력 550(+50)

운 80 항마력 410(+100)

회복력 133 마나 회복력 150

상태:정상. 회복 속도 상승. 상태 회복 능력 상승. 근력 강화. 속도 상승. 지각력 상승. 방어력 상승. 체력 제한 일시 해제.

"우와아, 대놓고 괴물."

"시끄러워."

투덜거렸지만 이쯤 되면 괴물 맞지 뭐. 게다가 그중 항마력은 스페셜 아이템 메크로네스 아머에 의해 100포인트 플러스되어 결과적으로 510이나 된다. 즉, 4클래스 이하의 마력은 나에게 통용되지 않고, 5클래스 급 마력도 의식하는 것만으로 막아낼 수 있다는 말이다.

"발리스타 크기 저항 최대."

중얼거림과 동시에 발리스타의 크기가 2.5미터에 가깝게 커졌다. 활대에서 느껴지는 묵직함. 나는 두 다리로 땅을 단단히 디딘 후 전신에 힘을 집중했다.

끼기기기기긱.

어깨, 팔꿈치, 손목 순으로 엄청난 부하가 걸리기 시작했다. 쇠를 구기는 몸조차 비명을 지를 정도의 저항. 강철을 휘는 것보다 힘들 정도로 강한 탄력이었지만 나는 활줄을 끝까지 당긴 후 하나의 대상을 이미지했다.

"뇌광인(雷光刃)."

찌릿한 느낌과 함께 카이더스에서 흘러나온 기운이 난폭하게 전신을 채워 들어갔다. 전신이 부들부들 떨릴 정도로 무지막지한 힘. 나는 거기에 내 기운을 섞고 순환시키기 시작했다.

"라이트닝 스트라이크(Lightning Strike)."

그리고,

"융합(融合)."

우우우우우웅!!

실로 어마어마한 빛과 마나의 파동이 드래고닉 피어싱을 휘감기 시작했다.

"그럼 간다."

그것은 하늘을 꿰뚫는 백색의 섬광.

타겟 더 라이트닝 임펙트(Target The Lightning Impact)!

번쩍―! 벼락이 친다. 그것은 땅에서 하늘을 뚫고 올라가는 벼락. 카이저의 검기를 밀어내고 있던 게벨로크는 놀라 방어 주문을 외웠지만 이미 늦었다!

[크윽?!]

눈부신 섬광과 함께 백색의 뇌전이 게벨로크를 때렸다. 이에 게벨로크는 반사적으로 날개를 움직여 막았지만 드래고닉 피어싱에 담긴 뇌력(雷力)에 타격을 받았다. 그리고 순간의 휘청거림. 나는 그 틈을 타 실프를 조종했다.

"터져라!"

쾅!!

무시무시한 폭음과 함께 게벨로크의 몸이 크게 휘청거렸다. 강대한 마력을 품고 있는 고온 고압의 플라즈마 제트기류는 그 자체만으로 모든 존재를 한번에 찢어버릴 위력을 가지고 있다.

[크윽······.]

연기가 걷히고 게벨로크의 모습이 드러났다. 타격이 있었는지 오른쪽 날개가 너덜너덜하게 변해 있었다. 좋아! 효과가 있다! 하지만 좋아하는 것도 잠시, 게벨로크가 마력을 움직였다.

[Recovery.]

주문과 함께 너덜너덜하게 변했던 날개가 순식간에 치료되어 버렸다. 그건 그야말로 완벽에 가까운 복구. 아, 아니, 아무리 그래도 이렇게 쉽게 치료되다니? 이래서야 모처럼의 기습이 헛수고가 되어버린 셈이잖아?

휘익.

그때 게벨로크의 날개를 찍었던 드래고닉 피어싱이 회수되었다. 역시 카이더스를 넣어놓으면 여러모로 편하단 말이지. 감탄하는 순간, 카이저가 놀란 눈으로 내 쪽을 바라보았다.

"너는······."

"혼자 싸울 필요는 없겠죠?"

"그렇··· 군. 부탁하지."

카이저는 차분한 기세로 고개를 끄덕였다. 이제 그의 기세는 완전히 변해 내가 알던 그 카이저가 아닌 것 같았다. 대체 뭐지? 기억상실증이라도 걸렸던 건가? 하지만 기억상실증에 걸렸다고 덩치와 기세까지 변한다는 건······.

"저주에 걸렸던 겁니까?"

"비슷하··· 조심!"

순간 게벨로크 쪽에서부터 백여 개나 되는 빙결의 창이 떨어져 내렸다. 얼음 주제에 철판이라도 뚫어버릴 기세여서 나는 막는 대신 몸을 틀어 모조리 피했다.

콰과광!

그 순간 이어지는 폭발! 나는 에일렌의 허리를 잡은 채 땅을 박찼다. 저 녀석, 장거리 공격만 하는 걸 보니 근접전을 벌일 생각이 없나 보군. 그렇다면!

"나, 그대의 계약자이자 창공을 꿰뚫는 의지의 발현. 그대의 존재는 계약에 따라 증명될지니 지금 그 명에 따라 나를 수호하는 권능이 되어라."

소환.

"글레이드론!"

주문과 함께 생긴 거대한 소환진에서 거대한 비룡이 모습을 드러냈다. 녀석은 단숨에 소환진을 빠져나와 골드 드래곤 게벨로크를 보며 한숨을 내쉬었다.

[이제는 드래곤이냐? 아니, 뭐, 슬슬 때가 됐다고 생각은 했다만.]

"훗, 이제 이 녀석을 잡고 그 다음은 미족공. 미족공 다음은 마왕. 마지막으로 다크를 잡아버리는 거다!"

[얼씨구? 아주 놀고 있… 웃차!]

팡! 하는 소리와 함께 글레이드론의 몸이 단숨에 꺾였다. 뛰어나다 못해 사기에 가까운 비행에 헛되이 빗나가는 화염구. 글레이드론은 단숨에 날갯짓해 무시무시한 속도로 날아올랐다.

"장비 2번!"

중얼거림과 동시에 드래고닉 피어싱이 사라지고 사령검이 모습을 드러냈다. 아무런 조치를 취하지 않았음에도 내 주위를 빙글빙글 도는 네 개의 검. 나는 그 범위를 넓게 해 사령검이 글레이드론을 중심으로 돌게 만들었다.

[이건?]

"새로 만든 무기. 어지간한 공격은 막아줄 테니까 걱정 말고 움직여."

[하, 미안하지만 방어 따윈 필요없어!]

비웃는 듯한 소리와 함께 글레이드론의 몸이 단숨에 반전(反轉)해 자신을 노리는 모든 공격을 회피했다. 게벨로크는 재차 마법을 사용했지만 글레이드론은 오른쪽 날개를 반으로 접더니 S자로 몸을 틀어 다시금 모조리 피해 버렸다.

[뭐냐, 저 녀석들은!]

게벨로크는 난데없이 끼어들어 자신의 주위를 맴도는 우리에게 분노를 표했다. 그는 고위급 주문을 사용하려는 듯 주문을 외우기 시작했으나 그 순간 갈색의 검영(劍影)이 그의 주위에 떠오르기 시작했다.

"한눈팔지 마라, 게벨로크!"

[네놈!!]

콰과광!

폭염, 전뇌, 빙결 등 각종 주문들이 카이저의 검영과 충돌하기 시작한다. 우와! 카이저, 저 녀석은 검사 주제에 원거리 공격력이 장난 아니잖아? 하지만 감탄만 하고 있을 수는 없는 일인지라 나는 곧 카이더스를 들어올렸다. 내공의 집중, 폐(閉). 마력의 집중, 반(反). 그리고 회전(回轉)에 부여(附與)!

"라이트닝 스트라이크(Lightning Strike)!"

카이더스를 휘두름과 동시에 거대한 뇌격의 창이 게벨로크의 머리를 노렸지만 녀석은 단지 노려보는 것만으로 라이트닝 스트라이크를 파쇄(破碎)시켜 버렸다. 대단해! 무슨 마안(魔眼) 같은 건가? 감탄할 틈도 없이 게벨로크로부터 뭔가가 훅— 하고 날아왔다. 그것은 실로 빨랐다. 굳이 말하자면 총알보다도 더 빠르게. 인간의 몇십 배에 이르는 지각 능력을 가진 나조차도 날아온다는 것만 알았을 뿐 뭔가 조치를 취할 틈이 없을 정도였다.

웅!

하지만 미리 띄워놓았던 사령검 중 헬 하운드의 마력을 담은 화령(火靈)이 그 기운을 상쇄시켜 버렸다. 전혀 뜻밖의 사태였는지 게벨로크의 얼굴이 일그러졌다.

[재미있는 장난감을 가지고 있구나!]

"미안하지만 갖고 싶다고 해도 안 줄 거다!"

글레이드론은 빠르게 비행했고, 나는 그 위에서 게벨로크를 향해 전격의 창을 날렸다. 좋아, 싸울 만하다! 나 혼자라면 글레이드론에 타고 있다 해도 수십 방의 마법을 얻어맞고 쓰러질 테지만, 무려 그랜드 소드 마스터나 되는 카이저의 견제가 있는 한 그런 일은 쉽게 일어나지 않을 것이다. 좋아, 그렇다면 이대로……!

번쩍!

순간 엄청난 빛이 뿜어졌다. 생각없이 바라봤다가는 단숨에 실명해 버릴 정도로 강렬한 빛. 나는 순간 반사적으로 눈을 감았고, 글레이드론 역시 눈을 감은 듯 일순간 비행이 불안정해졌다.

[이거야, 흥분했군.]

순간 차분해진 게벨로크의 목소리가 들렸다. 이거 좋지 않은걸? 상대는 궁극 주문이 가능한 마법사. 차라리 아까처럼 흥분해서 날뛰는 편이 훨씬 나은 것이다.

"참천(斬天)!"

순간 카이저의 검에서부터 갈색의 검기가 물결처럼 퍼져 나갔다. 그 기세가 어찌나 날카로운지 바람마저 일순간 훅— 하고 잘려 나갔다. 문자 그대로 하늘을 가를 것만 같은 일격. 하지만 게벨로크는 차분하게 마력을 발했다.

[Force Field.]

주문과 동시에 뭔가 반투명한 막이 황금색의 거체 전체를 둘러쌌다. 보호 주문인가? 의아해하는 순간 카이저의 검기가 막을 후려쳤다.

쩡!

무지막지한 충격파. 하지만 놀랍게도 보호막은 꿈쩍조차 하지 않는다. 물론 그뿐이면 상관없지만 그 안에서 게벨로크가 주문을 외우기 시작하는 게 아닌가!

"레온!"

“알아! 제길!”

드래곤 정도 되는 녀석이 주문을 외워서 사용해야 하는 마법이라면 당연하게도 9클래스뿐. 그런 걸 사용하게 놔뒀다가는 치명타다!

“뇌광인(雷光刃)에 라이트닝 블레이드(Lightning Blade).”

나는 망설임없이 마나를 움직였다. 빠르게, 최대한 빠르게!

“융합(融合).”

더 라이트닝(The Lightning).

엠퍼러 블레이드(Emperor Blade).

찬란하게 빛나는 전뇌의 검이 그 모습을 드러냈다. 이게 드래곤에게도 타격을 준다는 건 좀 전에 확인된 사실. 나는 그대로 카이더스를 휘둘렀고, 몇 십 미터짜리 전격은 그대로 게벨로크의 보호막을 때렸다.

쩡—!

“웃?”

강한 반동에 엠퍼러 블레이드 자체가 한번에 파쇄(破碎)되어 버렸다.

“부, 부서졌어?”

“궁극 주문인 역장[Force Field]이야! 공중 분해 마법이나 소원[Wish]을 제외하고는 어떤 수단으로도 파괴되지 않는 절대 방어 주문!”

“마법 무효화는?”

“그것도 안 먹혀!”

에일렌의 절박한 외침에 나는 이를 악물었다. 이런 젠장, 그럼 사기잖아? 아니, 궁극 주문인데 사용 속도가 이렇게까지 빠른 건 대체 무슨 경우야? 안전을 위해 준비해 놨던 건가? 하지만 그렇게 고민하는 사이에도 게벨로크의 주문은 한층 더 진척되고 있었다.

“할 수 없군.”

나는 글레이드론의 등 뒤에서 뛰어내렸다.

“레온?!”

등 뒤에서 들리는 경악성을 무시하며 오른손을 뒤로 당겼다. 손등에는 양기(陽氣), 손바닥에는 음기(陰氣). 정자세를 취한 상태에서 뒤로 당겼던 주먹을 반전(反轉)하며 내뻗었다. 그것은 모든 에너지를 동결하는 근원의 힘. 내 손에 닿은 역장이 열기에 닿은 비닐처럼 녹아내렸다.

[마나 동결이라고……?!]

게벨로크는 한번에 사라져 버리는 방어막에 경악했다. 하지만 마나 동결을 한눈에 알아보다니. 역시 드래곤이라는 건가? 다행히 9클래스 영창은 멈췄지만 안심도 잠시, 게벨로크의 날개가 내 몸을 후려쳐 왔다.

“이런!”

나는 내가 만들었던 클레이모어와 카이더스를 양손에 들고 그것을 막았지만 어지간한 성벽보다도 거대한 드래곤에게 방어란 무의미한 것이었다.

쩡!

대장장이 시험을 위해 만들었던 클레모어가 단숨에 깨져 나갔다. 공들여 만든 건데 그게 한번에 부서지다니! 다행히 카이더스는 부서지지 않았지만 막대한 타격에 일순간 눈앞이 깜깜해지는 것을 느낀다.

“크아악!”

전신이 찢어질 것 같다! 양팔은 부러지고 목 뒤에서부터 전신으로 찌르는 듯한 고통이 번진다. 제길! 역시 드래곤의 육탄 공격을 단순 방어로 막는 건 무리인가!

[주인!]

[그래. 네놈도 거슬렸다!]

순간 간신히 회복된 시야로 게벨로크의 꼬리에 얻어맞는 글레이드론의 모습이 들어온다. 나에게 치명타를 먹이기에 앞서 나를 받아 들기 위해 날아드는 글레이드론을 후려친 것이다. 아니, 저놈, 그 강력하다는 드래곤 주제에 철두철미하기까지 하다니!!

"나를 잊으면 곤란하다!"

하지만 그 순간 번쩍ー 하는 느낌과 함께 게벨로크의 날개가 잘려 나갔다. 아, 아니, 날개가 잘려 나갔다고? 드래곤의 비늘은 검기조차 안 먹힐 텐데?

[크아아! 카이저!]

게벨로크는 비명을 지르며 카이저를 향해 브레스를 뿜었다. 눈부신 빛과 함께 뿜어나가는 레이저 형태의 브레스! 하지만 카이저는 호신강기를 펼쳐 막아냈다.

쿵!

"컥!"

난 멍하니 보고 있다가 아무런 조치를 취하지 못한 채 바닥으로 추락했다. 이, 이런 뻘짓을 하다니?! 하지만 한탄만 하고 있을 수는 없는 노릇이라 재빨리 정신을 집중했다.

"시술(施術)."

시간이 없다. 빠르게, 최대한 빠르게! 나는 전신의 모든 뼈를 맞추기 시작했다. 물론 부러진 뼈는 맞출 수 없지만 형태만 잡아놓으면 치료할 수 있다.

"다리안의 영광된 가호여, 지금 상처 입은 그대의 종에게 안식의 빛을 내리소서."

은은하게 뿜어져 나오는 신성력이 전신을 둘러싸기 시작했다. 물론 25레벨의 신성력으로 이만큼의 상처를 단숨에 치료한다는 건 불가능에 가깝지만 내 몸에는 전신을 뒤덮고 있는 메크로네스 아머가 있다. 메크로네스 아머는 전신을 뒤덮고 있기에 자동적으로 지혈 효과를 가지고, 회복 주문과 상태 회복 주문이 걸려 있기 때문에 회복 속도를 높여준다. 어디 그뿐인가. 그 대상이 순수한 물리력이라면 타격까지 막아주기 때문에 좀 전에 추락으로 입은 타격은 극히 경미했다.

"크윽, 하지만 그렇다면 좀 전의 공격도 막아줘야 하는 거 아냐?"

물리력 쪽으로는 거의 무적이라 총격조차 아무런 타격 없이 막아주던 녀석임에도 불구하고 좀 전의 타격은 고스란히 들어왔다. 역시 마법덩어리라고 알려져 있는 드래곤의 공격이라는 건가?

쿵!

그때 옆으로 글레이드론이 착지했다. 아니, 사실은 착지라기보다 추락에 가깝다.

"괜찮아?"

[크윽, 괜찮아 보이냐.]

'으르렁거리는 꼴을 보아하니 멀쩡하네' 라고 말해주려다가 글레이드론의 가슴팍을 보고 숨을 들이켰다. 완전히 부서져 움푹 파여 있는 가슴뼈. 게벨로크의 꼬리를 정통으로 맞아 생긴 결과다.

"어, 어서 소환 취소를……."

[늦었다, 멍청아.]

글레이드론의 몸이 조금씩 희미해지기 시작했다. 뭐, 뭐야, 이건? 당황하는데 글레이드론이 말한다.

[환계(幻界)와의 연결이 끊어졌다. 저 드래곤 녀석, 자신의 몸에 재미있는 마법을 걸어놓았군.]

"잠깐. 그럼 돌아갈 수도 없다는 거야?"

[그렇… 지. 내 본체(本體)는 어디까지나 환계에 있기 때문에 링크가 끊어진 이상 나라는 존재는 허상일 뿐이야. 그리고 허상은 무로 돌아가야겠지.]

"무슨……."

나는 고개를 돌려 맹렬하게 맞붙고 있는 게벨로크와 카이저를 바라보았다.

기습으로 한쪽 날개를 잘렸음에도 전투는 평이하게 진행되고 있었다. 역시 카이저가 그랜드 소드 마스터이기는 하지만 전체적인 전투 능력에서 게벨로크에 비해 떨어진다. 아마 내가 끼어들지 않았다면 카이저는 힘겹게 전투를 진행하다 결국 패하고 말았겠지. 둘 다 그랜드 급의 경지에 이르러 있다 해도 그 차이가 있는 것이다.

"레온."

"제길."

나는 점차 흐려지는 글레이드론을 보고 이를 악물었다. 안 돼. 전투력의 문제를 떠나서 나는 이렇게 녀석을 떠나 보낼 생각이 없다. 하지만 어떻게? 방법도 없거니와, 지금은 녀석을 치료하고 있을 만한 여유가…….

[Recovery.]

그때 폭발 마법으로 카이저를 튕겨낸 게벨로크가 잘려진 자신의 날개를 다시금 붙여 버렸다. 맙소사! 잘려졌던 날개가 저렇게나 쉽게 붙어버린단 말이야? 리커버리라면 궁극 치료 주문인데 저렇게 남발해 대다니!

"제길, 단숨에 사용할 만한 방안이 없… 아!"

[응?]

글레이드론은 내가 품속에서 뭔가를 꺼내 들자 멍청한 표정을 지었다. 이제는 완연히 흐려져 반대편이 보일 정도. 시간이 없다! 나는 돌을 내밀었다.

"먹어."

[무슨… 이건 병 같은 게 아냐.]

"먹어!"

나는 크리스마스 이벤트로 받았던 진명석(進明石)을 내밀었다. 이게 녀석을 살릴 수 있는 아이템이란 보장은 어디에도 없지만 일단은 생각나는 방도가 이것밖에 없다.

[끄응, 작별 인사나 하고 가려는데 어쩌라는 건지.]

글레이드론은 투덜거리면서도 진명석을 삼켰다. 거의 투명해지는 바람에 그대로 투과하면 어떡하나 걱정했지만 진명석은 그대로 빛으로 변해 글레이드론의 몸속으로 스며들었다.

웅—

순간 글레이드론의 몸을 은은한 빛이 둘러쌌다. 치료되는 건가? 아니면 소멸? 긴장하고 있는데 날개를 치료한 게벨로크가 브레스로 카이저를 밀어내고 내 쪽으로 관심을 돌렸다.

[나를 두고 딴 짓이라니. 여유가 넘치는군!]

게벨로크의 거대한 몸이 내 쪽으로 쏘아지자 산이 무너지는 듯한 착각이 든다. 마, 맙소사! 성만 한 녀석이 몸통 박치기라고? 이건 못 막는다!

"제길!"

이제는 새하얗게 변한 글레이드론을 보며 갈등했다. 내가 피해 버리면 이 녀석이 휩쓸릴 텐데.

"레온!"

"쳇! 사령(四靈)!"

부름과 동시에 네 개의 클레이모어가 내 정면에 십자가 형태로 늘어선다. 손잡이들은 중심에 있고 검날은 바깥에 있는 형태. 나는 먼저 화령을 잡아 들었다.

"폭쇄(爆靈)!"

화령의 검신이 빛남과 동시에 강대한 폭염이 황금색의 몸통을 때렸다. 게벨로크는 단지 한 방만으로도 상당한 타격을 입은 듯 휘청거렸으나 그대로 밀고 들어왔다. 끈질기긴! 나는 다음으로 뇌령을 잡았다.

"천격(天擊)!"

콰릉! 하는 소리와 함께 하늘에서 굵직한 벼락이 떨어져 게벨로크를 때렸다. 나는 쉬지 않고 독령을 잡아 들었다.

“사멸(死滅)!”

독령에서 시작된 진득한 독기가 게벨로크를 정면으로 덮쳤다. 치이익! 금색의 거체에서 뭔가 타 들어가는 듯한 소리를 들으며 마지막 검을 들어올렸다.

“빙벽(氷壁)!”

콰과곽!

땅에서부터 새하얀 얼음의 벽이 돋아나 이미 반쯤 만신창이가 된 게벨로크의 몸과 충돌했다. 물론 그냥 얼음의 벽이었다면 게벨로크의 몸이 닿기가 무섭게 파괴되었겠지만, 사령검은 기본적으로 일발 역전의 무구! 비록 한 발 쏘면 재충전하는 데 24시간이나 걸린다는 단점이 있긴 하지만 하나하나가 8클래스 이상의 위력을 담고 있다.

“크아악!”

막대한 타격을 입은 게벨로크의 몸이 우리들을 아슬아슬하게 스쳐 지나갔다. 쿠구궁—! 하고 울려 퍼지는 충격음. 좋았어, 기회다! 나는 카이더스에 검기를 불어넣고 게벨로크를 향해 뛰어들었지만 그 순간 무언가 보이지 않는 기운이 가슴팍을 후려치는 것을 느꼈다.

[Ultimate!]

허공을 날다 간신히 몸을 뒤집는데 뭔가가 스윽— 하고 몸속으로 스며든다. 잠깐만, 스윽— 이라고? 내 항마력이 몇인데 이렇게도 쉽게 뚫고 들어온단 말인가!

콰득!

“큭?!”

내부에서 전해지는 끔찍한 충격에 이를 악물었다. 충격 마법인가? 정신을 집중하고 항마력을 끌어올렸지만 그까짓 건 가볍게 무시하겠다는 듯 다시금 충격이 몸 내부를 후려쳤다.

콰득!

"큭!!"

눈앞이 새하얗게 변할 정도로 강대한 타격에 상황이 심각하다는 것을 깨달았다. 좋지 않다. 이 주문이 뭔지는 모르겠지만 하여튼 좋지 않다! 지속적으로 내부에 타격을 주는 주문이라니? 게다가 이 망할 놈의 주문은 항마력을 아무리 끌어올려도 풀리지 않았다!

"괜찮아, 레온?!"

"안 괜찮아. 제길. 저주 해제 주문은 모르는데."

내 주문은 어디까지나 전투에 특화되어 있기 때문에 이런 식의 마법을 푸는 데는 큰 효력을 가지지 못한다. 기본 항마력이 높아 필요없다고 생각했다가 지금 방심의 대가를 혹독하게 치르고 있는 것이다.

콰득!

"우웩!"

재차 내 몸을 후려치는 타격에 피를 토해냈다. 제길! 이러다가 죽겠다! 이를 가는데 게벨로크가 달려드는 게 보인다. 좀 봐주면서 하라고!

"멸성(滅聖)."

그때, 녹색의 거인이 내 앞으로 끼어들며 그레이트 소드를 정면으로 휘둘렀다. 그레이트 소드에서부터 시작하여 폭풍처럼 몰아치는 검격! 그 강대한 위력에 어지간한 아파트만큼이나 큰 게벨로크의 몸이 30여 미터 정도 뒤로 밀려났다. 아, 아니, 정면으로 부딪쳐서 저 큰 놈을 밀어내다니? 물리 법칙상 말이 안 되잖아! 놀랍다기보다 황당할 정도의 위력이었다.

콰득.

"큭!"

다시금 내부를 두드리는 기운에 피를 됫박 정도 토해냈다. 이거 안 풀리는 거야? 이를 갈다가 글레이드론에 생각이 미쳤다.

“글레이드론!”

고개를 돌려 보니 좀 전만 해도 누워 있던 글레이드론의 몸이 이미 사라지고 없었다. 소멸… 한 건가. 진명석의 효과가 뭔지는 모르겠지만 그게 치료 쪽은 아니었다는 말이다.

“젠장! 망할 자식! 센 척하더니!!”

[흥, 누가 센 척했다는 거냐?]

“글레이드론?”

깜짝 놀라 고개를 돌렸지만 어디에도 녀석의 모습은 보이지 않았다. 어, 어떻게 된 거지? 당황하는데 어깨 위에서 목소리가 들려왔다.

[여기 있다.]

“…에?”

멍하게 서 있던 난 뜻밖의 모습에 깜짝 놀랐다. 작은, 정말 작아서 손바닥만 한 크기의 비룡(飛龍). 그 모습은 틀림없이 내가 아는 글레이드론과 같았지만 그 크기는 전과 다르다. 어디 그뿐인가. 녀석의 머리 위에는 하얀색으로 [상태 2]라는 글자가 써 있었다.

[뭔지는 모르겠지만… 이 상태에서는 영력이 회복되는 것 같다. 하지만 특이하군. 환수인 내가 환계와의 연결이 끊어진 채로 살아남을 수 있…….]

쩡—!!

그때 카이저와 게벨로크가 다시금 충돌했다. 아차! 내가 빈둥거리는 바람에 카이저가 고생하는군. 나는 글레이드론을 향해 말했다.

“쉬고 있어! 끝내고 올 테니까!”

[하지만 녀석은 강해.]

“그렇다고 방법이 없는 건 아니지.”

씩 웃으며 에일렌을 바라보았다. 사실 에일렌의 전투 능력은 드래곤과의 결투에서 전혀 도움이 되지 않는다. 그녀의 마력은 드래곤과도 맞먹을 정도로 막대하지만 사용할 수 있는 기술은 30레벨 이하로 제한되기 때문이다. 나만 해도 5클래스 주문은 통하지 않는 항마력을 지니고 있는 판에 웜 급 드래곤인 게벨로크에게 그녀의 공격이 먹힐 리가 없지 않은가?

하지만 그럼에도 승리의 열쇠는 그녀다. 그녀는 나의 환원령이자 전용 신기(神器), 타이탄의 정령이니까.

"시작할까?"

"응."

씩 웃으며 고개를 끄덕이는 에일렌. 나는 그녀의 이름을 불렀다.

"에일렌."

그 순간 에일렌은 천천히 다가와 내 몸을 껴안았다. 부드러운 체온. 그 순간 그녀의 몸이 희미하게 사라지고 목걸이가 확장하기 시작했다.

철컥. 철컥철컥. 철컥.

뭔가 몸을 감싸는 느낌과 함께 시점이 조금 높아진 것을 느껴졌다. 내 타이탄의 신장은 2.8미터. 지금의 카이저보다는 약간 작은 크기지만 이 정도만 커져도 물리력이 월등하게 강해진다.

[그건······.]

"너는 처음 보지?"

다크의 말에 따라 훈련을 할 때에는 신기를 불러낸 적이 없다. 어차피 타이탄의 시스템은 잘 짜여 있으니 미리 연습할 필요가 없다는 이유였는데, 그 때문에 글레이드론은 타이탄을 처음 보는 것이다.

[레온, 속은 괜찮아?]

"아, 그러고 보니······."

나는 아까부터 반복되던 타격이 없어졌다는 것을 깨달았다. 신기의 힘에 밀려난 모양이군. 다행이다. 한 5분만 더 지속되었어도 목숨이 간당간당했을 정도였으니까. 안도의 한숨을 내쉬는데 게벨로크의 시선이 나를 향했다.

[그것은… 그렇군. 네 녀석, 유저(User)로구나!]

"삭막하게 유저가 뭡니까, 유저가. 시리우스의 전사라고 부르시길!"

말과 동시에 땅을 박차 올라 나를 노리고 휘둘러졌던 꼬리를 피했다. 발밑으로 아슬아슬하게 스쳐 지나가는 꼬리. 순간 나는 내 몸이 지나치게 가볍다는 것을 깨달았다.

"뭣?!"

땅의 모습이 순식간에 멀어진다. 이 무슨 말도 안 되는 점프력이란 말인가? 거의 300미터나 되는 높이를 점프로 솟구쳐 오른 상황이라 잘만 뛰면 63빌딩도 그냥 뛰어넘을 정도다. 비행 능력이 없는 대신 점프 시에 특수 능력 같은 게 발동되는 건가?

[죽어라!]

그때 아래에서부터 레이저가 뿜어져 올라왔다. 그것은 빛 계열 섬광브레스! 하지만 나는 오른손을 당겼다.

"마나 동결."

지금 내 실력으로 마나 동결을 할 수 있는 범위는 두께 10센티에 지름 1.5미터짜리 원형이었기 때문에 브레스를 피하려면 몸을 잔뜩 수그려야 한다. 뭐, 다행히 타이탄의 몸은 유연한지라 충분히 숨을 수 있었다.

파앗―!

마나 동결의 유지 시간은 7초. 나는 브레스가 지나가길 기다렸다가 그대로 마력을 폭발시켰다.

타겟 더 라이트닝 임펙트(Target The Lightning Impact)!

타이탄의 덩치에 맞게끔 카이더스를 확장시킨 후 망설임 없이 융합기를 발사했다. 세상에, 마력이 넘쳐흐른다. 단지 타이탄에 탑승한 것만으로 이렇게나 마력이 증가하다니. 이게 진짜로 내 마력이란 말인가?

"실라이론!"

소리 내어 부름과 동시에 바람의 상급 정령이 소환되었다. 그와 동시에 급속도로 낙하. 나는 다시금 카이더스를 휘둘렀다.

블레이드 오브 썬더스톰(Blade Of Thunder Storm)!

[크윽! 인간……!!]

거대한 뇌전이 금빛 거체를 뒤덮자 게벨로크의 입에서 신음이 터져 나왔다. 한 방, 한 방 무지막지한 마력을 집어먹는 융합기를 연속해서 펼치고 있으니 타격이 없을 리 없지. 뇌광인의 기운이 담긴 융합기는 실로 강력해 드래곤의 항마라고 해도 뚫고 들어간다.

"참월(斬月)!"

그리고 그때, 카이저의 참격이 게벨로크의 가슴팍을 베고 지나갔다. 그것은 검강(劍剛). 카이저의 그레이트 소드가 닿는 부분은 비늘이고 뭐고 통째로 잘려 나갔다. 게벨로크의 덩치가 워낙 거대했기 때문에 그것만으로 절명하는 일은 없었지만 그래도 상당한 타격을 입은 듯한 비명 소리가 들려왔다.

[크윽! 빌어먹을 놈들!! Meteor Swarm!]

게벨로크의 외침과 동시에 내 위쪽의 공간에서 느닷없이 운석이 나타나 내 몸을 후려쳤다. 쩌엉! 하고 울려 퍼지는 굉음. 원래대로라면 치명상을 입어야겠지만 난 보호형 신기 타이탄에 탑승해 있는 상태였다.

[괜찮아, 레온?]

"아, 괜찮아. 방어력 좋은데?"

멀쩡하다는 듯 말했지만 그래도 충격이 전혀 없지는 않았다. 지금 이 한

방으로 전투 불능에 처한다거나 하는 상황은 일어나지 않지만, 지속적으로 타격을 입으면 실로 위험하리라.

쾅!

땅에 내려섬과 동시에 무슨 포탄이 터지는 것처럼 주변의 땅이 금 가고 바위가 튀었다. 하지만 추락으로 인한 타격은 전무(全無). 나는 마력을 끌어올리며 정신을 집중했다.

"이걸 쓰면 장시간 싸울 수가 없지만, 뭐, 할 수 없지. 초월안(超越眼) 제2급. 개방(開放)!"

가벼운 중얼거림과 함께 세계가 달리 보이기 시작한다. 그것은 반경 10미터 내에 모든 정보를 파악하여 1초 뒤의 미래를 보는 능력. 사실 사용법은 좀 더 다양하게 있다고 하는데, 아직 난 초월안을 예시안(豫示眼)이나 통찰안(洞察眼)으로밖에 활용하지 못한다.

[Recovery!]

느닷없는 주문 소리와 함께 반쯤 잘라져 있던 게벨로크의 가슴이 단숨에 아물어들었다. 이, 이이… 대체 저 치료 마법은 뭐냐! 아무리 고위급 치료 주문이라도 그렇지, 이건 사기잖아?!

[Target Lock On. Flame Blade!]

이를 가는데 게벨로크로부터 새빨간 불꽃의 검이 뿜어진다. 그 숫자는 어림잡아도 수백여 개. 나는 정신을 집중하고 그것들을 모조리 피해냈다. 하지만 피하는 순간 내 위치를 파악한 듯 허공에서 궤적을 변경해 추격하기 시작한 불꽃의 검. 나는 깜짝 놀라 재차 그것들을 피했는데 그 틈에 게벨로크의 입에서 주문이 터져 나왔다.

[이것은 분노의 염원! 나, 지금 명하노니 나에게 거역하는 모든 존재를 분쇄하라! Call Of The Hatred!]

나는 녀석이 뭘 하려는지 깨닫고 막으려 했지만 이미 늦은 뒤였다. 초월안으로 1초 전에 먼저 알았지만 초스피드 근접전이라면 또 모를까 저런 장거리 공격은 1초 먼저 안다 해도 대책을 세울 수가 없는 것이다. 게벨로크의 주위로 떠오르는 적갈색의 마력. 나는 카이더스를 들어올렸고, 카이저는 호신강기를 몸에 둘렀다.

"……!!"

순간 비명 소리가 귀에 들렸다고 생각한다. 그것은 정신과 육체를 파괴하고, 마침내 영혼조차 멸하는 증오의 외침. 하지만 나는 견뎌냈다. 내 자체의 능력이라기보다 카이더스의 힘이다. 예전에 9클래스 주문인 더 라스트 플레어 선 라이트(The Last Flare Sunlight)를 막아줬던 것처럼 이번 주문에도 저항해 주는 것이다. 하지만,

[원하노라, 지금 원하노라. 슬픔 속의 고독. 고독 속의 침묵을 원하노라. 나의 염원은 영혼을 자르고 나의 분노는 육체를 토막 내나니…….]

이어지는 주문에 절망했다. 아, 안 돼. 검에 머물러 있는 카이더스에게는 9클래스 주문을 두 개나 막아낼 힘이 없다. 하지만 지금 떨치고 일어나 반격을 할 수도 없다. 지금 이미 9클래스 주문을 방어하고 있기 때문에 이대로 잠시 동안은 꼼짝할 수도 없는 것이다.

"젠장……."

죽는 건가? 이렇게 쉽게?

[참하라. Extremity.]

콰득!

주문과 함께 왼팔이 뜯겨 나갔다. 그리고 그와 함께 몰려드는 격통! 나는 필사적으로 항마력을 증폭시켰지만 다시 콰득─ 하는 소리와 함께 옆구리가 파였다. 그 힘이 어찌나 강력한지 온몸을 뒤덮고 있는 타이탄의 존재조차 무시하는 것 같았다.

콰득!

“큭!”

나는 맨살을 태우는 것 같은 고통에 신음했다. 이미 옆구리와 팔에서는 보기에 겁날 정도로 어마어마한 양의 피가 흐르고 있었다.

[레온!]

“젠… 장.”

방법이 없다. 나는 내 자신이 강하다고 생각하지만 이 상황을 타개할 해결책이 떠오르지 않았다. 9클래스란 사용하기에 따라 국가 하나를 멸망시킬 수 있을 정도로 강대한 힘. 그걸 개인이 이기는 것이 가능할 리가 없다. 제길, 이렇게 허망하게 죽어야 하…….

웅—

그때 멀리, 아—주 멀리서부터 뭔가가 날아왔다. 게벨로크도 그걸 느낀 듯했지만 저항하고 있는 우리들에게 쏟아내고 있는 9클래스 주문 2개를 유지하느라 그것을 무시하는 듯했다. 아마 어지간한 타격을 입더라도 우리 둘을 처리하는 쪽이 낫다고 생각한 거겠지. 하지만 뜻밖에도 날아온 기운은 매우 강력했다.

고오오오—!!

하얀색의 구슬이 게벨로크의 머리에 닿는 순간, 그 구슬에서부터 무지막지한 열기가 뿜어지기 시작했다. 어딘지 모르게 익숙한 기운. 나는 그것을 발사한 녀석이 파 시어(Far Seer)라는 것을 깨달았다.

“시어, 이 멋진 자식!”

싸움 직전에 소환했는 데도 소식이 없어 어디 박혀 있나 했더니 제대로 된 타이밍에 도움을 주었다. 게다가 그놈의 포격을 어찌나 멀리서 날렸는지, 순간적으로 격노한 게벨로크도 반격을 날릴 엄두를 못 냈다. 과연 안전제일 주의라는 건가! 하지만 초반부터 적당한 거리에서 포격했으면 좀 더 유리할 수도 있었는데 말이야!

콰앙!!

그리고 다시금 날아오는 제2격! 나는 내 몸을 옥죄는 주문의 힘이 약해졌다는 것을 깨닫고 카이더스에 검기를 담았다. 그것은 뇌룡검결(雷龍劍決) 제1식. 뇌룡절(雷龍切)!

파직!

스파크와 함께 주위를 감싸고 있던 주문이 잘려 나갔다. 게벨로크는 당황해 마력탄을 날렸지만 나는 그것을 가볍게 피하며 땅에 떨어져 있는 내 왼팔을 주워 들었다. 에, 그런데 이제 어쩌지? 상처 지혈이야 벌써 됐지만 잘려 나간 팔을 붙이려면 시간이 걸린다. 평소라면 모르겠지만 드래곤을 앞에 두고 이런 걸 복구할 시간이 있을 리 없다!

[카드에 봉인해 놨다가 나중에 치료해!]

"오케이. 봉인(封印), 그리고 시술(施術)."

카이더스를 잠시 공중에 띄워놓고 인벤토리에서 카드를 꺼내 팔을 봉인시켰다. 그리고 상처의 치료. 물론 시술은 섬세한 치료술일 뿐 재생력을 높이는 것은 아니지만 반투명하게 몸을 둘러싸고 있는 메크로네스 아머 때문에 출혈은 금방금방 멈춘다.

좋아, 이제 대충 움직일 만하군. 나는 살짝 옆으로 이동해 보았다. 왼팔이 사라지는 바람에 몸의 중심이 약간 불안정했지만 그래도 못 움직일 정도는 아니었다. 그리고 그 상태에서…….

"발동 개시. 암화(暗花)."

그것은 사용자의 속도를 10배로 끌어올리는 암살자 마스터 스킬. 검은색의 꽃들이 피부를 잠식함과 동시에 세상의 시간이 느리게 흘러가기 시작했다.

훙—

옆으로 움직임과 동시에 소용돌이가 일어난다. 딱히 내가 뭘 해서 그런 게 아니라 움직임 자체가 워낙 빠르기에 생기는 것이다. 내 속도는 원래 빠른데 그게 10배가 돼서 그렇겠지.

[레… 온…….]

신경이 가속되어서인지 에일렌의 목소리가 굉장히 느리게 들렸다.

"그러고 보니 암화의 지속 시간은 5분이었지."

하지만 신경 가속이 10배나 되니 결론적으로 체감 시간은 무려 50분이라는 말이다. 우와, 이렇게 50분이라니. 10배라는 게 생각보다 막대한 수치였구나.

훅—

내 몸을 노리고 날아드는 마력탄을 모조리 피하며 주변을 살피자 마찬가지로 주문에서 빠져나온 카이저가 보였다. 도우러 갈 필요는 없을 것 같군. 나는 오른손을 들었다.

"장비 5번."

드래고닉 피어싱(Dragonic Piercing). 좋아, 끝내 버리자.

철컥.

나는 드래고닉 피어싱을 바닥에 박아 고정한 후 남은 한 손으로 카트리지를 갈았다. 생각보다 불편한 데다 빈틈까지 많았지만 지금의 나는 10배나 빨라져 있는 상태. 다음 공격이 오기 전에 작업을 완료하고 드래고닉 피어싱을 들어올릴 수 있었다.

"팔영분신(八影分身) 발동."

두 개의 거울이 평행해 비추듯 나와 똑같은 모습들이 복제되어 나타났다. 그것은 두말할 것도 없이 완벽해 보이는 진짜. 내 기본적인 능력은 물론 지니고 있는 장비까지 완벽하게 재현(再現)된다. 당연하지만, 그건 드래고닉 피어싱 역시 마찬가지였다.

[인간 놈이 무슨 수…….]

쾅! 쾅! 쾅!

순간 분신 중 세 명이 녀석의 날개에 드래고닉 피어싱을 찌른 후 폭발시켰다. 단숨에 너덜너덜하게 변하는 게벨로크의 날개. 게벨로크는 꼬리와 마법으로 녀석들을 공격했지만 초월안에 암화까지 발동하고 있는 녀석들은 가벼이 피해냈다.

쾅! 쾅!

치료할 틈도 주지 않고 다시 두 방의 드래고닉 피어싱이 터졌다. 순간 게벨로크의 발톱이 희뿌연 빛에 둘러싸여 분신 중 하나를 후려쳤지만,

쩡!

타이탄에 탑승한 마스터를 쉽게 쓰러뜨리기란 불가능하다.

[이, 이, 무슨, 이것들이 전부 진짜라고?!]

그 강력하다는 게벨로크조차 황당하다는 듯 비명을 질렀다. 훗, 일루전에서도 그 명성이 자자한 사기 스킬 팔영분신의 맛이 어떠냐! 왠지 말투가 싸구려 악당 티가 나는 것 같지만 그것도 좋겠지!

"뇌광인(雷光刃)."

팔영분신의 유지 시간이 점점 바닥나는 듯한 느낌이 들었다. 너무 많은 힘을 쓰고 있어서인지 아니면 암화를 쓰고 있어서인지 모르겠지만, 여기서 끝장내지 않으면 오히려 내가 위험해질 것이다. 다행히 나는 신기 타이탄에 탑승한 상태이고, 마력은 충분했다.

"라이트닝 스트라이크(Lightning Strike)."

그리고 그 두 힘을 뒤섞으며 읊조린다.

"융합(融合)."

우우우우우웅!!

실로 어마어마한 빛과 마나의 파동이 카이더스를 휘감기 시작했다. 나는 장비 변경해 드래고닉 피어싱을 사라지게 만든 후 카이더스를 들어올렸다. 나와 거의 동시에 똑같은 동작으로 카이더스를 들어올리는 7명의 분신. 나는 카이더스를 뒤로 당겨 준비자세를 취했고, 녀석들도 따라 자세를 취한다. 그리고,

타겟 더 라이트닝 임펙트(Target The Lightning Impact)!

무려 여덟 방의 라이트닝 임펙트가 게벨로크의 항마력을 난폭하게 부수고 육체를 때렸다. 좋아, 이걸로 끝이다!

[내가… 너무 우습게 생각했군.]

순간 차분한 음성이 들린다. 뭐라고? 놀라 고개를 들어 바라보자 전격에 침범당하고 있던 게벨로크의 몸이 감쪽같이 사라졌다.

"텔레포트(Teleport)!"

놀라서 할 말을 잃었다. 아, 아니, 저 큰 놈이 공간 이동이라고?! 게벨로크는 어느새 1킬로미터 정도 떨어진 하늘에 떠올라 금빛 눈동자로 우리를 내려다보고 있었다. 그의 몸은 이미 수많은 타격으로 너덜너덜해져 있는 상태였지만, 그럼에도 그 기운은 강력하기만 했다.

[인간.]

"왜, 드래곤?"

마족하고 싸울 때도 느낀 거지만 인간 외의 종족들은 툭하면 인간, 인간거리더라.

[네놈, 유저… 그러니까 시리우스의 전사 중에서는 얼마나 강하지?]

"물론 상위권이지."

내 입으로 말하기는 뭐하지만 제니카 빼고는 나보다 강한 유저를 본 적이 없다. 물론 못 봤을 뿐 은둔 고수가 있을 수도 있지만 그럴 확률은 희박할 것이다.

[다행이기는 하지만… 그래도 엄청나군. 너 같은 녀석이 몇 명이나 더 있다니.]

"뭐? 이봐."

“오늘은 그만 물러나지. 너희 둘이 함께 있었다는 걸 운 좋게 생각해라!”

내게 뭔가 말할 틈도 주지 않은 채 팟! 하고 사라져 버리는 골드 드래곤. 나는 한숨을 내쉬었다.

“몇 명 정도가 아니라 팔백 명인데…….”

참고로 총 인원은 몇 억이라고. 개중 엄선해서 나온 게 그 정도인 것뿐이고. 하지만 그 말을 들어줄 게벨로크는 이미 사라진 후다.

[변신을 해제할게.]

“응. 에일렌, 수고했어.”

고개를 끄덕임과 동시에 분신들이 사라지고 내 몸을 뒤덮고 있는 갑주 역시 해제되었다.

[이거야 뭐, 난리도 아니군.]

“앗, 무사했군.”

[죽기를 바란 거냐?]

홍, 하고 투덜거리는 글레이드론의 모습이 생각보다 귀엽다. 작아져서 그런가? 무슨 캐릭터 인형 같은 모양새다.

“그나저나 확실히 난리는 난리네.”

“맞아.”

나는 품속에서 내 팔을 봉인했던 카드를 꺼내 들었다. 잘린 팔을 이렇게 보관해 뒀다가 치료할 수 있다니. 황당하다 못해 엽기적이기까지 한 상황이지만 붙일 건 붙여놔야 한다.

“그나저나.”

나는 멍한 표정으로 우리를 바라보는 병사들을 보며 헛웃음을 지었다.

“이걸 어쩐다.”

그냥 확 튈까?

체르멘
Chapter 54

과거 전쟁이 있었다. 그 전쟁의 이름은 대항쟁(大抗爭). 대항쟁은 파니티리스에 피어 있는 신드로이아를 노리고 일어난 천족과 마족의 습격으로, 감히 물질계의 존재들이 버틸 만한 공격이 아니었다. 사실 그 능력의 차가 너무 심하다 싶을 정도로 벌어져 있었으니까.

하지만 그럼에도 인간들은 견뎌냈다. 이미 인간 측에는 대천사 시리우스와 마왕 키엘라가 있었으니. 그뿐만이 아니다. 12지신에 속하는 용신과 호신은 물론 오대신(五大神)과 파니티리스에 거주하고 있던 모든 드래곤까지 힘을 합쳐 미족들에게 저항했다.

그리고 그때 닥쳐온 신드로이아의 폭주. 신드로이아는 자신의 행성 위에 있는 모든 존재들을 [적]이라 인식했고, 그들을 멸하기 위해 사도를 만들어냈다.

그 사도들의 힘은 실로 끔찍했다. 신드로이아는 아수라와 마찬가지로 절대적 권능을 지닌 창조신의 이면(裏面). 그 강력하다는 마왕도, 능히 성역을 만들어 세상을 창조할 수 있다는 신들도 모두 그 앞에서 쓰러졌다. 하지만 시리우스는 신드로이아의 본체와 담판을 지어 힘의 근원을 끊은 후 절대신이라 불리며, 네 개의 차원을 관리하는 사신(四神)을 강림(降臨)시켜 사도들을 몰아낸다.

드디어 전투가 끝나고, 사람들은 모든 사건이 종결되었다고 믿었다. 하지만 사건은 종결되지 않은 상태였다.

*   *   *

나는 주변의 공기를 느끼는 순간 또 내가 꿈을 꾸고 있다는 것을 깨달았다. 이거야 원, 꿈이라는 걸 이렇게나 명확하게 자각하는 데도 안 깨는 꿈이라니.

혹시나 하고 움직여 보려고 했지만 역시나 내 몸 같은 건 어디에도 없다. 있는 건 의식뿐이라고나 할까? 시선 같은 것도 없어서 그냥 주변이 모두 인식된다.

헛웃음 지으며 주변을 살피던 난 주변 공간이 평범하지 않다는 사실에 휘파람을 불었다. 문자 그대로 특이한 분위기의 공간이다. 오직 빛과 어둠으로만 만들어진 것 같은 공간. 그 공간에는 몇 명의 남녀가 자리하고 있었는데, 모두들 본 적이 있는 얼굴이었다.

가장 먼저 보이는 것은 역시 가장 익숙한 카인과 다크였다. 뭔가를 골똘히 생각하고 있는 듯 침묵을 지키고 있는 두 사내. 무슨 문제라도 있나? 혹시라도 그들이 뭔가 말하지 않을까 하고 기다렸지만 도저히 움직일 생각을 안 하기에 시선을 돌린다.

다음으로 내 시야에 들어온 것은 전에 꿨던 꿈에서 처음으로 본, 그러니까 키엘라라고 하던 마족 여인의 무릎을 베고 잠들어 있는 시리우스의 모습이

다. 잠들어 있다— 라고는 했지만 별로 좋아 보이지 않는 상태. 하지만 그는
이내 눈을 떴다.

"괜찮아?"

"아아, 괜찮아. 절대 급의 신위를 얻은 주제에 무리 좀 했다고 잘못되기야
하겠어."

별빛을 담아놓은 것 같은 눈동자와 투명할 정도로 새하얀 피부. 남자라는
생각에 짜증이 날 정도로 아름다운 외모의 그는 살짝 고개를 흔들며 말했다.

"사도들은… 어떻게 되었어?"

"쓸렸어. 안 그래도 신드로이아로부터의 지원이 사라진 상태에서 쓸데없
는 절대 급에 이른 신이 넷이나 나타났으니 상대가 될 리 없지."

그녀의 말에 시리우스는 고개를 끄덕이며 자신의 허리 쪽을 바라보았다.

"천화님."

[아아, 알아. 네 녀석이 일어났으니 내 차례인가.]

시리우스의 말에 그의 허리에 걸려 있던 청백색의 도(刀)에서 10살 정도로
보이는 꼬맹이가 그 모습을 드러낸다. 검령(劍靈)인가? 하지만 그에게서 느
껴지는 힘은 결단코 검령의 그것이 아니다. 그것은 실로 어마어마한 힘. 우
와~ 핸드린느랑 붙어도 될 것 같을 정도다. 저 꼬마, 뭐 하는 녀석이야?

"이제 준비가 끝났으니 시작하겠다. 준비할 것이 있으면 빨리 해."

"……."

검령은 눈을 감은 채 앉아 있는 한 명의 소녀에게 말을 걸었다. 조용, 하지
만 그 검령과 비슷한 기운을 가진 금발의 소녀. 하지만 나는 문득 깨달았다.
그녀의 얼굴이 나에게 너무 익숙하다는 것을.

에일… 렌?

나는 혼란에 빠졌다. 아, 아니, 왜 그녀가 여기 있는 거지? 그녀는 과거 파
니티리스에서 살다 죽은 인간의 영혼이 아니었던가? 그런데 어째서 저런 신

적 존재들과 함께 있단 말인가?

당혹스러워하는데 검령이 에일렌에게 다가가 약간은 짜증난다는 목소리로 말한다.

"시작하자니까. 더 이상 시간 끄는 건 사절이다."

"……."

하지만 여전히 침묵을 지키는 에일렌. 검령은 이제야 뭔가 이상하다는 것을 깨달은 듯 의아한 표정을 지었다.

"시작하자니까 대체 뭐 하는……."

고오오오오!

순간, 그녀의 몸으로부터 어마어마한 힘이 쏟아져 나오기 시작했다. 무슨 기세나 공격 같은 것이 아닌, 문자 그대로 '힘'이 쏟아져 나오는 상태. 검령은 물론 다른 녀석들 모두 상황이 잘못 돌아간다는 것을 깨달은 듯 얼굴이 심각하게 변한다.

"맙소사! 벌써 붕괴가 이루어지고 있는 거야? 너무 빨라!"

카인은 황급히 주변에 결계를 만들어내기 시작했으나 그것은 순식간에 깨져 버렸다.

"레인!"

"알았어!"

레인이라. 시리우스의 또 다른 이름인가? 하여튼 그는 그대로 황금빛의 날개를 펼쳤다. 순간적으로 퍼져 나가는 빛. 그의 날개에서 시작된 빛은 강대한 신성 결계가 되어 에너지를 휘감았다.

"천화님! 이 기운들을 제어하실 수 있습니까?"

"한번 해보겠으니 어서 한군데로 몰아!"

시리우스는 날개를 펼쳤고, 그에 따라 에너지의 흐름이 제한되기 시작했다. 하지만 그가 막아내고 있는 기운은 신드로이아가 세상 모든 존재들을

'제어' 하기 위해 소유하고 있던 힘으로, 시간과 공간을 올바르게 만들며 행성과 혹성들을 유지하는 힘이다. 그것이야말로 세상 모든 무생물들을 무생물이게 하며, 세상 모든 생명체들을 생명체이게 하는 위대한 힘.

그것은 어떤 단일 객체가 받아낼 만한 종류의 것이 아니었고, 그것은 초천사의 경지에 접어든 레인이라 해도 마찬가지였다.

"맙소사. 이딴 게 사방으로 흩어지면 모든 게 끝장이야."

그들의 외침 때문이 아니더라도 그 기운이 퍼져 나가면 위험하리라는 걸 직감적으로 알 수 있었다.

그것은 세계를 세계이게 하는 힘. 만약 그 힘이 폭주했다간 세상 모든 시간이 제멋대로 흐르기 시작할 테고, 생명체는 생명체가 아닌 그 어떤 것으로 변해 버릴 것이다. 그뿐만이 아니라 행성들은 서로 충돌할 것이고, 또 멋대로 부풀거나 축소하여 수천만 개의 블랙홀이 생겨날 것이다.

시리우스는 신성 결계를 펼쳐 골격을 만들고, 카인과 다크가 거기에 힘을 보태었다. 비록 신드로이아에서 흩어지는 기운이 강력하다고는 하나 그들은 한 명, 한 명이 절대신의 영역에 들어가 있는 상태였다.

"천화님! 이대로는 오래 버틸 수 없습니다. 빨리!"

"재촉하지 마! 나도 최선을 다하고 있⋯⋯."

퍼엉!

순간이었다. 모두가 보는 앞에서 검령, 그러니까 천화라 불리우는 녀석의 영체가 터져 나갔다.

[천화님!!]

레인의 허리에 걸려 있던 흑색의 검이 마치 화살처럼 쏘아져 나간다. 아니, 잠깐. 저건 예전에 나를 죽였던 절대의 마검, 도베라인이잖아? 내가 황당해하거나 말거나 도베라인은 은백색의 도(刀)에게로 날아간다. 제법 매서운 기세로 날아가던 도베라인은 이내 힘을 잃은 듯 바닥에 떨어져 버렸다.

“뭐, 뭐가 어떻게 된 겁니까?”

[끝장이다. 크리스티나의 주변으로 능력 봉인이 걸려 있어. 마족공 정도밖에 안 되는 내 능력으로는 뚫을 수 없다.]

“사신도 밖으로 나올 수 없는 겁니까?”

[실체화(實體化)는 고사하고 물리력 행사조차 불가능해. 최소한 저 힘의 근처까지만 간다면 어떻게든 할 수 있을 것 같은데……!]

도의 손잡이가 부르르 떨렸지만 땅을 박차고 날아오르지는 못했다.

“어떻게… 어떻게 해야 하지?”

시리우스의 고운 속눈썹이 파르르 떨리고 있다. 아무래도 결계를 유지하느라 전력을 쏟아 붓고 있는 듯 움직이기는커녕 고개조차 돌리지 못한다.

“내가 갈게.”

시리우스는 키엘라의 말에 깜짝 놀란 듯 고개를 돌렸다. 그리고 그 순간, 결계가 휘청─ 하고 흔들렸지만 시리우스는 상관없다는 듯 대답했다.

“안 돼.”

“왜? 나야말로 이 상황에 딱 맞아. 너희의 결계를 도울 만큼 큰 힘을 가지고 있는 건 아니지만 마왕 급의 힘을 가지고 있으니 저 정도의 능력 봉인은 무시하고 지나갈 수 있어.”

충분히 일리 있는 듯한 말이었으나 시리우스는 고개를 흔들었다.

“안 돼. 절대로 안 돼.”

“왜? 이대로라면…….”

“이 차원을 포기하고 달아나는 한이 있더라도 그건 안 돼!”

흥분한 시리우스의 목소리에 모두들 놀라 그를 바라본다. 다시금 결계가 출렁이자 놀라 결계를 수복하는 시리우스. 잠시 멍하게 서 있던 키엘라는 시리우스를 향해 물었다.

“대체… 왜 그래? 저 안에 들어가면 안 되는 거야?”

"…저곳은 전 차원의 모든 기운과 생명력이 담겨 있는 곳. 본래대로라면 차원이 생성된 직후 그 힘이 적은 틈을 이용해서 신성 중에서도 가장 고결한 신성을 가진 신드로이아가 그곳을 장악하는 거야. 하지만 이미 전 신드로이아가 어느 정도 꽃을 피워 버린 이상, 그것을 다잡기 위해서는 강제적 봉인 외에는 방법이 없어."

시리우스의 말에 키리에는 잘 모르겠다는 표정을 지었다.

"강제적… 봉인?"

"그래, 천화가 했던 말 기억나?"

시리우스의 말에 키엘라는 잠시 뭔가를 생각하더니 이내 얼굴을 굳혔다.

"설마……."

"맞아. 지금 저 안으로 끼어들면… 저 힘과… 함께… 봉인된다는 말… 이지."

시리우스의 표정이 조금씩 일그러지기 시작한다.

쿵— 쿵—

결계와 충돌하는 에너지. 아무래도 막기가 점점 더 힘들어지는 모양이었다.

"좋아."

"그래, 여기는 위험하니까 되도록 빨리……."

웅!

키엘라의 전신으로 암흑의 마력이 피어오르기 시작한다. 우, 우와! 뭐냐, 이 말도 안 되는 마력은? 난 황당해 신음을 내뱉었지만 시리우스는 다른 의미로 얼굴을 굳혔다.

"너… 설마……."

"난 도망가기 싫어."

"제발! 그 봉인은 풀리는 건 언제인지 알 수도 없어."

시리우스는 당장이라도 그녀를 말리고 싶은 듯 움찔거렸지만 터져 버릴 듯 넘실거리는 힘의 파동은 그의 행동을 막았다.

"레인, 넌 날 사랑해?"

"물론."

"그럼 날 막지 마."

키엘라의 말에 시리우스의 날개에서 한층 더 강한 빛이 뿜어져 나온다.

"웃기지 마! 그런 말이 어디에 있어?"

"하지만……."

"안 돼. 그곳에 봉인된다는 것은 세상에서 사라지는 거나 마찬가지라고! 난 더 이상 혼자가 되기 싫……."

"말도 안 돼."

뜬금없는 반응에 시리우스는 멍한 표정을 지었다.

"말도… 안 된다니?"

"말도 안 되잖아. 네가 여기에 있는데, 네가 날 끊임없이 생각할 텐데 왜 세상에서 사라지는 거야? 게다가 혼자라니? 난 너를 버린다고 한 적 없어. 넌 여기서 기다려. 난 금방 돌아올 테니까."

그녀는 믿을 수 없을 정도로 맑은 표정을 지으며 바닥에 떨어져 있던 도를 집어 들었다.

[언니! 저, 저도 데려가 주세요!]

"삼화구나. 내가 네 마음은 이해하지."

키엘라는 도베라인마저 챙겨 들었다.

"미엘?"

"잘 들어, 레인. 아니, 시리우스 나르실리온."

그녀는 천천히 걷기 시작했다.

"바람피우면 맞는다."

"……."

순간적으로 당황해 아무런 말도 하지 못하는 시리우스. 키엘라는 어마어마한 마나의 벽을 뚫고 환하게 빛나고 있는 에일렌에게로 다가갔다.

[됐다. 여기면 가능해!]

검령의 영언에 키엘라는 아무런 망설임 없이 도를 휘두르고,

번쩍!

눈부신 빛이 세상을 뒤덮었다.

"미엘……."

눈부신 빛 속에서 시리우스는 멍한 표정으로 정면을 바라보았다. 문자 그대로 눈이 멀어버릴 정도의 빛이건만 그는 눈 한 번 깜빡이지 않는다.

"하, 하하. 하하하……."

잠시 멍하게 있던 그는 이내 웃기 시작했다. 보는 사람의 마음마저 포근하게 풀어질 정도로 밝고 환한 웃음. 하지만 그의 양 눈에서 시작된 눈물은 쉴 새 없이 그의 뺨을 지나 바닥으로 떨어지고 있었다.

＊　　　　＊　　　　＊

2021년 1월 3일. 오후 6시.

"레온?"

"어…… 으응?"

느닷없는 부름에 정신을 차리자 눈앞에 있는 금발의 소녀가 보인다. 그녀의 이름은 에일렌. 나와 심령으로 연결된 환원령이자 동료이기도 한 존재이다.

[졸은 거냐?]

"꿈도 꿨지."

[…정말 가지가지 하네.]

그리고 내 어깨 위에 앉아 투덜거리고 있는 건 내 소환수인 글레이드론. 하지만 전에 게벨로크에게 한 번 당한 이후로 환계와의 연결이 끊어져 버린 그는 더 이상 환계로 돌아갈 수 없었다. 대신 손바닥만 한 크기의 [상태2]가 되어 항상 내 어깨에 앉아 있는 것이다.

"그런데 너, 정말 환계로 안 가도 괜찮은 거냐?"

[안 가는 게 아니라 못 간다고. 사실 내가 여기 이렇게 살아 있는 자체가 엽기야. 이거 원, 지금에도 환계에는 내 본체가 있을 텐데.]

소환수라는 것은 환계에 있다가 현계로 넘어오는 게 아니라 환계에 있는 원형을 현계에 투영(透映)시켜 나타나는 존재. 즉, 현계의 소환수라는 건 거울 속의 허상 같은 존재라는 말이다.

때문에 현계에서 소환수가 죽는다 해도 환수가 완전히 소멸한다거나 하지는 않는다. 왜냐하면 그 원형이 환계에 남아 있으니까. 단지 현계에서 환수가 죽으면 링크가 끊기기 때문에 그 소환사는 다른 환수와 새로이 계약해야 하는 것이다.

그런 면에서 보면 그의 존재는 확실히 엽기가 맞다. 알아듣기 쉽게 말하자면 현계의 그는 '거울' 속의 허상이고, 게벨로크의 공격은 그 '거울'을 다른 곳으로 옮겨 버린 셈인데, 그럼에도 글레이드론이 살아 있는 것이다. 그것은 누군가가 거울을 보고 있다가 집 밖으로 나가 버렸는 데도 거울 속에 여전히 그의 모습이 비춰지는 것과 같은 이치다.

"그리고 보니 지금 그 형태가 상태2지? 그럼 상태3이나 상태4도 있어?"

[글쎄. 일단 내 본신이랑 이 모습을 자유롭게 오갈 수는 있는 것 같은데 그 이상은 모르겠다.]

갸웃거리는 모습이 꽤나 귀엽다. 이, 이 녀석, 마치 인형 같잖아? 가게 진열대 위에 올려놓으면 애들이 몰려와서 '엄마~ 나 저거 사줘~!' 하고 떼를 쓸 것만 같은 외양이다.

"푸훗!"

[응? 왜 웃나?]

"에일렌."

"아, 미, 미안. 나 저거 사줘~ 푸훗!"

[…….]

난데없이 웃음을 터뜨리는 에일렌을 기분 나쁘다는 표정으로 바라보는 글레이드론. 하아~ 에일렌, 저 녀석은 툭하면 마음을 읽어대니 골치로군. 하지만 어째선지 난 녀석의 생각을 읽을 수 없다. 몇 번이나 느꼈던 거지만 너무 불공평한 거 아냐?

"그러고 보니 체르멘은 잘 있으려나."

"아, 그 영감?"

현재 우리가 머물고 있는 곳은 예전에 한 번 들른 적이 있는 이렌토 공작령이었다. 이곳은 기본적으로 전력이 높은 데다 성의 정비가 잘되어 있어 언데드들의 공격에서도 무사한 상태였는데, 그 덕에 주변의 피난민들이 몰려들어 골치 아픈 상태였다고 한다.

당연한 말이지만 우리의 존재는 여기에서도 환영이었다. 모여든 사람들 중에는 언데드에 감염된 사람도 많았기에 그 처리가 난감한 상황이었기 때문이다.

이렌토 공작령은 소드 마스터 이렌토 공작으로 인해 유명했지만, 뭐니 뭐니 해도 가장 유명한 존재는 대륙 제일의 대장장이인 체르멘이다.

체르멘 아인워드, 신마(神魔) 혼혈이자 특이 능력자인 그는 망치질을 통해 금속에 마력을 집어넣을 수 있다. 어디 그뿐인가. 그가 가진 여명의 망치는 마력이 담긴 금속에 성질을 부여할 수 있기 때문에 그가 만드는 검들은 하나같이 절세 명검이 되어버린다.

"아, 그러고 보니……."

"왜 그래?"

“아니, 잠깐만.”

나는 품속, 그러니까 인벤토리를 뒤져 한 자루의 검을 찾아 들었다. 금속인지부터가 의심스러울 정도로 새파란 검신을 가지고 있는 롱 소드(Long Sword). 이건 핸드린느가 나에게 넘겨준 여명의 검이다.

“헤에……. 그거 그때 녀석이 준 검 맞지? 엄청 좋은 무구라고 들었는데.”

“뭐, 그렇긴 한데 쓸 수가 없어.”

“왜?”

“그야 검에 담긴 능력을 모르니까. 다크한테 물어봐도 아직은 알 필요 없다고만 하고.”

덕분에 여명의 검을 쓴 일이 없다. 아니, 그래도 전설 속 무구인지라 엄청 튼튼하고 검날도 날카롭기는 하지만, 애초부터 내 검술 스타일은 양수검(兩手劍). 그러니까 클레이모어 쪽이라 애매한 길이의 롱 소드는 왠지 다루기 힘든 것이다.

“핸드린느가 나에게 넘긴 걸 보면 뭔가 중요한 능력이 있는 모양인데.”

시험 삼아 몇 번 휘둘러 본다. 반응 없음. 마력도 담아본다. 반응 없음. 이거야 원……. 뭘 어떻게 해야 하는 건지.

“오빠!”

갑자기 문을 박차고 방 안으로 침입하는 소녀의 모습에 칼을 인벤토리 속으로 집어넣었다. 갈색이 섞인 금발에 드레스를 입은 10대 초반의 소녀. 그녀의 이름은 네레이드 이레인으로, 이레인 왕국의 공주였다.

“안녕, 넬.”

“안녕하세요, 언니.”

손을 흔드는 에일렌에게 공손하게 예를 취한다. 예전에는 성녀다 뭐다 딱딱한 사이였는데, 내 동료라는 사실이 밝혀져서인지 많이 싹싹해졌다.

“주둔은 다 끝났어?”

"네. 성녀대 분들께서 언데드도 다 치료하셨고요."

우리들은 여전히 이레인 군에 속해 언데드를 치료하고 있었다. 초반에는 에일렌이 거의 대부분의 언데드를 치료하다시피 했는데 요새는 많이 쉬는 편이었다. 어느새 언데드를 치료하는 열아홉 명의 소녀가 '성녀대' 라 불리며 사람들 사이에서도 선망의 대상이 되었다.

"헤에, 선망이라면 네 쪽이 더 크지 않아?"

"흥."

그놈의 드래곤하고 싸우는 바람에 입장이 굉장히 껄끄럽게 되어버렸다. 애초부터 난 여기에서 드래곤 나이트라는 이름으로 불리고 있었으니까. 진짜 드래곤하고 대등(물론 카이저가 있었기에 가능한 일이었지만)한 전투를 해버리니 다른 사람들이 기겁하는 것도 이해 못할 일은 아니다.

"아, 그리고 보니 이제 17일 남았네."

"점검이 끝나는 것 말이야?"

"응."

1월 18일은 라비린토스의 봉인이 풀리는 날로, 그날이 되면 무려 800명이나 되는 마스터가 일시에 파니티리스로 풀려 나온다. 물론 그와 동시에 마족들도 본격적으로 움직이기 시작하겠지만, 과연 800인의 마스터를 감당할 수 있을까? 개중에는 나보다 강한 제니카도 있고, 백팔나한진을 쓰는 직접계 마스터도, 합동 마법기를 쓰는 간접계 마스터도 있는데? 이런저런 생각을 하고 있는데 넬이 물어왔다.

"저기요. 점검이 끝난다는 게 무슨 소리죠?"

"아아, 내 동료들이 파니티리스로 나온다는 말이지."

"동료들?"

"그래, 나만큼이나 강력한 동료들."

가볍게 말하자 뒤에서 조용히 있던 엘의 표정이 굳는다.

"그, 그럴 수가. 밀레이온님은 드래곤하고도 싸울 정도로 강하지 않으십니까?"

"뭐, 그렇다고는 해도 사실은 사실이야. 게다가 내가 동료들 중에서 최강인 것도 아니니까."

내 말에 엘과 넬은 물론 경비를 서고 있던 기사들까지 깜짝 놀란 듯 눈을 치켜뜬다. 그중 가장 놀란 것은 나를 먼저 알고 있던 이들인 듯, 이번에는 엘이 묻는다.

"말도 안 됩니다! 다, 당신보다 강한 인간이 있을 수 있습니까?"

"하아, 그건 또 무슨 근거로 나오는 말이야? 나라고 마냥 강한 건 아냐. 그 게벨로크하고 싸우느라고 팔도 잘리고 옆구리도 파였잖아?"

"그, 그렇지만……. 금방 나았잖습니까?"

"그렇긴 하지."

확실히 치료하는 데 1시간도 안 걸리기는 했다. 이놈의 몸은 언제나 그렇듯 괴물이라서 팔이 잘린 상태에서도 단면만 대고 있으면 저절로 붙어버린다.

"그럼 레온, 이제 어떻게 할 생각이야?"

"어떻게 하긴. 유저들이 올 때까지 시간이나 끌어야지."

이미 내 몸은 다시 봉인에 들어간 상태였다. 슬슬 예술가도 마스터해야 하는데 말이지. 다음 전투에는 싸우지 말고 악기나 연주해 볼까나.

쾅—!

"뭐, 뭐야?"

"적인가!"

느닷없이 들리는 폭발음에 모두들 놀라 몸을 일으켰다. 폭발음이 들려온 것은 성의 동쪽. 저기라면 성녀대가 묵고 있는 곳이잖아?

"레온, 어때?"

"딱히 살기가 느껴지지는 않지만……. 그래도 마력 파동은 커. 가봐야겠군."

마음을 결정한 이상 망설일 이유 따위는 없지. 나는 단숨에 땅을 박차 이동했다. 방향은 동쪽. 나는 기다랗게 늘어져 있는 복도를 바라보았다. 대충 200미터쯤 되는군. 가볍게 정신을 집중했다. 그리고,

팟―

멀리서 보이던 복도의 배경이 순식간에 눈앞으로 다가온다. 이것은 4클래스의 블링크(Blink). 예전 패러디에게 받았던 블링크 슈즈(Blink Shoes)의 효능이다.

블링크 슈즈는 사용자가 스스로의 힘으로 3미터 이동할 때마다 1미터씩 공간을 축적한다. 최대 충전치는 500미터. 생각해 보니 상상 이상으로 좋은 아이템이잖아? 나는 한숨을 내쉬었다.

"게벨로크 때에 잘 활용했으면 녀석을 쉽게 끝장낼 수도 있었을 텐데."

이런 아이템을 무시하고 있었다니, 나도 모르게 방심하고 있었던 모양이다. 나에게는 좋은 아이템과 스킬이 너무나도 많아 막상 전투에 임하고 보면 그중 일부밖에 사용할 수 없는 것이다.

"레온!"

뒤쪽에서부터 에일렌의 목소리가 들렸지만 가볍게 손을 흔들어준 후 건물 안으로 돌입해 버렸다. 이미 숙소는 난장판이었다. 자욱하게 일어난 먼지에 콜록거리는 소녀들. 그녀들은 내가 도착했다는 것에 깜짝 놀라 몸을 일으켰다.

"아아, 됐어. 무슨 일이야?"

"꺄하하하! 와우!"

"레니아?"

부서진 벽 앞에서 좋아 죽겠다는 표정을 짓고 있는 적발의 소녀를 보고 나는 멍청한 표정을 지으며 서 있을 수밖에 없었다. 그녀의 이름은 레니아 크로아, 크로아 왕국의 1공주로서 성녀대에 참여하고 있는 소녀였다. 요새 한동안 신경을 안 썼더니 무슨 일이 일어난 거야?

"앗, 넌 누… 아. 그, 레온… 맞지?"

떠듬거리며 헛웃음 짓는 레니아의 모습에 절로 한숨이 나온다.

"상태가 안 좋아 보이는군."

"누구 상태가 안 좋다는 거야!"

소리침과 동시에 확─ 하고 마력이 뿜어진다. 물론 그 마력이 강대하다는 건 아니지만, 저렇게 유형화할 수 있다는 것은…….

"4클래스에 들어섰군."

"헉!"

단번에 집어내자 깜짝 놀라 뒤로 물러섰다. 이 녀석, 한동안 성녀대 일만 하기에 수련은 안 하는 줄 알았는데 어느새 한 단계 더 위로 올라서다니.

"으아아! 먼저 뛰어가면 어떻……. 어? 레니아, 4클래스 찍었네?"

"헉?!"

보는 사람마다 다 알아보자 레니아의 표정에 절망이 어린다. 자랑이라도 하고 싶었던 건가.

"그러고 보니 4클래스면 미레아에 담긴 마법을 사용할 수 있겠군."

"에? 미레아가 뭐?"

내 말에 레니아는 자신의 허리춤에 있는 레이피어를 바라보았다. 그 검은 대륙 제일의 대장장이인 체르멘이 만들어낸 1급 마법기. 보아하니 그 영감은 마법을 못 쓰는 듯했으니 인챈트 마법을 걸어준 건 다른 마법사겠지.

"그러고 보니 모르겠군. 그 레이피어에는……."

"레온님!"

쾅! 하고 문이 열리며 기사 하나가 달려들어 왔다. 순간 '까아─' 하고 물러서는 성녀대. 에일렌은 한숨을 쉬며 말했다.

"폭발은 별 사고가 아니었으니 이제 그만 돌아가세요."

"그게 아닙니다. 다리안 교가 왔어요!"

“다리안 교가?”

아니, 무슨 배짱으로? 미안하지만 지금 카이저는 힘과 기억을 다 되찾은 상태다. 게다가 다리안 교는 거인족을 멸망시킨 철천지원수가 아닌가!

“가보지. 약간은 소란스러워지겠군.”

자칫 잘못해 카이저가 일을 벌일 수도 있지만. 뭐, 그래도 어쩔 수 없는 일이리라. 난 다리안 교의 교도이지만 지금의 다리안 교는 마음에 들지 않으니까.

*　　　　*　　　　*

파니티리스에는 오대신(五大神)이라 하여 다섯의 신이 존재한다. 그것이 바로 빛의 신 다리안, 숲의 신 가이아, 대지의 신 카툼, 어둠의 신 사바인, 그리고 달의 신 루나.

이들은 모두 동등한 힘을 가지고 대륙에 존재했다. 물론 규모에서의 차이가 있기는 했다. 숲의 신 가이아는 주로 엘프들이 믿는 신이었고, 대지의 신 카툼은 드워프들이 믿는 종교라 아무래도 숫자 면에서 모자랐던 것이다. 그래서 가장 큰 세력의 종교는 빛의 신 다리안을 모시는 다리안 교와 어둠의 신 사바인을 모시는 사바인 교였다.

그 둘은 모두 사람들에게서 큰 인기를 끄는 종교였다. 상식적으로 ‘어둠의 신이라면 악신(惡神)이잖아?’라고도 생각할 수 있겠지만, 누가 뭐래도 사바인은 선신(善神) 계열이었다. 그가 다루는 것은 밤이 가지는 안식과 평온. 특히나 사바인 교도들이 사용하는 ‘세례’는 사람들의 면역력을 강화시켜 주어 건강에 더없이 좋음은 물론 수명까지 어느 정도 늘려주어 사람들 사이에서도 인기가 많았다고 한다.

아, 어쩌다 말이 좀 다른 길로 샌 것 같기는 하지만, 하여튼 오대교는 동등한 힘을 가지고 있었다. 애초에 다리안 교와 사바인 교는 교세 자체가 비슷했고, 나머지 세 종교는 규모가 작다 해도 단단히 결집된 힘과 능력이 있어 결코 무시할 수 없는 종교였다.

그런데 그런 상황에서 벌어진 다리안 교의 성전(聖戰) 선포. 사람들은 다리안 교가 미쳤다고 생각했지만 다리안 교는 무시무시한 힘으로 사바인 교를 무너뜨려 버렸다. 놀랍게도 다리안 교도들 대부분이 신성력을 사용할 수 있었기 때문이다. 그 힘이 미약하다고는 해도 능력자와 비능력자의 차이는 크기 때문에 다른 종교들로서는 견딜 방법이 없었다.

“아아, 왔군. 어서 오게나.”

문을 열자 언젠가 한 번 와봤던 접견실에 교황이 자리 잡고 앉아 있었다. 다리안 교라고 하면 이를 가는 이렌토 공작이 있는데 용케 여기를 빌렸군. 하긴, 필로나 제국은 다리안 교에 좀 휘둘리는 느낌이기는 했다. 예전에도 국왕의 명령이 내려오는 바람에 이렌토 공작이 분노하든 말든 다리안 교의 병사들이 영지에 주둔하지 않았던가? 더군다나 그 대상이 교황이기까지 하다면 이렌토 공작이라고 해도 함부로 할 수 없었으리라.

“우리를 부를 줄은 몰랐군요.”

“허허허, 그저 사과의 뜻을 전하기 위함일 뿐이오.”

내가 의자에 앉자 에일렌 역시 내 옆에 앉는다. 지금 접견실에 있는 인원은 총 여섯으로, 교황은 두 명의 호위를 뒤에 둔 채 태연히 미소 짓고 있었다. 그 호위란 바로 제1기사단장 리테인. 물론 한 명 더 있긴 하지만 별 특징 없어 보이는 녀석이라 신경 쓸 필요는 없을 것 같았다.

우리 쪽 일행은 일단 나와 옆에 앉아 있는 에일렌, 그리고 맞는 의자가 없는 관계로 일단 서 있는 녹색 피부의 거인족, 카이저이다.

“후후, 이거 눈물이 날 정도로 반갑군. 기억을 잃었을 때 헤어져 다시는 못 만날 줄 알았는데 말이야.”

그의 이름은 카이저, 칭호는 멸절의 검왕. 파니티리스에 존재하는 유일의 그랜드 소드 마스터이자 사실상 검선(劍仙)의 경지에 이른 존재이다. 이미 물질계를 살짝 벗어난 존재라고나 할까. 드래곤인 게인하드에게는 약한 모습을 보였지만, 사실상 물질계에서 그를 해할 존재는 없다고 해도 과언이 아니다.

"참으시죠."

"이런 곳에서 사고를 칠 생각은 없다. 아아, 그래, 이런 곳에서는 말이지……."

"……."

아니, 이 아저씨, 왠지 불길해. 이러다 잘못하면 다리안 교가 없어지는 거 아냐? 충분히 가능한 일이라서 더 불안하다.

"허허허, 너무 좋지 않은 분위기로군. 켈, 가서 마실 거라도 챙겨 오너라."

"네, 교황님."

게인하드의 등 뒤에 있던 성기사 중 하나가 밖으로 나가자 접견실은 침묵에 빠졌다. 자신의 살기를 전혀 감추고 있지 않은 카이저와 그 때문에 바짝 긴장하고 있는 리테인. 잠시 허허, 하고 사람 좋게 웃고 있던 게인하드는 카이저를 바라보며 말했다.

"향후 다리안 교에 어떤 공격도 하지 않겠다는 다짐을 받고 싶소."

"하?"

너무나도 당연하다는 요구에 카이저의 표정이 굳는다. 나도 황당해서 뭐라 반문조차 못하였다. 지금 저 영감이 뭐라고 하고 있는 거야? 어이없어 하자 게인하드는 다시 말했다.

"못 알아들었나 보구려. 다리안 교에 대한 절대적인 불가침 맹세를 원한다고 했소."

"큭, 크하하하!"

당당한 게인하드의 표정에 카이저는 박장대소했다. 나도 좀 황당했다. 지금 저 영감, 제정신인 건가? 카이저는 마음만 먹으면 다리안 교라는 존재 자체를 땅 위에서 지워 버릴 수 있는 존재다. 좋게 구슬리는 것도 먹힐까 말까 하는 판에 일방적으로 요구하다니?

"뭐가 우습지?"

게인하드의 뒤쪽에 서 있던 리테인이 발끈해서 검을 잡아 들었지만 어느 누구도 긴장하지 않았다. 물론 지금의 난 이런저런 봉인으로 약하지만 내 뒤에 있는 건 무려, 무려─ 그랜드 소드 마스터이다. 리테인 정도는 무슨 짓을 해도 그에게 대항할 수 없다.

"이거, 이거야 원. 어찌 안 웃기겠나? 네놈들, 다리안 교는 우리 일족에게 치명적인 타격을 줬어. 그런데 뭐라고?"

"건방진……. 네놈은 나에게 패했다는 걸 잊었나?"

"아아, 물론 기억하지!"

그 순간 공간이 일그러진다. 카이저? 나는 깜짝 놀라 몸을 일으키려 했지만 뭔가 말릴 틈도 없이 우지직─ 하고 리테인이 입고 있던 갑옷이 종이처럼 찢겨 나갔다.

"큭!"

울컥, 피를 토해내는 리테인. 아아, 가볍게 저지르는구나. 겨우(?) 피를 토하는 것 정도로 보이지만 카이저의 일격은 결코 가볍지 않았다. 내상이 상당하겠는걸. 신성력을 사용해 치료한다 해도 한두 달쯤은 요양해야 할 것이다.

"경솔하시구려."

"경솔이라고? 네놈들은 우리 종족을 멸망으로 몰아넣었다. 목숨의 대가는 오직 목숨. 나는 지금 네놈의 목을 잘라 버릴 수도 있어."

농담이나 협박 따위는 일절 섞이지 않은 목소리로 으르렁거렸다. 과연, 다리안 교에 대한 카이저의 원한은 실로 크다. 다리안 교에서 어떤 대가를 지불한다 해도 그가 다리안 교에 호의적이 될 수는 없으리라.

다리안 교의 교황이라는 후광이고 뭐고 목숨이 위험한 상황. 하지만 게인하드는 여전히 사람 좋게 웃으며 말했다.

"허허허, 더 이상 나를 화나게 하지 않았으면 좋겠는데 말일세."

"……."

아, 아니, 이 영감이 대체 뭘 믿고 이러는 거지? 뭔가 있다는 걸 깨달은 건 카이저도 마찬가지인지 그의 표정 또한 굳어졌다.

"네놈, 설마……."

"정확하오. 전에 당신을 포획했을 때 재미있는 물건을 얻어서 말이오."

게인하드는 품속에서 은은한 청광을 흩뿌리고 있는 돌 하나를 꺼내 들었다. 어? 저건 내가 카이저를 처음 만났을 때 인간들에게서 뺏어 주었던 돌이 아닌가? 그때도 카이저는 압도적인 힘을 가지고 있었음에도 저 돌 때문에 꼼짝 못하였다.

"네놈……!"

"허허허, 섣불리 움직일 생각은 하지 않는 게 좋을 것이오. 나는 물론 당신보다 약하지만 당신이 움직이기 전에 이 돌을 파괴할 정도의 힘은 있으니까."

맞는 말이다. 비록 카이저가 그랜드 급에 이르렀다고 해도 교황 역시 인간으로서는 최상에 가까울 정도의 능력자. 그로써 돌 하나 부수는 것쯤은 너무나도 쉬운 일이라는 말이다.

"저 돌이 대체 뭐기에 그래?"

에일렌의 물음에 카이저는 침중하게 말했다.

"고정(固定)의 돌. 멸망한 우리 일족을 봉인시켜 놓은 돌이다."

"멸망당한 일족을 봉인시켜?"

"정확히 말하면, 멸망당하기 직전에 장로들이 봉인시켜 놓은 거지. 그 안에 봉인된 거인족은 그렇게 많지 않지만, 그들이라도 부활시키지 않는 이상 거인족은 완전히 괴멸된다."

즉, 저 돌이야말로 '거인족'이라고 하는 종족 자체의 운명이 담긴 물건이라는 뜻이다. 어쩌면 카이저가 알고 지내던 이들이나 연인, 혹은 가족이 들어 있을지도 모르는 일이기도 하고.

딸각.

그때 문을 열고 좀 전에 나갔던 기사 녀석이 술병과 잔을 가지고 안으로 들어왔다. 그는 갑주가 부서진 채 피를 토하고 있는 리테인을 보고 놀란 표정을 지었지만, 놀랄 정도로 침착하게 술잔을 테이블 위에 놓았다.

"허허허, 한 잔씩 들게나."

게인하드는 그렇게 말하며 성기사 녀석이 따라주는 술을 마셨다. 안심하라는 의미인 건지 뭔지, 성기사 녀석은 우리들 앞에도 술잔을 놓더니 익숙한 자세로 술을 따랐다.

또르르. 술이 잔을 채워감과 동시에 향기로운 기운이 은은하게 퍼져 나간다.

"우와~ 비싸 보이는 술."

"가이아의 눈물이라고 하는 과일주일세. 아가씨도 한잔하겠나?"

"하지만 독이 들었을 수도 있잖아요?"

당돌하다면 당돌하다고 할 수 있는 질문이었지만 게인하드는 사람 좋게 웃을 뿐이었다.

"허허허, 나도 먹고 있는데 말일세."

"하지만 잔에 발라뒀을 수도 있는데."

"먹고 싶지 않다면 할 수 없네만……. 의심받는 것도 불쾌한 일이니 잔을 바꿔주겠네."

게인하드는 가볍게 고갯짓했고, 그에 따라 그 성기사는 다른 잔을 늘어놓았다. 뭐, 굳이 잔을 바꿀 필요도 없지. 나는 새로이 술이 담긴 술잔의 내용물을 혀끝으로 살짝 찍어 먹었다.

"흠."

음미하는 표정을 지으며 잠시 기다리자 허공에 글자가 떠오른다.

가이아의 눈물에 각종 과일이 첨가되었다는 것을 알았다!

"독은 없군."

"그래?"

내 말에 싱긋 웃으며 술잔을 홀짝이는 에일렌. 이 여자도 긴장감이라는 게 없군. 한숨을 쉬는데 어깨 위에 앉아 있던 글레이드론이 말한다.

[독이 없는 건 어떻게 아는 거냐?]

"그냥 알아."

만약 독이 들었다면 재료 알림에서 그 독을 표시했을 것이다. 이 감별법은 내가 먹은 음식 중에서 가장 중요한 재료를 표시하니까. 아니, 뭐 지금처럼 '각종 과일' 같은 식으로 대~충 표시하기는 하지만 적어도 틀리는 경우는 본 적이 없다.

"뭐, 어쨌든 맹세해 줬으면 좋겠소. 다리안 교가 강맹하다고는 하지만 당신 같은 적을 둬서는 곤란하니 말이오."

"…그렇게 적을 만들기 싫다면, 애초에 거인족을 공격하지 않았으면 되지 않았나? 거인족은 다리안 교에 아무런 적대감도 없었는데."

으르렁거리는 목소리. 하지만 게인하드는 사람 좋게 웃을 뿐이었다.

"허허허, 하지만 사악한 이교도를 그냥 둘 수도 없는 일 아니겠소?"

"뭐… 라고?"

진득진득한 살기가 주변 공간을 짓누르기 시작한다. 우왁! 지금 저 영감탱이가 뭘 어쩌자는 거야? 아무런 이유 없이 남의 종족을 멸망시켜 놓고 저딴 소리나 하고 있다니. 고정의 돌만 없었다면 카이저의 검이 그의 머리를 잘라도 이상할 게 없는 상황이다.

"큭……!"

뒤쪽에 서 있던 성기사는 물론 간신히 몸을 일으켰던 리테인까지 숨을 몰아쉰다. 특히나 카이저에게 이미 중상을 입었던 리테인으로서는 목숨이 위험할 정도로 치명적인 살기! 하지만 그 살기는 곧 잦아들었다. 교황이 고정의 돌을 꺼내 들었기 때문이다.

"맹세하시오."

"네놈……!"

"거절하겠다면."

게인하드는 고정의 돌을 들어올렸다. 어느새 그의 손에는 무시할 수 없을 정도의 신성력이 맺혀 있는 상태이다.

"익……."

잠시 이를 가는 카이저. 하지만 그는 이내 포기한 듯 살기를 풀어버렸다.

"후, 좋다. 내가 뭘 어쩌길 바라지?"

"간단하오. 그냥 맹세를 해주시면 되오."

"하지만 내가 그 맹세를 지킨다는 보장은 어디에도 없다."

"허허허, 걱정 마시오. 거기에 대한 대비책 정도는 있으니까."

그렇게 말하더니 게인하드는 자신의 앞에 있던 술잔을 들어 목을 축였다. 잠시의 침묵. 카이저 역시 어깨를 으쓱이더니 술을 마셨고, 나 역시 술잔을 들어……

"응?"

"왜 그래?"

"아니, 별로."

들고 있던 술잔의 모습에 잠시 생각한다. 방 배치상 등 뒤쪽에 있는 창문, 그리고 그 위에 떠 있는 달. 나름대로 운치를 위한 것일 수도 있겠지만 절묘한 위치 배정이군. 나는 다시 술잔을 바라보았다. 술잔 속에 들어 있는 술에는 어느새 달의 그림자가 비쳐 있었다. 그거야말로 술잔에 담긴 달. 나는 파니티리스로 나오기 전에 정훈이 했던 말을 떠올렸다.

“술잔에 담긴 달을 조심하세요.”

“흠.”

잠시 고민한다. 에이, 아무리 그래도 그렇지 설마 말 그대로의 의미겠어? 게다가 이 술에는 아무런 독도 안 들어 있다. 하지만 생각해 보면 그가 딱히 수수께끼를 낼 이유가 없는 것도 사실이고…….

“안 마시나?”

“별로 먹고 싶지 않군요. 요전번에 아무거나 마셨다가 쓴맛을 본 적이 있어서.”

술잔을 내려놓았다. 사실상 ‘독이 들었을 것 같아서 못 먹겠다’ 는 제스처인지라 화낼 만도 한 상황이었지만 게인하드는 별 상관없다는 듯 카이저를 바라보았다.

“그럼 잠시 저항력을 약화시켜 주겠소?”

“저항력을? 왜?”

“이것 때문이오.”

게인하드가 가볍게 손짓하자 아까 술을 따랐던 성기사 녀석이 종이 한 장을 꺼내 들었다. 계약서? 웬 계약서? 의아해하는데 게인하드가 말한다.

“다리안님의 신성한 힘이 담긴 신성 문서이오. 여기에 한 번 맹세를 하게 되면 절대로 어길 수 없게 되지.”

[하, 신성 문서라니. 그냥 아무 말에나 '신성 자만 붙이면 다인 거냐?]

내 어깨 위에 있던 글레이드론이 빈정거렸지만 게인하드는 신경 쓰지 않고 종이를 내밀었다. 과연 종이에는 여러 가지 내용이 써 있었다.

계약자는 다리안 교를 공격하지 않는다. 하지만 다리안 교의 공격을 받았을 시 저항하는 것은 정당하다.

뭐, 대충 이 정도의 내용. 고정의 돌을 가지고 있어서 마구잡이로 협박하는 내용이 써 있을 줄 알았는데 의외로 제대로 된 계약서잖아?

"허허허, 평화를 바라는 우리가 멸절의 검왕을 궁지로 몰고 갈 리가 없지 않소?"

"확실히."

객관적으로 카이저는 나라 하나쯤 간단히 뒤집어놓을 수 있는 강자이고, 그런 그를 핀치로 몰아가는 것은 상당한 자살 행위다. 다리안 교가 아무리 강하다 해도 미치지 않은 이상 그를 적대할 리 없으니까. 사실 지금 계약도 그가 자신들을 공격하지 않게 하기 위해서인 것이다.

"…좋다. 이 정도 계약이라면 하지. 어차피 일족을 부활시키고 나면 은거에 들어갈 생각이었으니까."

카이저는 순순히 고개를 끄덕였다. 다리안 교에 대한 분노가 완전히 풀린 것은 아니지만, 복수심 때문에 남은 일족마저 잃을 수는 없다는 마음인 것 같았다.

"허허, 좋은 마음가짐이오. 그럼 이제 서명하시구려. 그리고 그쪽도."

"나도?"

내가 어이없어 하자 게인하드는 웃었다.

"허허, 자네가 드래곤과의 일전에서 벌인 용맹은 잘 들었소. 우리로서는 조심할 수밖에 없지 않겠소?”

“하지만 난 그 고정의 돌이랑 별 상관없는데?”

“허허허, 그렇다면 난 이 고정의 돌로 당신과 싸워달라고 카이저님께 부탁하는 수밖에 없겠구려.”

태연히 웃는 표정에 난 할 말을 잃었다. 이, 이 영감 봐라? 황당해서 고개를 돌리자 침중한 표정의 카이저가 보인다.

“하하. 뭐, 그렇다면 어쩔 수 없겠군요.”

“미안하게 되었군.”

“아뇨, 됐습니다.”

까짓것 인간을 쓸고 다닐 생각은 없으니까. 어차피 라비린토스의 봉인이 풀리면 마스터들이 대거 풀려 나온다. 모름지기 악행이란 뿌린 대로 거두는 법. 그가 이렇게 우리 둘을 막아둔다고 해도 지금처럼 남에게 원망 살 일을 하고 다닌다면, 결국 그 모든 행동이 자신에게 돌아오고 말 것이다.

나는 성기사 녀석이 넘기는 펜을 받아 서류에 이름을 적었다. 혹시나 속임수 조항이 있지 않을까 싶어 서류를 자세히 바라보았지만 서류에는 아무런 문제도 없다.

“허허허, 이렇게 따라주니 고맙군. 그럼 저항력을 잠시 낮추고 이 문서에 손을 올려주게.”

게인하드의 말에 오른손을 들어 문서 위에 올려놓았다. 저항력을 낮추라고는 했지만, 어차피 지금의 난 7개의 직업을 봉인한 상태이기 때문에 항마력이 높지 않다.

“…낮췄다.”

“낮췄습니다. 그런데 뭘 어쩌라는 겁니까?”

퉁명스럽게 웃자 게인하드가 씩― 하고 웃었다.

“수고했네. 의외로 쉽게들 속는군.”

“무슨 소…….”

화악—

그때 우리가 손대고 있던 문서가 난데없이 타올랐다. 뭐, 뭐야? 하고 당혹스러워하는데 낮은 주문 소리가 울려 퍼졌다.

“나, 지금 명하노라. Improved Geas.”

“기, 기아스라고? 네놈!!”

카이저는 대노하며 그레이트 소드를 집어 휘둘렀지만 마치 무언가에 묶인 것처럼 게인하드의 목을 쳐내지 못하고 움직임을 멈췄다. 뭔가 심상치 않은 분위기. 나는 소파를 넘어뜨리며 단숨에 뒤쪽으로 물러섰다.

“시리우스의 무한한 힘이여, 지금 그 영광으로 내 존재를 억압하는 그 모든 봉인을 해제한다!”

봉인 해제! 카이저에게 무슨 짓을 했는지는 모르겠지만, 적어도 내 몸에서는 아무런 이상 징후도 보이지 않는다! 그렇다면……!

“응?”

막 마력을 끌어올리려다가 난 순간 멍청한 표정을 지었다. 마력이… 움직이지 않아?

“샐리에르? 하지만 나는 술을 마시지 않았는데!”

그보다 술에는 아무것도 안 들어 있었잖아? 당황하는 내 모습을 보며 게인하드가 웃었다.

“크큭, 참으로 미련한 일이 아니오. 너무 쉽게 걸려서 웃음이 나올 지경이니.”

“너, 무슨 짓을?”

나는 왼쪽 귀를 눌렀다 떼 상태를 확인하고는 경악하였다. 어이없게도 신관을 제외한 모든 직업에 강제적 봉인이 걸려 있었기 때문이다.

“허허허, 술을 받아 마시지 않은 게 문제이기는 하지만, 어차피 카이저만

봉하면 네놈 따위는 그 정도 금제로도 충분하지.”

그제야 나는 지금 내 몸에 문제가 생겼다는 것을 깨달았다. 신관을 제외한 모든 직업 봉인. 하지만 겨우 25레벨밖에 안 되는 신관만으론 게인하드는커 녕 리테인조차 이길 수 없다!

“카이저?”

“크윽……. 도망가!”

심상치 않은 표정으로 부들부들 떨고 있는 카이저. 나는 주변을 살폈다. 어느새 건물은 수많은 신성기사들로 포위되어 있었고, 내 앞에는 신인이라고 불리는 게인하드가 있다.

“작전상 후퇴.”

뒤로 한 걸음 물러나며 에일렌의 허리를 오른팔로 감쌌다. 바짝 긴장해 전 투태세를 취하다 깜짝 놀라는 에일렌. 하지만 게인하드는 그런 나를 비웃었 다.

“허허허, 그런 상태로 여기서 도망칠 수 있으리라고 보오?”

“물론!”

나는 씩, 웃어주면서 정신을 집중했다. 그와 동시에 내 발에 신겨져 있던 블링크 슈즈(Blink Shoes)가 공명한다.

웅—

난데없는 마나의 파동에 깜짝 놀라 신성력을 발하는 게인하드. 하지만 그 러는 순간 이미 나는 공간을 뛰어넘고 있었다.

*　　　*　　　*

블링크 슈즈는 단지 신고 이동하는 것만으로 공간을 축적하고, 비상시에 공간 이동으로도 활용할 수 있다. 3미터 이동할 때마다 1미터씩 충전되며,

최대 500미터까지 저장이 가능하다.

그거야말로 라비린토스에도 하나밖에 없다는 유니크 아이템! 뭐, 그렇다고 해도 지금껏 별로 쓸 일이 없어서 방치하고 있었는데, 오늘은 연거푸 몇십 번이나 쓰고 있다.

"허억…… 허억……."

"괜찮아?"

"후……. 괜찮아."

걱정스러워하는 듯한 에일렌의 말에 어색하게나마 웃어주었다. 하지만 스스로 생각해도 참 생소한 감정이다. 세상에, 지금 나는 너무 달려서 숨이 차고 있는 것이다! 일루전을 시작하고 나서는 달려서 지쳐 본 적이 없는데, 언제나 강철 같던 육체는 믿을 수 없을 정도로 약화되어 있다.

"글레이드론, 원래 모습으로 변할 수 있어?"

[물론. 이라고 말하고 싶지만……. 미안하군. 교황하고 만나기 전만 해도 얼마든지 변할 수 있었는데 지금은 안 된다.]

"역시."

"역시?"

뭔가 아는 듯한 표정의 에일렌을 바라보자 에일렌이 한숨을 내쉬었다.

"좀 전에 걸린 주문 때문이야."

"그… 기아스인가 하는 주문? 그게 뭔데?"

내 물음에 에일렌은 주변에 추적자가 없는지 확인하고는 조심스럽게 말했다.

"대상의 잠재의식 속에 금제를 새겨 넣는 주문이야. 으, 이것저것 챙기는 걸 보고 눈치 챘어야 했는데."

"위험한 거야?"

내 물음에 에일렌은 당연하다는 듯 말했.

"응. 일단 그 주문이 걸리면 시전자의 금제를 거부할 수가 없어. 그나마 우리는 이렇게 빠져나올 수 있었지만 카이저는 부하가 되어버릴지도 몰라."

"하, 하지만 카이저는 그랜드 소드 마스터. 즉, 검선(劍仙)인데? 그런 존재가 주문 하나로 복속된단 말이야?"

너무나 황당하다. 아니, 그랜드 소드 마스터라는 게 어떤 존재인가? 그들은 물질계를 초월한 반신(半神). 어지간한 마법이나 주문쯤은 의식조차 안 해도 튕겨 나간다. 그런데 그런 카이저가 걸려 버리다니.

"그야 궁극 주문이니까. 게다가 기아스는 복속 주문이 아냐. 복속하도록 금제를 거는 것뿐. 레온은 그 차를 안 마셔서 괜찮은 것 같지만 등급만 낮을 뿐, 이미 주문 자체는 걸렸어."

"뭐? 내 금제는 뭔데?"

내 물음에 에일렌은 내 이마에 오른손을 올렸다가 한 5초 후에 떼고는 말했다.

"Impossible to use anything but divine powers. 신성력 이외에는 사용할 수 없다…… 는 내용 같은데?"

"그런……."

쉽게 말해 개사기 급 마스터에서 평범한 신관이 되어버렸다는 말이잖아? 아니, 이런 뭣 같은 경우가!

"저기다! 모두 포위해!!"

"잡아!"

사방에서 들리는 소리에 다시금 몸을 일으켰다. 이런, 제기랄! 일단 축복을 몸에 걸긴 했는데 기본 능력치가 워낙 떨어져서 별 티도 안 난다.

"제길, 뛰어!"

"응!"

나와 에일렌은 손을 잡고 뛰기 시작했다. 목숨을 위협당하며 쫓기는 주제에 여자랑 손잡고 뛰다니, 지금 제정신이냐? 라고 생각할 수도 있겠지만 블링크를 위해서는 그녀와 육체적으로 접촉하고 있어야 한다! 물론 둘이서 블링크를 시도하면 이런저런 패널티를 부여받게 되지만, 그렇다고 해서 그녀를 버리고 갈 수는 없는 노릇이 아닌가!

팟!

다시금 공간을 넘어 포위망에서 빠져나왔다. 젠장! 여긴 이렌토 영지인데 왜 이렇게 신성병사가 깔렸어? 공간 이동으로 포위망을 빠져나온다 해도 한 번에 움직이는 거리는 기껏해야 몇십 미터 정도. 그나마 충전식이라서 부지런히 움직이지 않으면 그것마저 사용 못한다!

픽!

그때 등 뒤로 화살 하나가 날아와 부딪쳤다. 제법 매서운 기세이기는 하지만 내가 입고 있는 것은 스페셜 아이템 메크로네스 아머. 그 대상이 물리력이라면 사실상 통하지 않는다.

"이렇게 도망치기만 해서는 답이 안 나와!"

"알지만… 아! 체르멘!"

"응?"

"체르멘을 찾아가자. 몸이라도 숨길 수 있을지 모르잖아?"

헐떡이며 달리던 와중에도 그녀의 말에 고개를 끄덕였다. 확실히 일리있는 말이다. 이곳에서 체르멘은 왕에 가까운 세력을 가지고 있으니까.

쐐엑!

그때 화살 하나가 귓가를 스치고 지나갔다. 그런데 그게 크리티컬 히트! 귀가 단숨에 갈라지며 피가 튀었다.

"레온!"

"소리 지르지 말고 뛰어!"

제길! 생각해 보니까 메크로네스의 방어력은 턱까지잖아? 그 위를 공격당하면 말짱 꽝. 즉, 지금의 난 지나가다 우연히 활 쏜 신성병사 21번 같은 녀석한테도 죽을 수 있다는 말이다!

[레온! 좌측에 저격!]

팟!

글레이드론의 말을 듣는 즉시 공간 이동을 했다. 저격수를 확인하고 움직일 여유도 없지! 난 그대로 체르멘의 무기점, 그러니까 마스터 웨폰 안으로 공간 이동했다. 다행히 한 번 들렀던 곳이라서 문제없이 이동할 수 있었다.

"에? 여기……."

"어떻게 된 거야?"

나는 텅 비어 있는 마스터 웨폰을 보고 숨을 들이켰다. 어째서? 이런 전시라면 무기가 훨씬 더 많이 필요할 텐데 대장간이 쉬고 있단 말인가? 하지만 망설일 틈이 없었기에 작업실 쪽으로 바로 달려갔다.

"여기쯤이었을 텐데……."

벽에 손을 대고 만지작거린다. 다행히 위치가 맞았는지 끼리릭, 하는 소리와 함께 열리는 비밀 문. 나는 망설임 없이 그 문 안으로 들어갔다. 문 안에 있는 것은 아주 좁은 크기의 방. 나는 다시 벽을 조작했다.

드르르르르.

"됐다."

엘리베이터와 같은 원리로 만들어진 듯한 방이 아래로 내려가기 시작했다. 비밀 방의 깊이는 지하 250미터. 비밀 문의 존재만 들키지 않으면 함부로 들어오는 것은 불가능하리라.

기이잉—

깊이가 깊이인만큼 꽤 긴 시간 동안 내려간다. 생각해 보니 이것도 이동거리로 치는 거지? 3미터 이동할 때마다 1미터씩 충전되니 대충 80미터 정도는 충전된다는 말이다.

"다리안의 영광된 가호여, 지금 상처 입은 그대의 종에게 안식의 빛을 내리소서."

주문을 외움과 동시에 신성한 기운이 손에 맺히고 찢어졌던 귀가 천천히 아물어들기 시작했다. 하지만 이게 또 완벽한 치료는 아니라서 귀 부근이 계속 화끈거린다.

"괜찮아?"

"괜찮기는 하지만…… 재생력이 말도 못하게 떨어졌어."

생각해 보니 금제는 신성력 이외에는 사용하지 말라는 것뿐인데, 왜 봉인 자체가 걸려 버리는 거야? 이래서야 근력이고 생명력이고 죄다 무시무시한 기세로 떨어져서 일반 병사들한테도 얼마든지 죽을 수 있는 몸이 된다. 이놈의 몸은 참 신기한 구조로 되어 있어서 봉인이 걸리고 능력치가 떨어지면 근육의 성질 자체가 무르게 변해 버리는 것이다.

"설마 그 교황 영감이 뒤통수칠 줄은 몰랐어. 교활해 보이긴 했지만 상식은 있는 줄 알았는데."

그렇다곤 해도 정말 바보같이 걸려 버렸다. 항마력을 조금 낮춰도 적대적 주문 정도는 모조리 저항할 거라고 생각하고 있었는데, 설마 궁극 주문 같은 게 날아올 줄이야.

"하지만 어째서 교황이 궁극 주문을 쓰는 거야?"

"모르겠어. 일단은 매직 스크롤을 사용하던 것 같기도 한데……."

"마법사들을 그렇게 탄압해 놓고 그런 걸 쓴다고?"

화가 난다기보다 어이가 없어서 절로 한숨이 나온다. 그나저나 이 상태는 얼마나 유지되는 거야? 설마 평생 간다거나 하는 건 아니겠지?

기잉.

도착. 엘리베이터의 문이 열리고 우리는 밖으로 나왔다. 혹시나 하는 상황을 대비해 엘리베이터가 올라가지 못하도록 근처에 있는 창 하나를 도르래에 걸어놓았다.

“여기는 무사하네.”

“응.”

나는 지하실 가득하게 펼쳐져 있는 수많은 무구들의 모습에 감탄했다. 수많은 검과 방패, 그리고 창과 갑옷. 상황이 상황이니만큼 죄다 꺼내 썼을 거라고 생각했는데, 의외로 모조리 보관하고 있었던 건가? 체르멘, 그 영감도 성격하고는.

“그나저나 넬들은 어떻게 하지? 분위기를 봐서는 그쪽도 공격받을 것 같은데.”

“이레인 병사들이 있으니 괜찮지 않으려나.”

“그렇기는 하지만……. 아! 그러고 보니 이레인 군에서 제일 강한 건 넬하고 엘 맞지? 요번에 4클래스에 오른 레니아도 포함시키면 상위 능력자가 4명이나 되니. 에또……. 그나마 안심?”

“…….”

안심이 될 수가 있겠는가? 군대가 모여 있는데 개중 최강이 초등학생들이라니! 아니, 물론 이 세계에는 초등학교 같은 게 없긴 하지만 나이는 틀림없이 그 급이니 문제가 크다.

“하하……. 어쩔 거야, 레온?”

“일단은 여기서 대충 준비해서 나가자. 능력이 안 되면 장비라도 맞춰야겠지.”

품속, 인벤토리를 열어 OPG(Ogre Power Gauntlet)를 비롯한 각종 아이템을 꺼내 들었다. 지금 나에게 필요한 것은 약한 상태에서 장착해도 큰 효과를 낼 수 있는 아이템. 하지만 세상일이 그리 만만하지만은 않다.

“역시 안 되나.”

“뭐가?”

묻는 에일렌의 목소리에 어깨를 으쓱였다.

“OPG. 일루전 아이템 시스템도 완전 호구는 아니라서 자기 레벨 이상의 아이템은 쓸 수가 없어.”

“하지만 예전에는 기사를 봉인하고서도 썼잖아?”

“OPG는 단일 레벨 40, 혹은 누적 레벨 80 이상이어야 장착할 수 있는 아이템이니까.”

일루전은 어쨌든 게임이라는 형식을 갖추고 있기 때문에 초보가 아무런 실력도 없이 아이템의 힘만으로 강해지는 사태를 막는 여러 가지 시스템이 존재한다. 적어도 그걸 다룰 만한 그릇이 아니면 쓸 수 없도록 하는 것이다.

아아, 물론 다 그런 것은 아니다. 요컨대 내가 입고 있는 메크로네스 아머나 블링크 슈즈는 지금도 그 효과를 발휘하고 있으니까. 이것들은 특급 마법기. 사용자의 역량보다는 그 영력의 크기를 따르기 때문에 스스로 자격만 된다면 아무런 부담 없이 사용할 수 있다.

“그럼 그건 내가 낄게.”

“뭐?”

뜻밖의 소리에 고개를 돌리자 에일렌이 어깨를 으쓱인다.

“누적 레벨도 된다면서? 지금의 난 모든 직업 30레벨의 판정 효과를 받고 있어. 물론 몸이 신체가 아닌지라 그에 따른 능력치는 없지만 OPG는 장착할 수 있을 거야.”

“오호…….”

맞는 말이기에 나는 고개를 끄덕였다.

“좋아. 생각해 보니 넌 마력도 많지?”

“그게 뭐?”

"이 틈에 너도 풀 세트를 맞춰놓자."

좋은 장비가 있느냐, 없느냐에 따라 전투력은 수배에서 수십 배에 가깝게 차이가 난다. 장비빨이라는 말이 괜히 나오는 게 아닌 것이다. 더군다나 나에게는 무수하다고 할 수 있는 장비들이 있지 않던가? 당장 주변에 있는 체르멘의 무구들만 해도 하나같이 명품이고 말이다.

[멋대로 쓰면 난감한데 말이지.]

"웃?"

난데없이 들려오는 소리에 근처에 있는 검 중 아무거나 잡아 그대로 휘둘렀다. 하지만 쩡! 하는 충격과 함께 튕겨 나가는 칼. 어이없게도 무슨 강철 벽을 후려친 것 같은 충격이 손목에 전해진다. 물론 예전이라면 강철 벽이라도 힘으로 잘라 버렸겠지만, 지금은 육체 자체가 형편없이 약화된 상태였다.

[으응? 너 왜 이렇게 약해진 거냐?]

"에……. 체르멘?"

[그래, 나다.]

웅— 하는 느낌과 함께 아무것도 없는 허공에서 투명하게 은신하고 있던 상대가 그 모습을 드러낸다. 하지만 그 모습은 예전에 내가 알던 체르멘의 그것이 아니었다. 전체적으로 날렵하게 생긴 몸체와 은색으로 치장되어 있는 장갑(裝甲). 나는 그것이 예전에 체르멘이 만들던 가디언(Guardian)이라는 것을 깨달았다.

"우엑? 뭐예요, 그 상태는?"

"앗, 내 취향 아가씨야말로 어떻게 몸을 얻었나?"

유쾌하게 웃으며, 아니, 웃는다고 해봐야 골렘의 몸이니 실제로 웃는지는 잘 모르겠군. 하여튼 우리 앞에 있는 것은 인간이 아니었다. 그것은 골렘 중에서도 최상위급이라고 알려져 있는 가디언(Guardian). 처음에는 원격으로 조종하는 게 아닌가 하고 봤지만 가디언의 어디에서도 외부 연결을 찾을 수

없다. 그렇다면 탑승? 하지만 체르멘의 가디언은 아무리 커봐야 2미터밖에
안 되는 크기. 사람이 탑승할 수 있는 물건이 아니었다.

"원래의 몸은 어쩌고 골렘에 들어가 계신 겁니까?"

[허허허. 그건…….]

[바보냐? 당연히 뒈졌으니까 저 상태지.]

어깨 위에서 심드렁하게 말하는 글레이드론의 말에 체르멘이 어색하게 웃
는다.

[하하, 그렇게 딱 잘라 말하면 가슴 아픈데.]

[하지만 뒈진 건 맞지?]

흥, 하고 상대를 살피는 녀석의 시선에 체르멘의 분위기가 살짝 가라앉는
다.

[……밀레이온 군, 그 싸가지 없는 애완동물은 자네 것인가?]

[애, 애완동물? 지금 나보고 애완동물이라고 한 거냐?]

사나워지는 분위기에 글레이드론의 머리를 살짝 누른다. 예전이라면 어림
도 없을 행위지만 녀석이 손바닥만큼 작아진 지금이라면 충분히 가능한 일인
지라 글레이드론의 머리가 꾹— 하고 눌린다.

"왜 도발을 하고 난리야?"

[흥. 유령 주제에 건방지니까 마음에 안 드는 것뿐이야.]

왠지 모르게 툴툴대는 글레이드론을 두고 체르멘을 바라보았다. 육중한
기운이 흐르고 있는 가디언. 나는 그 기운이 좀 위태위태하다는 것을 깨달았
다.

"다른 녀석에게 당하신 겁니까?"

[내가 죽은 건 물론이고, 가디언도 박살이 났어. 그나마 자체 복구 능력이
있어서 꾸준히 복구하긴 했는데 아직 제 상태에는 이르지 못했다.]

그의 말대로 가디언의 몸 이곳저곳이 부서져 있었다. 그래서 우리가 들어

왔을 때 몸을 숨긴 거로군. 괜히 다른 녀석들과 싸우기 싫었던 것이리라.

"헤에, 하지만 자기가 죽었는데 골렘에 깃드는 게 상식적으로 가능한 일이에요?"

[보통은 불가능하지만 난 가능하다네, 아가씨. 신마(神魔) 혼혈은 특이하기로 유명하거든. 내 정석을 장착했더니 혼까지 들러붙었지.]

"정석? 마족들이 몸에 지니고 있는 그 정석 말입니까?"

뜻밖의 단어에 당황하자 가디언의 금속 어깨가 유연하게 으쓱여진다.

[나는 마족이기도 하니까. 아니, 사실은 마족 쪽에 더 가까운 걸지도 모르겠군. 날개가 없는 걸 봐서는 말이야.]

"…당신의 아버지는 천사가 아니라 신이잖아요? 다리안에게 날개가 있다는 말은 못 들어본 것 같은데."

[아차, 하지만 신성력도 못 쓰는걸?]

그럼 애초부터 거기에서 이유를 찾던지! 신의 자손으로서의 위엄이라는 게 없구먼. 뭐, 이미 수많은 신을 만난 나로서는 이미 신이라는 존재가 무조건적으로 존경할 만한 존재는 아니라는 걸 깨달았지만 말이다.

[그런데 결국 네 녀석은 무슨 상황인 거냐? 예전보다 엄청나게 약화된 것도 같고.]

"아아, 저는……."

나는 내 상황을 간략하게 체르멘에게 설명했다. 카이저와 동행이 된 것, 그리고 그와 함께 드래곤하고 싸운 것. 나를 이곳으로 보낸 신들에 대한 몇 가지 이야기와 다리안 교의 교황 게인하드에게 속아 카이저가 잡히고 내 힘 역시 봉인된 것까지.

처음의 가벼운 분위기와는 다르게 체르멘은 내 말을 진지하게 들어주었다. 역시 영혼이 들어갔기 때문일까? 은빛으로 빛나는 타이탄임에도 그의 움직임은 더없이 인간스럽다.

[그러니까, 신들의 예언 덕택에 완전히 사로잡히는 것은 면할 수 있었다?]

"에? 뭐, 그렇죠. 하지만 특이하긴 하군요. 그들은 전지의 권능을 잃었다고 했는데 미래를 볼 수 있다니."

미래야말로 정보 중의 정보. 문자 그대로 모든 존재들이 바라 마지않는 최상급의 정보가 아닌가? 미래를 볼 수 있으면 사실상 전지한 거 아냐? 내가 의아해하고 있자 체르멘이 답한다.

[아아, 그건 제약 때문일 걸세.]

"제약… 말입니까?"

[그렇지. 신이 인간의 미래를 보는 데는 아무런 문제도 없거든. 물론 그걸 당사자에게 말해주는 건 전혀 별개의 문제지만.]

"그럼 다른 미래는?"

[그러니까 제약이란 말이네. 인간의 정보란 그 수위가 낮은 거라서 미래를 읽는 것도 가능하지만 '세계' 나 '초월자' 에 대한 정보는 높은 수위의 것이니까.]

"즉, 전지의 능력을 잃는다는 건 총체적인 정보가 사라질 뿐 한 인간의 미래 정도는 알 수 있다?"

[그렇지. 물론 그것도 더 높은 수위의 정보와 연관이 없다는 전제하에서의 일이기는 하지만 말일세.]

그의 말에 곰곰이 생각한다. 즉, 그 정훈이라는 녀석은 날 보는 순간부터 내가 이런 상황에 처할 것을 알 수 있었다는 말이다. 이러니저러니 해도 난 인간일 뿐이니까.

"아! 레온, 그 가디언!"

"가디언? 가디언이 뭐?"

"아니, 있잖아. 네 수련치에 오른 가디언. 이거 아냐?"

에일렌은 손을 들어 체르멘을 가리켰다. 확실히, 그것이 내가 목격한 유일

무이의 가디언. 에일렌의 짐작이 맞은 듯 체르멘의 고개가 끄덕여진다.

[맞네. 내 육체가 죽는 바람에 이 골렘의 소유권을 너한테 이전시켰지. 가디언이라는 건 독자적으로서는 존재할 수 없는 물건이니까.]

"그렇군요. 좀 이상하다 했습니다."

가디언이 길가에서 파는 만 원짜리 너구리 인형도 아닌데 난데없이 생긴다는 것 자체가 황당한 일이었다. 하지만 이런 상황이라면 이해할 만도 하지. 그가 본 인물 중에서 가장 강대한 영력을 지닌 이는 아마도 나였을 테니까.

"그렇다면, 당신은 제 부하가 되는 겁니까?"

[…그런 건 싫은데. 나이가 있지.]

그의 말에 내 어깨 위에 있던 글레이드론이 껄렁하게 답한다.

[흥. 올해로 700살이 넘는 내 앞에서 나이 타령이냐?]

[어, 수고하십니다, 영감.]

[뭐야?]

또 티격태격하기 시작하는 둘의 모습에 절로 한숨이 나왔다. 이상하게 안 맞는 성격들이로군. 괜히 시간 끌기도 뭐한 상황인지라 나는 품속에 손을 넣어 인벤토리를 열었다. 자연스럽게 뜨는 아이템 목록. 거기서 필요한 물건을 꺼냈다.

[어?]

글레이드론과 티격태격하던 체르멘이 놀라 고개를 돌린다. 느낀 걸까나. 그렇다면 상당히 예민한 감각이다.

"왜 그래요?"

[아니……. 잠깐, 이 느낌은…….]

뭔가 생각하는 그를 보며 다시 품속에 손을 넣었다. 또다시 열리는 인벤토리. 나는 10개의 오리하르콘 조각과 30개 정도의 미스릴괴를 꺼내 들었다.

"앗, 레온. 무기를 제작하려고?"

“그럴 여유가 있을 리 있냐.”

이곳이 당장 들키거나 하지는 않겠지만 상대방 중에는 신인이라고까지 불리는 게인하르드가 있다. 내 몸 상태가 멀쩡하다면 결계라도 펼쳐서 이목을 숨기겠지만, 지금으로서는 그런 일을 하기란 불가능한 일이겠지. 그렇기에 난 그것들을 체르멘에게 내밀었다.

[이건······.]

“아, 소개해 드리죠. 일단 이쪽은 엘릭시르(Elixir)입니다. 엘릭서라 부르기도 하죠.”

[엘릭서······?!]

심장을 입으로 토해낼 것 같은 비명에 살짝 뒤로 물러선다. 아, 물론 가디언에게 토해낼 심장 따위가 있을 리 없지만 그가 격양되어 있다는 것은 분명하다.

내 손에 들려 있는 것은 작은 약병이고, 그 안에 들어 있는 것은 은색의 액체다. 언뜻 보면 수은 같은 모양새이지만 그것은 분명 은은하게 빛나고 있다.

[엘릭서라면 분명 불로불사의 비약이라고 불리는 전능수(全能水)잖아?! 말도 안 돼. 거짓말! 그런 걸 네가 가지고 있다고?!”

숨 막히는 비명 소리에 나는 어깨를 으쓱였다.

“가지고 있습니다. 대신, 10만분의 1의 비율로 희석시킨 거지만.”

[뭐?]

10만분의 1이라는 말에 드디어 진정한 듯한 체르멘의 모습에 엘릭시르를 흔들어 보인다.

“10만분의 1의 비율로 희석했다는 겁니다. 듣기로 엘릭시르라는 게 엄청 귀하다니 어쩔 수 없죠. 오리하르콘을 활성화시키는 데 필요하기도 하고요.”

[잠깐, 잠깐. 엘릭서야 희석되었다고 치고, 오리하르콘?]

체르멘은 이제야 발견한 듯 내 손 위에 올려져 있는 금속 조각을 바라보았다. 드워프라면 전 재산을 주고서라도 사려 하고, 만약 사지 못한다면 모든 자존심과 양심을 버린 채 강도짓을 해서라도 얻고 싶어 한다는 전설적인 금속. 그것이야말로 존재하는 모든 물질의 원형이자 세계와 연결되어 있다는 차원 촉매.

[너……. 네놈…….]

오리하르콘을 본 체르멘의 몸이 부들부들 떨린다. 좀 위험한 분위기인지라 조심하는데 그가 소리친다.

[좋은 놈이구나! 심지어 부자……!]

부자라는 말에 강세가 좀 들어간 느낌이 있었지만 시간이 없었기에 일단 체르멘에게 재료들을 넘겼다. 미스릴괴들은 부피가 부피인지라 그냥 바닥에 내려놓았다.

"지금 상태에서도 무기 제작은 할 수 있죠?"

[물론이다. 무기라도 만들어줄까?]

진지하게 말하는 체르멘을 향해 고개를 흔들어 보였다.

"아뇨. 가디언을 강화시키세요. 저는 나가봐야 할 것 같으니까."

그렇게 말하며 다시금 인벤토리를 연다. 자동적으로 떠오르는 아이템 목록. 나는 그중에서 여명의 검을 꺼내 들었다.

[여명의 검?]

"그렇죠."

가볍게 몇 번 휘둘러 보는데 막 미스릴괴들을 챙기던 체르멘이 묻는다.

[이상하군. 여명의 검은 마족에게 빼앗긴 물건이 아니었나?]

"맞습니다. 그걸 찾은 거죠."

정확히는 '받은' 거지만 그걸 구태여 말할 필요는 없겠지. 농담으로라도 '훗, 제가 인기 좀 있죠' 같은 소리를 할 기분은 도저히 안 나니까. 뭐, 인기 있는 건 사실이긴 하다. 얼마나 인기있냐면, 마족공이 데스 나이트로 영입하려 했을 정도인 것이다. 젠장.

[……잠깐만. 어쩌면 이건 그 신들이 유도한 상황일지도 모르겠군.]

"유도라니, 무슨 말입니까?"

내 물음에 체르멘은 공방으로 미스릴을 비롯한 각종 재료들을 옮기며 전혀 상관없는 듯한 이야기를 꺼냈다.

[그것 아나? 여명의 검을 사용하기 위해서는 두 가지 충족 조건이 필요하다네.]

"에?"

갑자기 무슨 소리야? 내가 당황해하든 말든 그는 상관없다는 태도로 미스릴들을 정리했다. 그가 움직일 때마다 은은하게 들려오는 금속성. 그는 정리를 마친 후 다시 입을 열었다. 아, 생각해 보니 그한테는 입이 없지. 하여튼 말했다.

[여명의 검은 여명의 무구 중에서도 특별한 무기일세. 그래서 충족 조건도 두 개나 되지.]

"두 개의 충족 조건?"

내 물음에 체르멘은 고개를 끄덕였다.

[그렇다네. 그중 하나가 마나 제어 능력. 분위기를 보아하니 네 녀석은 이미 그걸 가지고 있는 모양이군. 그렇다면 문제는 또 하나의 조건이지.]

"또 하나의 조건?"

그럴 리 없겠지만, 나는 그가 씁쓸하게 웃고 있다고 느꼈다. 뭐지? 뭔가 사연이라도 있는 건가. 그렇게 생각하거나 말거나 그는 말했다.

[바로 신격(神格)의 소유일세.]

"신격……."

황당함. 신격이라니. 그건 신의 인정을 받거나 혹은 스스로 자신의 가치를 높여 준신(Demi—God)에 이른 존재들이나 가지는, 일종의 신성(神聖)이나 신위(神位) 같은 걸 말하는 거잖아?

[그래, 어쩌면 신들은 네가 이 상황에 처할 것을 알고 일부러 밀어 넣은 걸지도 모른다는 말이지. 그 증거로 예언 자체가 반쪽짜리잖아? 어차피 미래를 봤다면 카이저도 술을 먹지 말라고 언급해 줄 수 있었을 텐데 말이야.]

맞는 말이기는 하지만, 다른 직업이 다 봉인되고 신관만 남으면 신성을 얻을 수 있다는 말이냐? 신관의 필요 경험치는 실로 높아서 어지간한 몬스터를 잡아도 경험치가 한참 모자란다. 에, 하지만 이 상태에서 드래곤을 잡으면 가능할지도 모르겠군. 드래곤이 경험치를 얼마나 주는지는 모르겠지만, 지금 내 경험치 시스템은 다크로 인해 강화되어 있으니 혹여…….

"아니, 잠깐."

문득 드는 생각에 고개를 가로저었다. 아니, 아니다. 생각해 보니 전혀 다른 문제잖아? 물론 우연에, 우연에, 다시 우연을 겹치면 하이 프리스트가 될 수도 있겠지만 하이 프리스트가 되면 신격을 얻는가? 라고 물으면 또 아니다. 단지 하이 프리스트는 고위 성직자일 뿐 신격을 가지고 있는 것은 아니니까. 그럼 뭘 어쩌라고 이 사태를 만든 거야? 내가 죽기라도 하면 어쩌려고.

"우와, 엄살떠네."

"목숨이 위험하니 당연하잖아."

내가 무슨 광전사(狂戰士)도 아니고 이 상태에서 싸우는 걸 즐길 수는 없다. 조금 치사하게 들릴지도 모르지만, 나는 이기지 못하는 싸움엔 관심조차 없는 것이다. 물론 그렇다 해도 어쩔 수 없는 상황은 분명히 있다. 지금이 바로 그렇듯이 말이다.

"그럼 저희는 슬슬 나가겠습니다. 몸을 개조하는 데는 얼마나 걸리죠?"

내 물음에 체르멘은 잠시 생각한 끝에 답했다.

[대충… 하루 정도 걸릴 것 같군. 이것저것 장착할 것들이 있으니까.]

이것저것 장착할 생각? 뭐라 말할 기운도 없어서 언제나 그랬듯이 한숨만

쉰다. 옆에는 어느새 OPG를 장착한 에일렌이 서 있었다.

"올라갈까?"

"응. 여기에 너무 오래 있으면 다리안 교 녀석들도 눈치 채고 말 거야. 아직 회복이 되지 않은 체르멘까지 휩쓸리게 할 필요는 없겠지."

나는 체르멘의 몸을 다시 한 번 확인했다. 강대하지만, 어딘지 위태위태한 강철의 몸. 나는 그 몸이 가루에 가까울 정도로 파괴되었다는 것을 짐작할 수 있었다. 아마도 그를 살해한 상대가 벌인 일이겠지. 누군지는 모르겠지만 강력한 상대였을 것이다.

[내일 보지. 그전에 마음대로 죽거나 하지 마라.]

"노력해 보죠."

씩, 웃으면서 엘리베이터 안으로 들어간다. 근처에 있는 방패와 롱 소드를 하나씩 챙겨오는 에일렌. 우리가 대화를 하는 동안 무기를 고르고 있던 건가? 제법 괜찮은 기운의 검과 방패이다.

기이잉—

버튼을 누르자 엘리베이터가 위로 올라가기 시작했다. 신발에 축척된 공간은……. 대충 200미터 정도로 어지간한 포위망은 단박에 탈출할 수 있을 것이다.

덜컹.

엘리베이터는 비교적 빠르게 지상에 도착했다. 밖에서 느껴지는 것은 분주한 인기척. 이대로 그냥 두면 결국 신성병사들이 비밀 방을 찾을 것임을 깨달았다.

"에일렌, 문에다 락(Lock)을 걸어놔."

"응. 이왕 거는 거 기적 차단도 걸어놓을게."

에일렌은 그렇게 말한 후 주문을 외우기 시작했고, 나는 다시금 밖의 기적을 살폈다. 수많은 발소리와 숨소리. 나는 속삭이듯 말했다.

“초월안 2급 개방.”

말과 동시에 감각권이 증폭된다. 초월안은 미래를 엿보는 데도 쓸 수 있지만, 범위 공간을 인식하는 데도 매우 유용하다. 아니, 사실 그쪽이 더 전문이라고 할 수 있겠지. 미래를 보는 건 누가 뭐래도 꼼수에 가까운 기술이니까.

“도시 전체에 깔렸군. 하지만 여기를 중심으로 모이는 걸 보니 대략적인 위치는 추적할 수 있는 모양이야.”

[봉인을 풀 수 있는 방법은 없나? 나만 원형을 되찾아도 탈출 정도는 간단할 텐데.]

맞는 말이긴 하지만 방법이 없군. 차라리 라비린토스로 귀환해서 고위급 마법사(제니카라던가, 성지의 마스터라던가)에게 해주(解呪)를 부탁하는 편이 나으려나? 하지만 일단 라비린토스로 가버리면 마법사를 찾는 데 걸리는 시간이나 다시 돌아오는 데 걸리는 시간 때문에 며칠은 걸릴 것이다. 홀몸이라면 또 모르겠지만 이레인 군들에게 위험 정도는 전해줘야겠지.

“완성. 뭐, 그래 봐야 3클래스지만 단순 물리력으로는 뚫기 어려……”

그때 웅― 하고 뭔가 하얀 기운이 우리의 몸을 스쳐 지나갔다. 뭐지? 하고 고개를 들어올리는데 밖이 소란스러워졌다.

“찾았다!”

“하지만 이쪽은 벽입니다!”

“건너편에 방이 있는지 찾아봐! 비밀 공간이 있을 거다.”

척척척.

들려오는 발소리. 저 녀석들, 뭔가 탐색 장치 같은 거라도 가지고 있는 건가? 계속 있어봐야 락이 뚫릴 뿐인지라 바로 정신을 집중하기 시작했다.

팟!

일순간에 변하는 배경. 확실히 일루전을 플레이하다 보니 공간 이동에는 매우 익숙해져 있다. 듣기로 공간 이동을 많이 하면 멀미라든가 두통이라든가 하는 게 강하게 온다고들 하는데 나는 전혀 못 느끼고 있으니 말이다.

"우왓?! 너희……."

에일렌의 주먹이 막 뭐라 소리치려던 녀석의 뒤통수를 후려친다. 퍼억—!
콰득—!! 하는 소리와 함께 처박히듯 쓰러지는 신성기사. 에일렌은 '어머나'
하고 놀란 표정을 지었다.

"주, 죽었나?"

"죽지는 않은 것 같지만……. 최소 불구는 되었을 수도."

오거 파워 건틀렛. 줄여서 OPG는 사용자의 근력을 오거의 수준까지 끌어
올린다. 오거라는 몬스터는 '물리 법칙상 어떻게 이럴 수가? 라는 생각이 들
정도로 강대한 힘을 가진 종족. 그렇기에 OPG를 끼고 사람을 치면 보통 죽
는 게 당연하다. 그나마 저 녀석이 안 죽은 건 신성력을 사용하는 신성기사이
기 때문이다.

"그럼 이제 어쩔 거야?"

"이레인 군 쪽으로 천천히 이동하자. 일단 병사들 속에 있으면 어느 정도
방비는 할 수 있겠지."

하지만 교황 영감, 그러니까 게인하드의 꿍꿍이속을 모르겠다. 그냥 계약
을 하면 했지 우리를 이렇게 핀트로 몰아가는 목적이 뭐지? 궁극 주문인 기
아스를 썼다고는 하지만 게인하드만 쓰러뜨리면 그런 것쯤은 자동으로 풀려
버린다. 물론 카이저는 금제에 걸려 그를 해할 수 없겠지만 반 정도밖에 걸리
지 않은 난 기회를 봐서 그를 노릴 수도 있는 것이다.

"이해가 안 돼."

기아스에 걸렸다고는 해도 카이저는 선인의 경지에 이른 그랜드 마스터
(Grand Master). 주문 자체가 아무리 강력하다 해도 그를 완전히 조종하는 것
은 불가능하다. 물론 고정의 돌이나 금제 자체를 이용해 이것저것 시키는 것
정도는 가능하겠지만, 그 방식을 사용하면 카이저에게 씻을 수 없는 원한을

계속해서 살 뿐일 터이다. 생각이 없는 건가, 아니면 터무니없을 정도로 야심에 차 있는 건가?

"단순히 바보 아냐?"

"허허허, 그럴 리가. 이래 봬도 젊었을 적부터 현자라는 소리를 들었는데 말이야."

"장비 2번!"

소리침과 동시에 네 자루의 클레이모어가 공간을 넘어 모습을 드러낸다. 내 주위를 빙글빙글 돌기 시작하는 사령검과 손에 들려 있는 여명의 검. 기왕이면 클레이모어를 쓰고 싶긴 하지만 터무니없이 약해진 내 근력으로는 롱소드 정도가 알맞다. 뭐, 롱 소드라고 못 쓰는 건 아니니까. 그보다 문제는 내 앞에 있는 교황이다!

"허허허, 그렇게 긴장할 건 없지 않나? 이러니저러니 해도 나를 만나는 것 정도는 짐작하고 있었을 텐데 말일세."

사람 좋게 웃는 게인하드를 보며 정신을 집중했다. 하나 어쩐 일인지 블링크가 발동하지 않는다. 이 무슨! 주변의 공간 좌표가 동결되어 있다?

"레온."

"알아. 이거 안 좋은데."

하나둘 나타나 포위진을 만드는 병사들의 모습에 등 뒤로 식은땀을 흘러내렸다. 위험하다. 이쯤 되면 피해없이 달아나는 건 거의 불가능하잖아? 천천히 사령검(四靈劍) 중 독령(毒靈)을 잡아 들었다. 일단은 독무를 발생시켜 주변 녀석들을 쓰러뜨린 후 빠져나가기 위해서였는데, 그보다 먼저 게인하드의 손이 들려진다.

"다리안의 영광된 힘. 지금 부정한 모든 존재에게 심판의 철퇴를 내리소서."

웅— 하는 느낌과 함께 게인하드의 몸에서 눈부신 빛이 뿜어졌다. 나는 깜짝 놀라 독령으로 몸을 보호했지만 그 빛은 상관없다는 듯 주변을 뒤덮었다.

"윽!"

깜짝 놀라 항마력을 높였지만 공격 기술이 아니었던 듯 몸에는 아무런 느낌도 들지 않는다. 뭐야, 이거? 당황하는데 게인하드가 말한다.

"다리안님의 힘은 올곧아 세상 모든 부정한 힘을 멸하시지."

"무슨 소리를……."

"레, 레온."

당혹스러운 에일렌의 목소리에 고개를 돌린다. 멍한 표정의 에일렌. 그녀는 나를 보며 떨리는 목소리로 말했다.

"마, 마력이 전부 사라졌어. 마법 무기들도…… 효과를 잃어버린 것 같아."

"뭐?"

무슨 말도 안 되는 소리냐고 물으려는 순간, 쨍강! 하고 허공을 맴돌고 있던 사령검이 바닥으로 떨어진다. 나는 깜짝 놀라 품속에 손을 넣어 인벤토리를 열려고 했지만,

툭.

옷 속에서 느껴지는 당연한, 그러나 생소한 감각만이 손에 전해질 뿐이다. 어이없게도 인벤토리마저 열리지 않는 것이다!

"허허허. 뭐, 이쯤 하면 될 듯하군. 그럼 난 가볼 테니 녀석을 연행해라."

"예!"

척척척.

일사불란하게 다가오는 신성병사들. 그리고 우리는 붙잡혔다.

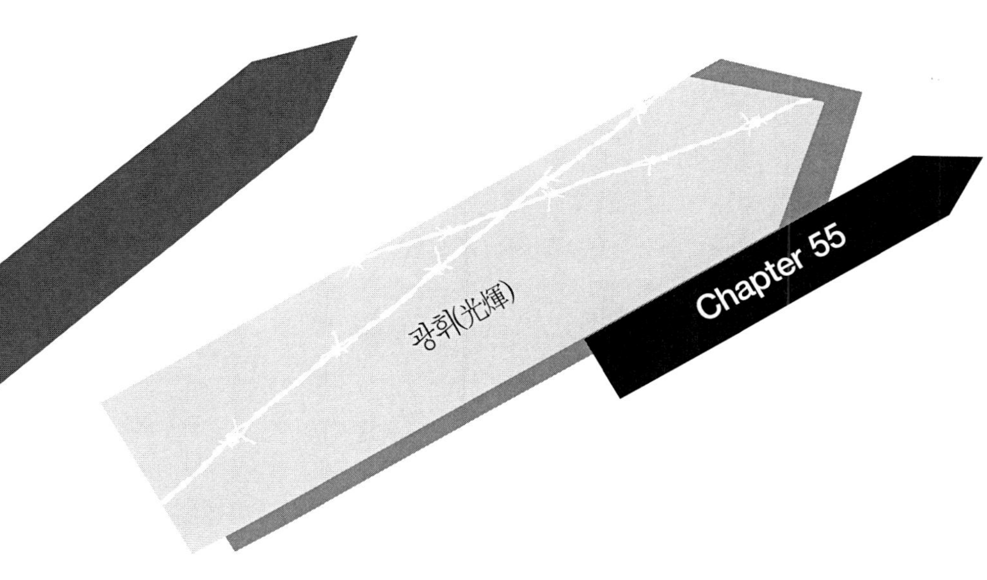

광휘(光輝)
Chapter 55

광휘(光輝)

2021년 1월 5일. 오전 10시.

예전, 종교라는 것을 믿어본 적이 있다. 인생이 빌어먹을 정도로 고달파서 신에게라도 기원해서 구원을 얻고자 했었으니까.

그때의 난 세상 전부라고 생각했던 어머니를 잃었고, 그렇기에 그녀를 대신할 존재를 필사적으로 찾고 있었다. 물론 그녀를 대신할 존재 따윈 그 어디에도 없다는 것을 깨닫고 나서는 조금 안정되었지만 그러는 외중까지 좀 방황했었다. 물론 방황이라고 해봐야 석구의 보디가드들에게 학대에 가까운 학습을 받느라 별로 할 틈도 없었지만, 하여튼 그런 때가 있었다는 말이다.

굳이 말하자면, 나는 신이라는 존재를 싫어하는 편이다. 하나의 절대자가 있어 세상 모든 일은 그의 주관하에 이루어진다는 게 얼마나 웃긴 이야기인가. 착한 일을 해서 상을 받고, 악한 일을 해서 벌을 받고? 그런 것 따위, 차라리 조롱에 가깝다. 신이라는 건……

촤악!

불현듯 느껴지는 차가움에 의식이 수면 밖으로 떠오르는 듯한 기분이 들었다. 눈앞에 보이는 것은 양동이를 들고 있는 사내와 인두를 들고 있는 사내 하나. 아아, 그렇지. 나는 고문받고 있었지.

"자자, 아침이 밝았다. 오늘도 즐거운 하루를 보내볼까?"

인두를 챙기고 있던 녀석이 낄낄거리기 시작한다. 내가 지금 있는 곳은 이렌토 영지에 있는 성당 지하. 참 웃기는 게 성당 지하에 당연하다는 듯이 감옥이 있다는 것이다. 성당이라는 건 신도들이 예배를 드리러 오는 곳이 아니었어? 내 상식이 틀렸나? 어이없어 하는데 이런저런 장비들을 준비하고 있던 녀석이 나를 바라본다.

"어제도 느낀 거지만 이 자식 눈은 진짜 까매. 하나 뽑아놓을까? 특이해서 사는 놈이 있을지도 모르는데."

낄낄거리는 사내의 말에 옆에 있던 녀석이 한숨 쉰다.

"등신, 이건 교황님한테 드릴 놈이라고. 눈깔 하나 빼면 '허허, 거 보기 좋은데 하나 더 빼서 균형이나 맞추지' 라고 할 것 같아?"

녀석들의 말에 문득 신인이라고 불리는 교황 게인하드가 떠올랐다. 그 자식, 대체 정체가 뭐기에 이런 힘을 쓸 수 있는 거지? 몸 안의 마력은 물론이고 물건들에 깃들어 있던 마력까지 전부 다 소실시켜 버리다니. 다리안의 성력에 그런 효과가 있다는 말은 들어본 적이 없는 것 같은데. 물론 고위 신성기에 대해 본격적으로 알아본 적도 없으니 또 모르는 일이라지만, 그렇다고 해도 궁극치(999)에 가까운 에일렌의 마력을 단숨에 흩어버릴 정도라는 건…….

"얼씨구? 이놈, 딴생각하네."

치이익!

말과 동시에 타는 듯한 고통이 피부를 찌르고 들어온다. 아, 타는 듯한 감각… 이 아니군. 정말로 피부가 타고 있다.

“크…….”

아프다, 너무 아프다. 예전에 고문 받을 때는 고문을 받아도 너무 안 괴로워서 오히려 미안할 정도였는데, 마법 장비도 전부 효력을 잃고 능력도 봉인된 지금은 고문의 고통이 에누리없이 신경을 파고든다.

치이익!

다시금 몸에 인두가 닿고 피부가 지글지글 끓는다. 이런, 제길! 영화라든지 뭐 그런 데에서 왜 툭하면 인두로 지지나 했더니 진짜 효과적인 고문이잖아? 전투로 팔이 잘리고 옆구리가 뚫리는 것보다 이쪽이 몇 배나 더 고통스럽다.

“크윽! 에일렌은 어떻게 됐지?”

“에일렌? 아, 그 금발의 성녀라고 불리는 계집?”

“그래, 그녀.”

내 물음에 간수는 음탕한 표정을 지으며 낄낄거렸다.

“크큭큭. 헤에, 그리고 보니 그 계집도 절색이었지.”

“뭐, 성녀라고 별거 있겠냐? 이 남자, 저 남자 사이를 굴러다니면서 새로운 기분에 눈뜨고 있…….”

“에일렌의 머리털 하나라도 다치면…….”

나는 두 간수를 보며 이를 악물었다.

“이 땅 위에서 다리안 교라는 존재를 없애 버리겠다!”

젠장! 젠장! 차라리 드래곤한테 죽으면 죽었지, 이건 아냐! 겨우 이런 녀석들한테 잡혀서 이런 모욕을 당해야 하다니. 비록 내 능력은 봉인되었지만 나는 강대한 힘을 가졌던 전사. 낄낄거리던 간수들은 깜짝 놀라서 몇 발자국씩 뒤로 물러섰다. 하지만 마나의 유무는 분명히 큰 문제였기에 예전처럼 기세만으로 상대방을 해한다거나 하는 것은 불가능하다. 과연 물러났던 간수들이 배는 더 험악한 표정으로 다가서고 있지 않은가.

“이, 이 새끼 좀 봐라?”

“이런 개자식. 지금 네가 우리를 협박해?”

뭐라 할 것도 없이 무자비한 구타가 쏟아진다. 저항은 불가능. 나는 신성력을 사용할 수 있지만 내 목에 걸려 있는 고리는 모든 이능(異能)을 봉인하는 힘을 가진 물건이다. 하지만 이 정도 기운이 담긴 마법기가 다리안 교에 있을 줄이야. 이 자식들, 소문에는 마법기를 가진 존재는 전부 이단으로 몰아서 멸망시킨다더니 오히려 그 물건들을 챙겨서 쓰고 있었던 건가.

키르르.

그때 감옥 밖에서 쇠사슬이 스치는 소리가 들려왔다. 문이 열린 건가. 과연 나를 구타하고 있던 간수들은 깜짝 놀라 문 밖으로 고개를 내밀었다.

“리, 리테인님…….”

픽!

둔탁한 소리와 함께 감옥 밖으로 나갔던 간수가 바닥을 나뒹군다. 그 앞에 서 있는 것은 금빛으로 번쩍이는 풀 플레이트 메일을 입고 있는 사내, 제1기사단장 리테인이다.

“벌레 같은 놈. 내 이름을 함부로 부르다니, 죽고 싶은 모양이군.”

“크윽…… 죄, 죄송…….”

픽!

용서를 빌려하는 간수를 망설임 없이 걷어찼다. 그 기세는 꽤 거칠어 예전이라면 눈살이라도 찌푸렸겠지만, 방금 전까지만 해도 나를 패고 있던 녀석에게 동정심 같은 게 생길 리 없다. 거, 칠 거면 좀 제대로 치지.

리테인은 역겹다는 눈빛으로 간수를 바라보다가 이번에는 감옥 안쪽으로 고개를 돌리고 입을 열었다.

“나가라.”

“네? 하지만…….”

“나가라고 했을 텐데?”

"히익!"

리테인의 눈이 차가워지자 간수들은 기겁해서 뒤로 물러선다. 나와 다르게 모든 기운을 온전히 가지고 있는 리테인은 그 기세만으로 능히 사람을 죽일 만했으니까. 물론 그런 요소들을 제하더라도 간수 주제에 제1기사단장에게 잘못 보였다가는 목숨이 위험할 테니 말이다.

리테인은 간수들이 밖으로 나가는 것을 확인한 후 내 앞에 섰다. 언제나 그랬듯 금빛으로 빛나는 갑옷과 차갑게 가라앉아 있는 눈동자. 그는 평범한 인간 주제에 어지간한 유저(물론 단일 직업에 일반적인 재능을 가진 경우의 유저. 그나마 신기를 쓰면 또 이야기는 달라지겠지만 하여튼)에 달하는 전투력을 가지고 있는, 사실상 인간으로 치면 최상위급에 위치한 존재라고 할 수 있다.

"오랜만이군요. 무슨 일이십니까?"

"묻고 싶은 게 있어서 왔다."

"묻고 싶은 것?"

이상하게도 그의 눈동자는 쉴 새 없이 흔들리고 있었다. 그의 눈동자 속에 담긴 것은 의혹. 뭔가 문제가 있는 건가, 하고 생각하는데 그가 칼집에서 바스타드 소드를 뽑아 들었다.

"체르멘에게 들었다. 네놈은 마력을 읽는 능력을 가지고 있다더군."

"체르멘에게 들었다니. 체르멘을 죽인 게 당신들입니까?"

"뭐?"

오히려 당황스럽다는 듯 눈을 치켜뜨는 모습에 생각한다. 모르다니. 체르멘을 죽인 건 다리안 교가 아니란 말인가? 하지만 그들이 아니라면 그를 해할 만한 존재가 없을 텐데.

"제가 봤을 때는 이미 시체였습니다. 그의 골렘도 그랬고요."

"무슨……. 체르멘은 실종된 것으로 알고 있었다. 난데없는 시기에 실종이라고는 생각했지만 죽었다니."

믿을 수 없다며 중얼거리는 그의 목소리에는 거짓이 섞여 있지 않았다. 아니, 뭐, 그런 게 아니더라도 이 상황에서 나에게 거짓말을 할 이유 같은 건 없겠지.

"그래서 묻고 싶은 게 뭡니까?"

"이 검에 담긴 기운을 읽어주었으면 한다."

그는 그렇게 말하며 나에게 자신의 바스타드 소드를 내밀었다. 이건 녀석이 주로 사용하던 무기잖아?

"구체적으로 어떤 걸 읽어달라는 겁니까?"

"검에 힘을 담은 주인을 알고 싶다."

그의 말에 난 피식, 웃었다.

"어렵지는 않지만……. 내가 그것을 들어줄 이유가 있습니까?"

"들어줘야 할 것이다. 안 그러면 금발의 성녀가 좋지 못한 취급을 받을 테니까."

협박에 능숙하군. 다행이라면 다행이다. 그가 이렇게 말한다는 것은, 에일렌이 아직 무사하다는 뜻일 테니까. 하지만 상대방의 말을 넘겨짚은 채 부탁만 들어줄 필요는 없겠지? 나는 물었다.

"에일렌은 아무 일도 안 당했겠죠?"

"그녀라면 깔끔하다. 고문조차 안 하도록 조치했으니 걱정할 필요는 없겠지."

먼저 손을 썼단 말이야? 뜻밖의 정보에 기쁘다기보다는 한숨이 나온다.

"그럴 거라면 제 고문도 좀 막아주지 그러셨습니까?"

"내 권리 밖이다. 금발의 성녀에 대해서는 별다른 언급이 없어 괜찮았지만, 네놈은 확실히 고문하라는 교황님의 명이 있었으니까."

"그렇군요."

망할 영감탱이. 내 기라도 꺾어놓을 생각이었던가. 나는 작게 한숨 쉬며 리테인을 바라보았다.

"칼을 보여주시겠습니까?"

"눈앞에 놓으면 되나?"

"초월안(超越眼) 제2급. 개방(開放)."

사실 초월안은 모든 유저들이 다 가지고 있다. 궁수 특수 스킬 천리안(千里眼), 예술가 특수 스킬 감정(勘定), 기술자 특수 스킬 투사(透寫) 등 유저들이 가지고 있는 각종 특수 스킬 중 상당수가 초월안에서 파생된 것들이다. 그중에서 내가 지금 사용하려는 것은 감정 쪽 능력. 원래대로라면 그냥 특수 스킬을 사용하면 되지만 직업들이 봉인된 이상 초월안을 거쳐 사용해야 한다.

웅.

정신을 집중함과 동시에 검에 담긴 기운이 읽혀지기 시작한다. 그것은 찬란한 빛. 난 성력이 담긴 검이었구나, 하고 넘기려다 뭔가가 교묘하게 다르다는 것을 깨달았다.

"응?"

"왜 그러나?"

"잠시만."

정신을 집중하고 마나의 흐름을 읽는다. 아니…… 이건 성력이 아냐. 마력이잖아? 그 속성은 틀림없이 빛이지만, 심지어 그 기색까지 성력에 따랐지만 이건 틀림없이 마력이다. 하지만 왜 이런 쓸데없는 짓을 한단 말인가.

"상당히…… 낯익은 마력이군요."

"마력이라고?"

"네, 골드 드래곤 게벨로크의 마력입니다. 이 검, 어디서 얻은 겁니까?"

그 검은 무려 특급 마법기. 사실상 파니티리스의 인간들은 만들 수 없는 아이템이다. 그도 그럴 것이, 궁극의 마법 생명체라고 알려져 있는 드래곤의 작품이니까. 하지만 예전 나와의 전투에서 이걸 발동시키지 않았다는 걸 생각해 보면 이 검의 효과를 리테인이 알고 있지는 않은 모양이었다.

"……."

"리테인?"

난데없는 침묵에 고개를 들자 리테인은 피식하고 웃었다.

"게벨로크의 마력이라. 후후, 하하하. 그렇단 말인지……."

리테인에게로부터 무시무시한 살기가 치솟아 오르기 시작한다. 얼굴은 웃고 있지만 전체적으로 풍겨져 나오는 살기는 실로 처절하다. 그래, 강력한 게 아니라 처절하다. 마치 그가 피눈물을 흘리고 있는 것만 같았다.

"괜찮으십니까?"

"물론이다. 신세를 졌군."

스릉, 소리와 함께 검이 검집 안으로 빨려 들어간다. 다시금 차갑게 가라앉은 푸른색의 눈동자. 리테인은 몸을 돌려 감옥 밖으로 나가다가 문득 생각났다는 듯 고개만 돌려 말했다.

"잠시 후, 너에 대한 처형이 시작될 것이다."

"처형?"

"아아, 그렇다고 걱정할 것 없다. 내가 보기에 교황은 네놈을 손에 넣고 싶어 하시니까."

즉, 나에게도 기아스를 걸고 싶어 한다는 뜻이겠지? 하지만 그렇다면 처형 자체에 의미가 없을 텐데. 혼자 궁금해해 봐야 아무런 도움도 안 된다는 생각에 나는 물었다.

"그럼 왜 나를 처형한다는 겁니까?"

"바보 같은 질문이군. 당연히 너를 위협하기 위해서다. 처형장에 올라오는 녀석은 너뿐만이 아닐 테니까."

"……."

그렇군. 내 앞에서 처형을 집행. 사람들을 죽여서 나 역시 죽을 수 있다는 공포를 인식시키려 한다는 말이다. 협박으로써는 최상에 가까운 방법이긴 하지만 정말 끝까지 치졸하군.

"아아, 물론 교황이 네 녀석에게 흥미를 느꼈다고는 해도 그게 절대적이라고는 말할 수 없다. 너무 마음 놓지 않는 게 좋겠지."

청발에 금빛으로 빛나는 풀 플레이트 메일을 입고 있는 성기사는 그 말을 끝으로 감옥을 나가 버렸다.

＊　　　　＊　　　　＊

2021년 1월 5일. 오후 7시.

예전에 종교라는 것을 믿어본 적이 있다. 인생이 빌어먹을 정도로 고달파서, 신에게라도 기원해서 구원을 얻고자 했었으니까.

"걸어라."

"걷고 있습니다만."

퉁명스럽게 답함과 동시에 퍽! 하고 옆구리로 통증이 전해진다. 이거야 원, 포로를 너무 험하게 다루는군. 아무렇지도 않은 척해 보이긴 했지만 내 몸은 이미 처참하다 싶을 정도로 좋지 않은 상태였다. 갖은 고문으로 피부는 잔뜩 익어 온갖 흉터가 피부에 뒤덮여 있다. 평온한 삶을 살아온 유저들이 당했다면 정신이 나가 버렸을지도 모를 정도의 고문이었지만, 난 어릴 때부터 비교적 고통에 익숙했기에 그 지경에까지 이르지는 않았다. 어머니와 석구의 보디가드들에게 감사드려야 하나.

뽀드득.

감옥 밖으로 나감과 동시에 발밑으로 눈이 밟혀진다. 때는 완연한 겨울.

예전이라면 신경조차 쓰지 않을 추위가 차갑게 살결을 긁고 지나간다. 아아, 춥다. 신성력을 일으켜 보려 했지만 내 목에 걸려 있는 목걸이는 신성력을 가볍게 짓눌렀다.

고개를 돌려 주변을 둘러보았다. 현재 이곳에는 묶여서 끌려가고 있는 건 나뿐만이 아니다. 온통 피투성이 상태로 끌려오고 있는 수십 명의 사람들. 나는 그들을 둘러보다 깜짝 놀랐다. 어이없게도 잡혀 있는 사람들 중에는 필로나 왕국의 마틴 이렌토 공작이 섞여 있었기 때문이다.

"이렌토 공작님?"

"너는……. 그런가. 너도 잡힌 건가."

마틴은 내 모습을 보며 쓰게 웃었다. 두 손을 단단히 결박하고 있는 수갑과 목에 걸려 있는 능력 봉인구. 이럴 수가! 타국의 공작을 이렇게 취급하다니? 다리안 교가 아무리 강하다고는 해도 국가 하나를 적으로 돌려서 좋을 일은 아무것도 없을 텐데? 당혹스러워하는데 옆에 있던 병사들이 채찍을 휘두른다.

"이 자식들! 누가 잡담하라고 했나!"

"시건방진 놈들!"

촤악!

채찍이 휘둘러짐과 동시에 피가 튄다. 이 채찍들이 또 악독한 물건인지라 한 번 얻어맞을 때마다 살점이 한 움큼씩은 뜯겨져 나간다. 어지간히 체력이 좋지 않은 이상 이걸 맞는 것만으로도 충분히 죽음에 이를 수 있는 것이다.

"큭."

신음할 틈도 없이 병사들에게 이끌려 다시 걷기 시작했다. 우리가 향하고 있는 곳은 이렌토 공작령에 있던 처형장. 거기에는 이미 수많은 주민들이 모여 있었는데, 그 숫자가 상당함에도 분위기는 침체되어 있었다. 그들 주위에는 완전무장한 신성병사들과 신성기사들이 있었기 때문이다.

"공작님……!"

"이럴 수가……!"

주민들은 이렌토 공작을 발견하고는 웅성거리기 시작했다. 그들 중 몇은 분개한 듯한 모습을 보였지만 어느 누구도 감히 경거망동하지 않는다. 사람을 베는 데 단 한 점의 망설임도 없기로 유명한 다리안 교의 검이 사방에 깔려 있었기에.

끌려가며 주변을 살핀 끝에 게인하드를 찾아냈다. 찾아냈다, 라고는 해도 찾기 어렵지는 않았다. 게인하드는 화려하게 치장된 단 위에서 우리를 내려다보고 있었으니까. 그리고 그런 그의 뒤에 굳건하게 서 있는 것은……

"카이저……."

신음한다. 정신을 지배당하고 있는 건가? 하고 바라보았지만 참혹한 표정으로 보아 그런 것은 아닌 모양이다. 하지만 그렇다고 해도 자유로운 상태는 아닌 듯 코앞에 있는 게인하드에게 아무런 행동도 취하지 못하고 있다.

"그럼 처형을 시작한다."

"시작한다!"

뭔가 연설이라든가 그런 게 있을 것이라는 생각과 달리 처형은 곧바로 시작되었다.

"사, 살려줘!"

"다리안을 섬기겠어, 섬기겠다고! 다리안을 섬길 테니 그만 용……."

콰득!

발버둥치는 사람들의 목을 은빛의 검날이 뚫고 나온다. 미친! 이게 사형집행이라고? 집행인들은 망설임없이 사람들의 목을 찌르고 있었다. 거센 기세로 튀는 피. 그르륵, 하고 들려오는 숨소리. 사람들은 단번에 죽지 않았다. 하지만 목을 정면으로 칼에 찔리면 쇼크로든 출혈 과다로든 죽지 않을 수 없다.

"다음!"

"다음!"

처형, 아니, 살육은 빠르게 진행되었다. 사람이 많아 오래 걸릴 거라고 생각했는데 무지막지한 속도로 사람들이 죽어나가고 있다.

"미친."

잔혹하다 못해 처참한 광경에 이를 악문다. 문자 그대로 강이 되어 흐르는 피와 사방으로 가득하게 들어차 있는 비명 소리. 하하하! 이게 대체 뭐 하자는 짓거리지? 이런 행위에 대체 무슨 의미가 있다고?

나는 다시금 이를 악물었다. 화가 난다. 하지만 나로서는 이 상황을 타개할 방법이 아무것도 없다.

"모두 정지!"

"정지!"

게인하드 쪽의 명에 따라 빠르게 진행되고 있던 처형이 멈춘다. 검을 휘둘러 피를 털어내는 집행인들. 게인하드는 그런 그들을 만족스럽게 보다가 내 쪽으로 시선을 돌렸다.

"허허허, 어떤가? 이 자리가 마음에 드나?"

"……."

이를 악물며 마력을 끌어올려 보지만 봉인된 힘들은 꼼짝조차 하지 않는다. 그런 나를 비웃듯이 바라보는 게인하드. 그는 다시금 말했다.

"나는 자네를 높이 평가하고 있다네. 인간 중에서 자네만 한 존재는 별로 없다고 생각하고 있으니까."

"무슨 말이 하고 싶은 거지?"

"간단한 말이다. 지금 네가 나에게 충성을 맹세하고 계약을 받아들이면, 너는 물론 여기에 있는 모두를 살려주도록 하지."

그의 말에 주변에 있던 모든 사람들의 시선이 나에게로 쏠린다. 집행이 빠르게 진행되었다고는 해도 아직 처형장에는 100여 명의 사람이 남아 있었다. 지금 저 녀석은, 그 사람들의 목숨을 가지고 나에게 계약을 강요하고 있는 것이다.

"호오, 아무래도 전혀 상관도 없는 사람들로는 별 감흥이 없는 모양이군. 리테인!"

"네, 교황님."

리테인은 정중하게 고개를 숙이더니 팔을 들었다. 그와 함께 몰려오는 일단의 신성병사들. 나는 그들에게 포위되어 있는 사람들을 보고 눈을 치켜떴다.

"레온? 네 몸 상태가……."

"오빠!"

"괜찮으신 겁니까?"

나는 병사들에게 붙잡혀 있는 소녀들을 보고 이를 악물었다. 에일렌을 비롯한 소녀들의 목에는 어느새 검이 겨누어져 있고, 게인하드는 여전히 푸근한 얼굴로 나를 바라보았다.

"나는 참을성이 별로 없다네. 아아, 말 나온 김에 한 명쯤은 신의 곁으로 보내도록 할까?"

"너는……!"

나는 이를 갈았다.

"같은 인간을 해치며 아무런 기분도 안 드는 거냐?"

"같은 인간이라니. 이보게, 시레온. 자네는 그의 말을 어떻게 생각하나?"

그의 물음에 옆에 있던 집행자가 답한다.

"말도 안 되는 헛소리군요. 그들은 단지 배교자일 뿐, 해치워야 할 악의 씨앗입니다. 짐승만도 못한 쓰레기들이지요."

“…….”

너무나 당연하다는 듯 흘러나오는 목소리에 할 말을 잃었다. 그렇…… 군. 그들에게 있어 이교도란 인간이 아닌 존재다. 요컨대 짐승이나 몬스터 같은 거다. 사악하고 역겨우며, 이치에 벗어난 존재들. 사실은 모두 똑같은 인간이지만 그들의 믿음은 이교도를 인간 외의 쓰레기로 격하시켜 버린다.

“어떻게 이럴 수 있을까. 대체 어떻게 해야 하나의 종교가 이렇게까지 타락할 수 있지?”

“불경한 놈! 타락이라니!”

퍽! 하고 거센 주먹이 내 얼굴을 후려친다. 꽤나 세게 치는 바람에 이빨 몇 개가 나가 버린 것 같았지만 나는 그것에 신경 쓰지 않고 그에게 질문을 던졌다.

“정말 아무렇지도 않나? 다리안의 이름 아래에서라면 사람도 함부로 죽일 수 있고, 다리안의 이름 아래에서라면 공포도 슬픔도 다 잊을 수 있다고?”

“물론이다.”

너무나도 당당한 답변에, 스스로 바보 같은 질문이라는 것을 알면서도 다시 묻는다.

“어떻게?”

“…끝까지 한심하군, 세례받지 못한 자. 다리안님은 언제나 옳다! 또한 올바르시다! ‘어떻게’ 라고 물었지? 그것은 그분이야말로 완전하신 존재이기 때문이다!”

소리치는 집행자의 눈에서는 광기가 넘친다. 그것은 완전히 잘못된 방향으로 치달아 버린 광신(狂信). 나는 고개를 흔들었다.

“틀려. 그것은 잘못되었다.”

“닥쳐라, 이교도! 네놈 따위가 감히……!”

“허허, 멈추게.”

“아, 추태를 보여서 죄송합니다.”

교황의 말에 시레온이라는 녀석은 구타를 멈추고 뒤로 물러섰다. 여전히 여유로운 표정으로 웃고 있는 게인하드. 그는 나에게 뭔가 말하려는 듯 입을 열었는데, 그때 리테인이 그의 앞으로 다가와 섰다.

“응? 무슨 일인가?”

“긴히 말씀드릴 게 있습니다.”

“말하게.”

“잠시.”

꾸벅 고개 숙여 예를 표한 뒤 게인하드의 귀에 입을 가져가는 리테인. 게인하드는 그런 그의 말을 듣기 위해 몸을 기울였다. 그리고 그 순간!

콰득!

금빛으로 빛나는 검이 게인하드의 가슴팍을 뚫고 그 모습을 드러냈다. 문자 그대로 상상을 초월한 기습이었던 듯 게인하드는 물론 주변에 있던 녀석들 중 아무도 반응하지 못했다. 멍한 눈으로 자신의 가슴을 뚫고 나온 검을 바라보는 게인하드. 그는 잠시 그렇게 있다가 얼굴을 일그러뜨렸다.

“네놈……!”

“인너레 철스톨렁그—Innere zerst’ o’ rung.”

콰드드드득!

작은 읊조림과 함께 끔찍한 소리가 울려 퍼진다. 저 녀석, 검의 사용법을 알고 있었잖아? 하지만 그걸 이런 상황에서 발동시켜 버리다니!

“이, 이 무슨!!”

“게인하드님!!”

다리안 교도들은 깜짝 놀라 검과 창을 잡아 들었지만 게인하드를 공격한 것이 제1신성기사단장이라는 사실에 당황해 혼란스러워할 뿐이다. 그렇기에 검에 담긴 주문이 게인하드의 육체를 산산이 부숴 버리는 동안 그 누구도 움직이지 못했다.

"크으윽— 크아아아!!"

그때 게인하드의 몸에서부터 희미한 빛이 뿜어지기 시작했다. 그것은 강대한 마력. 그리고 그 순간 게인하드의 육체가 찢겨져 나가고—

[리테인……!!]

황금빛으로 빛나는 드래곤이 그 모습을 드러냈다. 낯익은 모습이다. 아니, 낯이 익고 안 익고를 떠나 저 녀석은 얼마 전에 피 터지게 싸웠던 게벨로크가 아닌가?!

"게벨로크……. 그렇군."

그 순간 깨달았다. 기아스는 궁극 주문. 궁극 주문이라는 건 농담이 아니다. 심지어 그랜드 마스터인 카이저마저 걸려 버릴 정도로 강대한 주문인 것이다. 그런데 그런 게 난데없이 스크롤 형식으로 있을 리가 없지 않은가? 즉, 그 주문을 사용한 건 저 녀석이라는 말이다. 제길! 충분히 눈치 챌 만한 상황이었는데 왜 몰랐지?

"이, 이게 무슨……?"

"드래곤?"

"하지만 어째서!"

아래쪽에 있던 다리안 교도들은 좀 전의 당황은 장난이었다는 듯 경악에 찬 비명을 지르기 시작했다. 실로 거대해 세상 모든 것을 짓밟을 것만 같은 금색 몸체. 그 크기는 약 100여 미터로, 30~40층짜리 아파트에 맞먹는 크기다. 하지만 그 위압감을 단순한 아파트 정도로 해석할 수 있을까? 물론 30층짜리 아파트도 인간이 보기에는 높고 크다. 하지만…….

"게인하드."

예전에는 단지 수치로만 받아들였던 덩치가 무시무시한 위압감으로 다가

온다. 아아, 힘이 없다는 건 이런 의미로구나. 예전에는 상대가 어마어마하게 크다 해도 나는 상대의 공격을 회피하고 맞받아칠 몇 가지 수단과 기술을 가지고 있었다. 그리고 그렇기에 공포도 없었지. 공포라는 것은 항거할 수 없는 대상에게서 느끼는 것. 귀신을 무서워하던 유저가 유체 형태의 몬스터는 아무런 두려움 없이 처리하는 것처럼 지금의 나는 저 드래곤에게서 항거할 수 없는 무력감을 느끼고 있다는 말이다.

[……대단하군. 네가 배신할 줄은 몰랐다, 리테인.]

"나도 네가 이렇게나 쉽게 정체를 드러낼 줄은 몰랐다. 교황 살해로 체포되어 처형당하는 것까지 염두에 뒀는데 말이야."

차갑게 웃으며 살기를 내뿜는 리테인에게서는 언제나 보이던 차분함이 없다. 하지만 모를 일이군. 이렌토 공작의 장자로서 누리던 모든 특권을 버린 채 다리안 교에 투신했던 그가 왜 게인하드에게 검을 겨누는 거지?

키잉!

그때 기다랗게 늘어난 리테인의 검기가 내 목걸이를 베고 지나갔다. 깔끔하게 잘라져 땅으로 떨어지는 목걸이. 그 순간 신력이 다시금 내 몸 안에 스며드는 것을 느꼈다. 물론 그 신력이라고 해봐야 미약한 수준에 불과하지만 없는 것보다는 나을 것이다.

"어쩔 생각입니까?"

"결판을 낼 것이다."

말과 동시에 그의 검이 황금빛으로 빛나기 시작한다. 그것은 실로 강대하고도 진실한 신성력. 나는 그것을 보고야 깨달았다. 저게 바로 '진짜' 신성력이다. 그렇구나. 지금껏 내가 봤던 다리안 교도들의 신성력은 뭔가 묘하게 이상했다. 나는 그것이 유저와 보통 인간의 차이에서 오는 것이라고 생각했는데, 이렇다는 것은…….

"그렇군. 다리안 교도들의 신성력은 게벨로크가 조작으로 만들어낸 거였나."

"무슨… 소리를 하는 거지?"

"간단한 말입니다. 확실히 다리안 교도들이 전부 신성력을 사용한다는 건 이상한 일이죠. 문자 그대로 말도 안 되는 상황이니까. 하지만 드래곤이 특수한 마법으로 인간들에게 가짜 신성력을 준 거라면 이야기는 달라집니다."

담담한 내 목소리에 사람들이 술렁이기 시작한다.

"뭐야, 그럼 다리안 교도들이 사용하는 힘은 저 드래곤한테서 받았다는 말인가?"

"확실히. 다리안 교의 프리스트들은 확실히 비정상적이었지."

"그렇다는 건……."

웅성거리는 사람들의 모습에 성기사들이 발끈해 소리친다.

"모두 닥쳐라! 지금 감히 영광스러운 다리안님의 힘을 의심하는 거냐?!"

"하지만 분……."

퍽! 하는 소리와 함께 앞으로 나서서 소리치던 사내의 머리가 부서져 버렸다. 깜짝 놀라 조용해지는 사람들. 하지만 그런 분위기에 상관없다는 듯 리테인은 빛의 검을 들어올렸다.

"묻겠다, 게벨로크. 세레인을 죽인 것은 너냐?"

[세레인? 아아, 그 얼빠진 계집을 말하는 거…….]

번쩍!

눈부신 빛과 함께 거대한 검기가 게벨로크의 몸을 베어간다. 실로 섬광과도 같은 참격! 하지만 그 공격은 게벨로크의 몸을 둘러싸고 있는 반투명한 막에 허무할 정도로 쉽게 막혀 버렸다. 리테인은 물론 강력하지만 드래곤에 비할 정도는 아니었던 것이다.

[한심하군. Gravitation.]

쿵!

막 다음 참격을 날리려던 리테인의 몸이 땅바닥에 처박혔다. 그는 이를 악물며 몸을 일으키려 했지만 콰득! 하는 소리와 함께 짓눌려졌다.

삽시간에 제압되어 버리는 리테인의 모습을 멍하게 지켜보는 성기사들. 당연한 말이지만 리테인은 다리안 교에서도 최강의 위치를 자랑하던 기사였다. 그가 저렇게 쉽게 제압된 이상, 이곳에 있는 그 누구도 게벨로크를 처리할 수 없다는 말이겠지. 그리고 그걸 깨달은 것일까? 성기사 중 하나가 게벨로크를 향해 말한다.

"잠시 드래곤이시여! 물어볼 것이 있소!"

[뭔가?]

"게인하드님은 어떻게 된 것이오?"

그의 물음에 게벨로크는 웃었다.

[내가 바로 게인하드, 그 자체일세.]

부정조차 않는 그의 목소리에 사람들이 술렁이기 시작한다. 즉, 인간이 아닌 존재가 다리안 교를 이끌고 있었다는 말이 아닌가? 하지만 성기사는 다시 물었다.

"그, 그럼 어째서 다리안 교의 교황직을 맡아 우리들을 이끈 것이오?"

[물론 마땅히 이루어져야 할 다리안님의 영광을 행한 것뿐이네. 나 역시 그분을 섬기는 종일 뿐.]

겸손한 목소리이기는 하지만 문자 그대로 말 같지 않은 헛소리이다. 용종(龍種)은 초월종(超越種) 중에서도 가장 상위에 존재하는 궁극의 종족. 태어날 때부터 신성을 약속받은 그들은 결코 신을 섬기지 않는다. 물론 특정 신에게 충성을 맹세하는 용이 없는 것은 아니나, 그것은 어디까지나 주인으로서의 개념일 뿐 결코 신으로서 섬기는 것이 아니니 결국 같은 말이겠지.

이건 파니티리스에서도 상식처럼 굳어져 있는 정보인지라 게벨로크가 지금 한 말도 평상시라면 코웃음 칠 만한 수준의 거짓말에 불과하다. 파니티리스의 마법사들이 들었다가는 비웃을 정도. 하지만 그럼에도 다리안 교도들은 간단히 넘어가 버렸다.

"오오! 보아라! 그 강대하다는 드래곤조차 다리안님의 품 안에 들어섰노라!"

"오오, 다리안님! 굽어 살피소서!"

"다리안님의 자비에 영광이 있으라."

나는 이상하게 흘러가는 분위기에 앞으로 나섰다.

"말도 안 돼. 드래곤은……."

"닥쳐라, 이교도! 거짓된 말로 우리를 기만하려 하다니!"

소리치는 다리안 교도들을 보고 이를 악문다. 틀렸군. 이래서는 뭐라고 말해도 통하지 않는다. 그들은 믿고 싶은 것을 믿을 뿐이다. 내가 그 어떤 증거와 상식을 가지고 이야기를 한다고 해도 저들을 이해시키는 것은 불가능하리라. 그리고 그것을 아는 것은 나만이 아닌 듯 게벨로크의 입이 열린다.

[모두들 이해해 주는군. 치유도 끝났으니 더 이상 이 모습으로 있을 이유도 없겠지.]

그 말과 동시에 게벨로크의 거대한 몸이 줄어들기 시작한다. 그는 거대한 드래곤의 몸이 거짓이었다는 듯 순식간에 인간의 모습으로 변해 버렸다.

"하아……!"

그때 바닥에 처박혀 있던 리테인의 몸이 무시무시한 기세로 쏘아져 나갔다. 그 속도는 쏘아진 화살과도 같을 정도. 놀랍게도 그는 그것으로 게인하드의 오른팔을 잘라 버렸다!

"감히."

"죽어라!"

눈부시게 빛나는 신성력과 함께 휘둘러지는 참격. 하지만 게인하드는 그걸 막을 생각도 없는 듯 그저 웃고 있을 뿐이었다. 왜냐하면 그의 앞으로 녹색 피부의 거한이 끼어들었기 때문이다.

"카이저?!"

"…미안하다. 지금의 나는 이 녀석을 지킬 수밖에 없어. 한두 방 정도라면 어떻게든 견딜 수 있지만 그 이상은 무리다."

쩡! 쩡! 쾅!

리테인의 검이 무시무시한 속도와 힘으로 휘둘러졌지만 카이저는 가벼운 동작만으로 모조리 쳐내 버린다. 안 돼, 역시 안 돼. 리테인이 검술로 카이저를 이긴다는 건 어린아이가 목도로 진검을 들고 있는 검술가를 이기는 것만큼이나 있을 수 없는 일이다. 땅에 떨어진 자신의 팔을 너무나 쉽게 붙여 버리고는 리테인에게서 관심을 돌리는 게인하드. 그는 나를 보며 말했다.

"너무 소란스럽군. 슬슬 싫증도 나고 있으니 마지막으로 묻겠다. 나에게 충성하겠나?"

"웃기는 소리."

"그래?"

녀석은 피식, 웃더니 그대로 손짓했다. 그리고 그와 함께 집행자 하나가 검을 들어올려,

푸욱!

에일렌의 복부에 칼을 찔러 넣어버렸다.

"까악!"

"에, 에일렌님!! 이 무슨 짓을!!"

비명 소리가 울려 퍼짐과 동시에 붉은 피가 새하얗게 쌓여 있는 눈밭 위로 흩뿌려진다.

"에일렌?!"

"너무 놀랄 필요는 없다. 어차피 평범한 인간 같지는 않으니 저걸로는 죽

지 않겠지."

"너……!!"

이를 갈며 지니고 있는 모든 신성력을 끌어올리자 전신을 뒤덮는 빛의 기운. 그 모습을 본 다리안 교도들이 당황한다.

"저 신성력은……. 다리안의 프리스트다!"

"다리안님의 은총을 받고 있으면서도 사악한 길로 빠져들다니!"

"당장 자비를 구해라! 악마 같은 놈!"

"구원도 받지 못할 변절자 같으니!!"

게인하드의 정체에 놀라 침묵하고 있던 신성병사들이 짖기 시작한다. 저딴 녀석들의 소리에 일일이 반응하고 싶지는 않지만 에일렌을 찌른 녀석까지 그렇다면 이야기는 다르다. 녀석은, 당장이라도 그녀를 다시 찌를 것처럼 검을 들어올리고 있었으니까.

"멈춰!"

"닥쳐라, 변절자! 다리안의 축복을 받고도 다리안 교를 배신하다니! 그것은 이 마녀의 뜻인가!"

"배신?"

너무 어이가 없어서 살기를 일으켰다.

"웃기지 마라! 지금 다리안 교가 다리안을 따르고 있다고 말하고 싶은 거냐?! 이런 썩어빠진 인간들의 단체가?"

"썩어빠졌다니! 무엄하다!"

"과연 악마에게 영혼을 팔았구나!"

"지금 당장 다리안님께 자비를 구걸하라! 구원도 받지 못할 쓰레기!!"

"하, 하하하하. 구원? 구원이라고?"

나는 인간보다 더 인간적인 신을 알고 있다. 연인과의 헤어짐에 눈물 흘리는 신을 알고, 또한 인간을 사랑해 혼혈을 태어나게 만든 신 역시 알고 있다.

그들은 강대하지만 결코 절대적인 존재가 아니다. 그들에게도 슬픔과 기쁨이 있고, 또한 행복과 기원이 있다. 그런 데도 그걸 멋대로 단정 짓고 왜곡해 버리다니. 너무 화가 나서 머릿속이 새하얗게 변해 버릴 것만 같다. 이래서야, 단지 신의 이름으로 악을 섬기고 있을 뿐이 아닌가? 그들은 원한다면 언제든지 신을 꾸미고 바꿔 버릴 수 있다. 단지 자신들의 욕망만으로!

"그런 것이 신이라면 나에게 신의 구원 따위는 필요 없어! 자비도 마찬가지다! 가고 싶은 길이 있다면 나 스스로의 힘으로 걸어갈 테니까!"

소망이 있다면, 단지 기도할 뿐이다! 나 스스로가 내 운명을 지배하기를! 목표가 있다면, 단지 정진할 뿐이다! 그것만이 나의 모든 것을 이루어줄 테니까……!

"……도저히 말이 통할 것 같지 않군."

아쉽다는 듯 눈짓하는 게인하드와 그에 따라 나를 포위하는 성기사들. 아아, 알고 있다. 지금 여기서 포위를 뚫고 나간다는 것은 불가능하다. 웜 급 골드 드래곤 게벨로크를 떠나 지금 내 힘으로는 이 근처의 성기사들조차 이길 수가 없다. 물론 나에게는 초월안이 있지만, 그것을 활용할 최소한의 운동 능력조차 없다.

"처형하라."

점점 다가오기 시작하는 신성병사들. 나는 피 흘리고 있는 에일렌을 보고 허탈하게 웃었다. 그리고 그 순간,

—————!!

순간 눈부신 빛이 세상을 뒤덮었다. 그것은 더없이 밝고, 고결하고, 절대적인 신성(神聖). 이건? 나는 놀라서 하늘을 올려다보았다. 하늘에는 구름이 가득 끼어 있었는데, 그 구름을 뚫고 황금빛이 내 몸을 직격한다.

"이…… 이, 무슨?"

사람들은 물론 게인하드조차 놀라 뒤로 물러선다. 나는 그 빛에 놀라 잠시 눈을 감았다. 그리고 꿈을 꾸었다.

"여…… 긴?"

눈을 뜨자 나는 찬란한 빛 속에 있었다. 발밑으로는 오색으로 빛나는 구름들이 자리하고 있다. 세상을 뒤덮고 있는 것은 뭐라 말 못할 정도의 충만함. 나는 당황하던 와중에도 눈앞에 누군가가 있다는 것을 깨달았다.

[──.]

뭔가 말했다. 하지만 나는 알아듣지 못했다. 단지 느껴지는 것은 어마어마한 영압(靈壓). 나는 고개를 들었다. 눈앞에 있는 것은 인간의 모습을 하고 있는, 언뜻 30대 혹은 40대 정도로 보이는 중년 사내. 하지만 그의 등 뒤에서 뿜어지는 후광이 어찌나 강한지 그 모습이 제대로 보이지 않는다.

[──.]

또 뭔가 말했다. 하지만 역시 들리지 않는다. 뭐라 하고 있는 거지? 당황하는데 그가 내 오른손을 잡았다.

치이익!

"웃?!"

손등으로 느껴지는 화끈한 느낌에 팔을 휘두르려 했지만 꼼짝할 수도 없다. 어느새 내 손등에는 하나의 문장이 새겨진다. 그것은 정십자(좌우 길이가 같은 십자가)의 문장. 잠깐, 이 문장은……

번쩍─

뭔가 물으려는데 다시금 세상이 빛으로 뒤덮인다.

"……."

눈을 뜨자 나를 멍한 표정으로 바라보고 있는 사람들이 보인다. 나는 오른손을 들어올렸다. 손등 위에 새겨진 것은 정십자의 문장. 이로써 난 왼손에 시리우스의 문장을, 오른손에 다리안의 문장을 새기게 되었다. 그리고 그것을 이제야 발견한 것일까? 다리안 교도들 사이에서 비명이 흘러나온다.

"맙…… 소사! 저건 성표[Divine Mark]잖아?"

"거짓말이야. 있을 수 없어!! 어째서 저런 녀석에게!!"

"다리안이시여……."

나는 떠들고 있는 다리안 교도들을 무시하고 다리안의 문장이 새겨져 있는 오른팔을 들어올렸다. 그와 동시에 쾅— 하고 근처에 있던 건물 하나의 벽이 파괴되며 아름다운 청색 검신을 가진 롱 소드가 그 모습을 드러낸다. 순식간에 날아와 내 손에 잡히는 여명의 검.

"네놈……."

이번만큼은 게인하드도 당황한 것인지 아무런 행동도 취하지 못한다. 뭐, 그래도 좋다. 내가 가지고 있던 가장 특수한 능력은 마나 제어. 그리고 지금 다리안의 인정을 받게 되었다. 즉, 이로써 여명의 검을 사용하기 위한 모든 충족 조건을 채웠다는 말이다.

"필요없다니까 돕다니. 어지간히 바보 같은 신이군."

투덜거리며 여명의 검을 들어올리자 다시금 거대한 힘이 퍼져 나가기 시작한다. 그것은 대륙 전체를 뒤덮는 권능의 빛. 나는 눈을 감았다. 후에, 광휘(光輝)라 불리게 될 어느 날의 일이었다.

＊　　　　＊　　　　＊

어두운 공간에서 한 명의 소녀가 눈을 뜬다. 타고 남은 재를 꼬아 만든 듯한 회색 머리칼에 검은빛이 인상적인 드레스를 입고 있는 소녀. 멸성(滅星)의 대공(大公)이라 불리며, 도베라인의 주인으로서 마족들에게서도 악명이 자자한 핸드린느 레오니아는 불현듯 뭔가를 느낀 듯 소리 죽여 웃었다.

"성공. 여명의 검을 넘겨 드린 보람이 있네요."

[하지만 괜찮으시겠습니까?]

그때 그녀의 옆으로 거대한 괴물이 다가선다. 20여 미터에 달하는 신장에 용의 머리를 가지고 있는 적색의 마족. 보통 소녀라면 보는 것만으로 비명을 지를 만한 모습이었지만 핸드린느는 뚱한 표정을 지었다.

"그란돌? 작게 변해. 목이 아프잖아."

[죄, 죄송합니다.]

그란돌은 깜짝 놀란 듯 인간의 사이즈로 자신의 몸을 줄였다. 너무나도 쉽게 이루어지는 육체 변형. 그것은 그가 최상급에 이른 마족이란 증거이기도 했다.

"무슨 일이야?"

"솔직히 말해……. 불안합니다. 핸드린느님은 물론 강하시지만, 상대는 절대신. 차원장이 사라지면 오히려 불리해질 텐데요."

그의 말에 핸드린느는 경악했다. 아니, 마족 주제에 이렇게나 섬세한 마음가짐이라니? 물론 상대가 강해서. 라고 말할 수도 있겠지만 마족은 원래 그런 거 신경 안 쓰는 종족이다. 이쪽이 훨씬, 말도 못할 정도의 희귀종인 것이다.

"……너무 그런 표정 짓지 말아주십시오. 저도 제가 특이하다는 것 정도는 알고 있으니까요."

"헤에. 아니, 뭐 별로 잘못했다는 건 아냐. 하지만 그렇다고는 해도 확실히 특이하네."

'마족이라는 종족은 유전자 구조상 겁대가리를 상실한 줄 알았는데' 라고 중얼거리며 어깨를 으쓱이는 핸드린느. 그란돌은 그런 그녀를 향해 다시 물었다.

"그런데 어쩌실 생각입니까? 어쨌든 상대는 절대 급의 신. 그리고 그들이 관리하는 유저(User) 역시 강력합니다. 이렇게 차원장이 걷히는 것은 오히려……."

"잠깐."

핸드린느는 그의 말을 끊고 눈을 가늘게 떴다.

"성격이 특이하다고는 해도 이건 지나치네. 왜 이렇게 긴장한 거야?"

뚱한 핸드린느의 표정에 그란돌은 한숨을 쉬었다.

"레이그가 죽었습니다."

"아, 레이그 말이지? 뭐, 그럴 수도 있…… 레이그?"

이번만큼은 핸드린느도 깜짝 놀라고 말았다. 레이그는 그녀의 휘하에 있던 최상급 마족 중 하나. 하지만 나이라든가 지혜라든가 하는 부분은 그녀보다도 뛰어나서 그녀가 유일하게 인정하고 있는 마족이기도 했다. 게다가 그는 힘으로서도 가장 마족공에 가까운 이라고 할 수 있다. 그는 항상 자신의 힘을 봉인하고 다녔는데, 그녀로서도 그 봉인이 풀린 모습을 본 건 그를 굴복시켰을 때뿐이었다.

"놀랍게도 1:1로 당했더군요. 상대는 유저 중 하나. 그것도 여자입니다."

"헤에……. 그렇구나. 뭔가 사연이 있는 녀석이라고 생각했는데, 결국 들어보지 못했네."

하지만 별로 슬프다거나 하는 것은 아닌 듯 그녀는 다시금 표정을 풀고 그란돌을 바라보았다. 인간의 사이즈로 변했다고는 하지만 여전히 그녀보다는 큰 덩치의 그란돌. 그는 잠시 고민하다 물었다.

"그래서 결국 어쩌실 생각입니까?"

"간단해. 대단하신 분들의 뒤통수를 쳐야지."

핸드린느는 싱긋 웃으며 자신의 옆에 있던 도베라인을 잡아 들었다. 그것은 영혼을 베고 신들마저 멸하는 절대의 마검. 핸드린느는 가볍게 손가락을 튕겨 도베라인을 '깨웠다'.

우우웅―

"웃……?!"

깜짝 놀라 전투 태세를 취하는 그란돌과 자신의 손에 들려 있는 도베라인을 바라보는 핸드린느. 그녀는 잠시 자신의 손에서 공명하고 있는 도베라인을 바라보다 이내 웃었다.

"그럼 준비를 시작할까?"

말과 동시에 도베라인에서 시작된 흑기(黑氣)가 세상을 뒤덮는다.

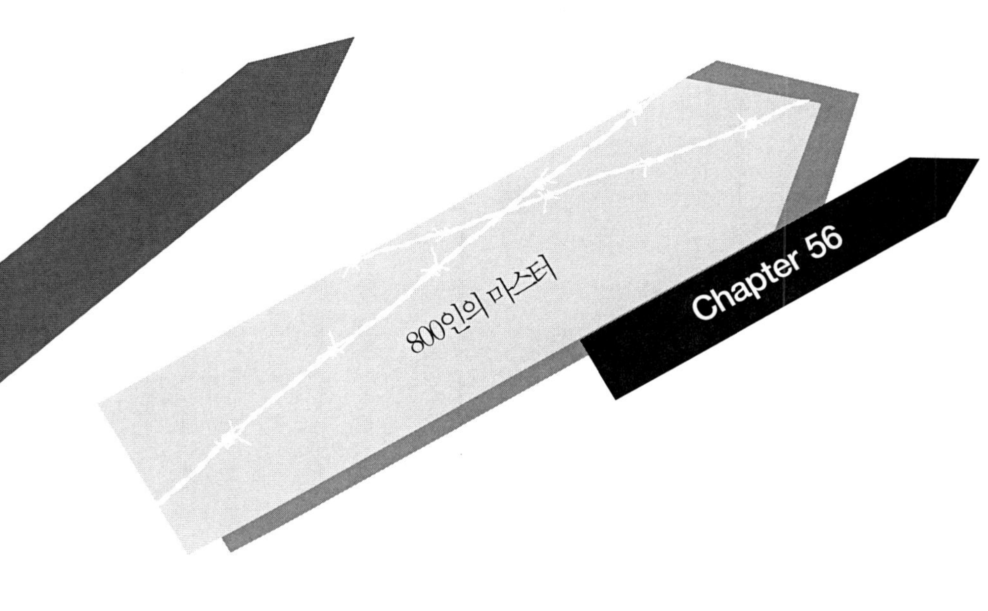
800인의 마스터
Chapter 56

콩!

문을 부술 듯 열어젖히며 약간은 묵직한 몸매의 사내가 달린다. 언뜻 봐도 운동과는 별 상관없어 보이는 외모임에도 그 속도가 심상치 않다. 단지 달리는 것뿐인 데도 어찌나 빠른지 공기가 밀려 터져 나가고 있는 것이다.

"형!!"

"아, 정훈이냐? 오랜만."

"오랜만—이 아냐!! 차원장이 걷혔다고!"

"아아, 그건 나도 느꼈어. 정말 해버리다니. 솔직히 성공률은 10% 미만이라고 생각했는데."

카인은 피식, 웃으며 창밖을 바라보았다. 그의 눈에 보이는 것은 환한 빛. 그는 잠시 뭔가를 생각하는 듯싶다가 이내 결정한 듯 몸을 일으켰다.

"카모밀레! 일루전 전체에 공지를 올려! 파니티리스 개방이라고! 그리고 정훈아, 도시별로 도착점을 만들어! 마음만 먹으면 어디든지 날아갈 수 있게!"

“그렇다는 건?”

“본격적으로 시작! 모든 유저, 풀가동이다!”

“좋아!! 다른 형들도 부를게!”

신속한 움직임. 빠르게 짜여지기 시작하는 시스템 라인과 마력 구동. 그리고 그와 함께 800인의 마스터가 움직일 모든 준비가 완성되기 시작했다.

＊　　　　＊　　　　＊

눈을 뜬다. 어느새 검을 뒤덮고 있던 빛은 가라앉아 있었고 사람들은 멍한 눈으로 나를 바라보고 있다.

“후우.”

숨을 몰아쉬었다. 그렇군. 여명의 검에 담긴 능력은 차원 제어(次元制御)다. 그리고 지금 내가 한 것은 파니티리스의 차원장을 안정화시킨 것. 하지만 당장 보기에는 아무것도 안 변한 것처럼 보이겠지. 그나마 상황을 대충이나마 파악한 건 게인하드나 카이저 정도일 것이다.

“뭐가 어떻게 된 거야?”

“좀 전의 빛은 뭐였지?”

나는 웅성거리기 시작하는 사람들을 무시한 채 에일렌에게로 다가갔다. 그러자 깜짝 놀라 물러서는 집행자들과 멍한 표정으로 나를 바라보고 있는 소녀들. 나는 에일렌을 일으켜 세웠다.

“괜찮아?”

“아……. 응. 그러고 보니 치료도 되었네?”

“겸사겸사.”

이미 에일렌의 상처는 다 나은 상태이다. 물론 이미 흘린 피까지는 어쩔 수 없지만 이걸로 위험은 대충 막았다고 할 수 있을 것이다.

“네놈…… 무슨 짓을 한 거냐?”

“글쎄.”

으르렁거리는 듯한 게인하드의 목소리에 씩, 하고 웃어주었다. 물론 지금 게인하드와 싸우면 내가 진다. 성표를 얻었다고는 해도 지금 내 능력이 봉인되어 있다는 사실은 변함없으니까. 하지만 걱정되지 않는다. 내 눈앞으로 퀘스트가 떠올랐기 때문이다.

파니티리스 개방! 그리고 드래곤 등장!!

푸하하하! 드디어 개방! 그것도 긴급 개방! 운 좋게도 점검이 일찍 끝났다. 모두 마음껏 날뛰도록!

아, 그리고 스페셜 보스가 나왔다. 그 대상은 골드 드래곤 게벨로크. 웜 급 드래곤으로 꽤 세니 조심하도록! 때리는 대수 혹은 활약한 비중만큼 아이템과 경험치를 주니 모두 참여하라. 오른손을 하늘로 올리고 ‘이렌토’ 라고 말하면 게벨로크 앞까지 순식간에 날아갈 것이다.

참고—현재 게벨로크는 게인하드라는 다리안 교의 교황으로 변해 있다. 몇 대 때리면 드래곤이 될 테니 부담 없이 쳐도 좋다. 하지만 파니티리스에는 처리할 적이 산재해 있으니 이 드래곤을 잡는 데 들어갈 인원은 선착순 100명까지.

현재—11/100.

“어이쿠, 끝장이군.”

현재 11명이라니. 그렇다는 건 벌써 10명 정도가 이리로 향하고 있다는 말이겠지. 게다가 지금 막 공지가 떴는데 이렇게 반응이 빠르다는 건 100명도 순식간에 찰 거라는 말일 것이다.

“대답해. 무슨 짓을 한 거냐!”

뭔가 좋지 않은 분위기라는 것을 느낀 듯 재차 으르렁거리는 게인하드. 나는 대답 대신 하늘을 올려다보았다. 하늘에 보이는 것은 작은 점. 그것은 반짝— 하고 날아와 순식간에 땅에 도착했다.

쾅!

부서지는 땅. 하지만 날아온 대상은 날렵하게 착지하며 소리쳤다.

"게인하드가 누구냐!"

"레이그란츠."

익숙한 얼굴에 웃음이 나왔다. 회색 도복의 등 뒤에 단 태극 마크, 그리고 질끈 동여맨 머리띠와 스포츠 형태로 자른 머리카락. 그는 누가 길 가다 봐도 '앗, 무투가다!' 하고 소리칠 정도로 전형적인 무투가의 모습을 하고 있었다.

"밀레이온? 우와! 나 바로 날아왔는데 먼저 온 놈이 있다니. 그나저나 게인하드가 누구야?"

"이 아저씨."

내가 게인하드를 가리키자 게인하드는 분노한 듯 뭔가 말하려고 했다. 하지만 별 상관없다는 듯 레이그란츠는 주먹을 들어올렸다. 어느새 그의 몸에서는 은은한 불꽃이 피어오르고 있었다.

"여어, 아저씨. 그럼 염치불구하고!"

쿠아아!!

순간, 공기가 찢어지며 화악— 하고 일어나는 불꽃. 어느새 레이그란츠의 몸은 게인하드의 건너편에 있다.

"이…… 무슨?!"

그야말로 인식을 벗어난 공격. 속도로 치면 마하3이나 4 정도 되려나. 게인하드는 함몰되어 버린 자신의 가슴팍을 내려다보며 신음했고, 그때 하늘에서 네다섯 명의 사람이 더 떨어져 내렸다.

"까악! 여기가 파니티리스구나!"

“오오, 쟤네들은 신성기사단인가?”

“근데 약하다. 20렙 정도야.”

“그런데 그 드래곤은 어느 녀석이야?”

시끌벅적하게 떠들어대기 시작하는 유저들. 아, 이번에는 다 초면이다. 새로 마스터에 오른 녀석들인가?

“이 녀석들……. 유저?”

“그렇습니다, 게.인.하.드. 나와 같은 유저이지요.”

내 대답에 떠들고 있던 유저들이 게인하드를 돌아본다.

“아! 쟤가 스페셜 보스야?”

“근데 벌써 반쯤 죽어가잖아? 누가 선빵 쳤다.”

“그럼 이제라도 쳐야 우리도 전투 참가인가?”

“그런데 용으로 변신하기 전에 죽여도 경험치를 주는 거야?”

순식간에 모여드는 시선에 게인하드마저도 흠칫 놀라 물러섰다. 하지만 자신이 인간들을 대상으로 물러섰다는 사실에 치욕을 느낀 것일까? 그는 인상을 찡그리며 포효했다.

“인…… 간 놈들이!!”

쿠오오오!!

무지막지하게 일어나는 마력과 함께 일어서는 황금의 거체! 유저들은 비명을 질렀다.

“꺄악! 오지게 커!”

“협공하자!”

“우후후, 그렇다면 본행도 전투에 참가하도록 하겠소.”

비명을 질렀다고는 하지만 전혀 겁먹지 않는 분위기. 설상가상으로 열댓 명의 유저가 더 떨어져 내린다.

“밀레이온~!”

“제니카.”

새로이 뛰어내린 이들 중 한 흑발의 미녀가 환하게 웃으며 내 쪽으로 다가왔다. 오른손에 들고 있는 것은 그녀의 키만큼이나 커다란 지팡이. 그녀의 이름은 유저 중에서도 꽤 알려져 있었던 듯 다른 유저들이 비명을 지른다.

“으악! 졸라 짱 쎈 투명 제니카다!”

“으흐흑, 타이틀은 뺏기는 거야?”

“……”

심각하다면 심각하던 분위기가 너무 밝아져 적응이 힘들군. 생각해 보면 유저들은 이런 분위기가 보통이다. 당연하다면 당연할 것이, 그들에게 있어서 일루젼은 게임. 즐겁게 플레이한다는 것이 상식 중의 상식인 것이다.

“앗, 너 저주 걸렸어?”

“뭐, 비슷합니다. 해주(解呪)할 수 있겠습니까?”

내 물음에 제니카는 고개를 끄덕였다.

“간단하지. 저기, 저 거인족 아저씨도?”

“네.”

고개를 끄덕이자 제니카가 카이저를 향해 손짓한다. 카이저와 리테인의 전투는 이미 끝난 지 한참. 아니, 뭐, 분위기 자체가 그들의 전투를 이어갈 수 없게 만들고 있었으니까.

“드래곤의 주문을 풀 수 있다는 거냐?”

“네.”

“……”

어이없다는 듯 물었던 카이저는 ‘뭐, 어렵나요?’ 라고 되묻는 듯한 그녀의 목소리에 되레 할 말을 잃어버렸다. 아무 말 못하는 카이저를 가볍게 지나쳐 내 쪽으로 손을 내미는 제니카. 그녀는 뭔가 주문을 외우는가 싶더니 검지를 내 이마에서부터 인중까지 내리눌렀다. 자연스러운 동작. 그와 함께 묘한 파동이 전신으로 퍼져 나갔다.

"끝?"

"끝. 하지만 당장 풀리는 건 아니니까 좀 기다려."

"하지만 이렇게 쉽게 풀리다니."

허탈함에 한숨 쉬자 제니카는 별거 아니라는 듯 어깨를 으쓱이면서 나에게 한 행동을 카이저에게도 해주었다. 물론 카이저의 키가 키인만큼 쉽지 않은 일이지만 그녀는 숨 쉬듯 쉽게 하늘을 날아 카이저에게 해주 주문을 걸었다.

"너 스스로가 그 주문에 저항하고 있어서 약간의 균열만 일으키면 되는 거였거든. 랄라. 그럼 쉬고 있어. 난 드래곤 잡아야지."

막 돌아서는 그녀를 바라보다 문득 생각나는 것이 있어서 묻는다.

"그러고 보니 장비들도 마력을 잃었습니다만. 에일렌의 마력도 없어졌고요."

"그게 무……. 아! 대충 알겠다. 장비들이 효력을 잃었다는 거지? 마력은 안 움직이고."

"그렇습니다."

"그거라면 괜찮아. 게벨로크를 죽이면 되니까."

음료수를 마시려면 자판기에 동전을 넣으면 된다는 듯한 말투에 리테인이 황당해한다.

"그 무슨……. 마치 주머니 속에 든 동전처럼 말하는군. 이봐, 게벨로크는 드래곤이다."

"그래도 별 의미가 없어 보이는데?"

"뭐?"

무슨 소리냐는 듯한 리테인의 말에 제니카는 어깨를 으쓱이며 게벨로크를 가리킨다. 어느새 유저는 더 늘어 100명에 가까웠는데, 그중 무투가로 보이는 유저 하나가 게벨로크를 향해 앞으로 손을 내지르고 있었다.

"먹어라!"

쩌엉! 하고 울려 퍼지는 굉음과 함께 그 거대한 게벨로크의 몸이 살짝 뒤로 밀린다. 그를 후려친 장법의 이름은 대력금강수(大力金剛手). 소림파 계열 무공 중에서도 수위를 다투는 위력을 지니고 있다.

[크윽! 이놈들이 감히! Meteor Swarm!]

외침과 함께 그 모습을 드러내는 운석들. 하지만 그 운석들은 이내 힘을 잃고 땅으로 떨어져 버렸다.

"스펠 카운터! 스펠 카운터!"

"마법사는 닥치고, 스펠 카운터(Speel Counter)!"

연거푸 계속되는 방해 주문에 게벨로크의 주문이 모조리 캔슬되기 시작했다. 물론 9클래스의 게벨로크는 한 호흡 만에 수십 개도 넘는 고위 마법을 발동시킬 수 있지만, 마법사를 선택한 유저들 역시 초당 몇 개의 주문 정도는 캔슬시킬 수 있다. 게다가 숫자 면에선 이쪽이 절대 다수!

"오오! 기닥돌(기사는 닥치고 돌격)과 신닥힐(신관은 닥치고 힐링)에 이은 마닥스(마법사는 닥치고 스펠 카운터)인가?!"

"좋아! 그렇다면 나도 비기(秘技) 발동! 아수라멸천장(阿修羅滅天掌)!"

전에 한 번 봤던 마스터 급 유저의 천마신공에 이어 유리아가 앞으로 나선다.

"분위기 탔으니 나도 발동! 만천화우(滿天花雨)!"

신난다는 듯 소리친 유리아가 품속에서 까만색의 철판을 꺼내 하늘로 던졌다. 빠른 속도로 하늘로 올라가더니 키리리리릭—! 하고 깃털을 세우는 철판. 그것은 이내 조각조각 나누어지더니 암기의 폭풍이 되어 게벨로크의 몸을 때렸다. 그것은 실로 무시무시한 광경이라 보는 것만으로도 질릴 정도였지만 제니카는 어처구니없다는 표정으로 한숨만 쉴 뿐이다.

"우와아……. 기술명을 외치고 있어."

"하하. 기, 기합이지 뭐."

사실은 나도 외치는 편이라 매도할 수가 없다. 확실히 무투가나 암살자 같은 직접계들은 기술명을 외칠 필요가 없긴 하다. 그들이 사용하는 것은 무공. 즉, 몸으로 펼쳐 내는 기술이니까. 하지만 유저 중 태반이 공격할 때 기술명을 외치고는 한다. 그러니까 일종의 로망이라고 할 수 있겠지.

"다리안의 전능하신 의지여, 지금 그 의지로 권능을 행하소서!"

"평온을 주관하시는 사바인이여, 내가 당신을 좋아하는 거 알죠? 좋은 걸로 부탁드립니다!"

"캬캬! 나도 부탁하오. 카툼!"

다리안을 모시는 로안을 제외하고는 다들 제멋대로의 방식으로 신을 부른다. 파니티리스의 신관들이 보면 거품을 물 만한 기도이지만 신들은 어김없이 그 부름에 답한다.

"럭셔리! 메가 드릴 펀치!"

"하멜! 빙염의 숨결!"

……왠지 아는 얼굴이 많이 보이네. 레스 아저씨하고 멜피스도 온 건가? 뭐, 하여튼 게벨로크는 반격조차 제대로 못한 채 얻어맞고 있는 상황이다.

[건방진!!]

게벨로크는 분노해서 날개를 휘두른다. 음속쯤은 가볍게 뛰어넘는 속도로 휘둘러지는 날개. 그 날개가 주는 타격은 실로 커 어지간한 빌딩이라도 한 방에 완파될 정도였는 데도 유저들은 알아서 피하거나 막는다. 가끔 무방비로 맞는 녀석도 몇 있었지만, 다들 어찌나 튼튼한지 튕겨 나갈 뿐 죽지는 않았다.

"나도 가만히 있을 수는 없겠지?"

“끼게?”

내 물음에 제니카는 고개를 끄덕이더니 그대로 지팡이를 들어올렸다. 삽시간에 모여드는 마력. 제니카는 웅얼웅얼 주문을 외우더니 지팡이를 앞으로 내밀었다.

“메티스!”

[네, 주인님.]

제니카의 옆에 떠다니던 환원령. 메티스의 모습이 희미해짐과 동시에 30센티 정도의 자수정이 모습을 드러낸다. 철컥, 하고 제니카의 지팡이에 장착되는 자수정. 제니카는 두 다리로 땅을 단단히 딛고 서서 지팡이를 게벨로크를 향해 겨눴다. 어느새 그녀의 정면에는 붉은색의 마법진 세 개가 그려지고 있었다.

“명하노니 몰아쳐라! 분노(忿怒)하는 십일월(十一月)!”

화르륵—!

그녀의 주문과 함께 그녀의 마법진이 화염을 머금는다.

이글이글 타오르는 마력. 그것은 1초 정도 허공에서 몸을 키우더니 이내 게벨로크를 향해 뿜어졌다.

쾅!

제1격! 느닷없이 날아든 폭염을 얻어맞은 게벨로크의 머리가 팍— 하고 밀려난다.

쾅!

제2격! 오른쪽 날개의 피막이 일시에 찢겨 나가고,

쾅!

제3격! 유저들을 상대로 선전하던 게벨로크가 어마어마한 굉음과 함께 땅에 처박힌다.

“맙소사.”

나는 황당해서 입을 다물지 못했다. 아니, 이 무슨 위력이냐? 그 강력한 항마력을 가지고 있다는 드래곤을 저 지경으로 만들다니! 놀란 건 나뿐만이 아닌 듯 다른 유저들도 비명을 지른다.

"트리플 헬 파이어(Triple Hell Fire)?!"

"사기다! 무슨 8클래스를 세 방 연속 쏴?"

"역시 투명 여대생!"

확실히 어이없는 위력이기는 하다. 8클래스라는 건 사실상 보통 인간으로서는 다다를 수 없는 최상위급의 마법 능력. 범위계로 날리면 도시 정도는 가볍게 날릴 수 있을 정도로 위력적인 마법이니까.

"그런데 여대생이라고요?"

"동안이지."

"……."

뭐라는 거냐, 이 여자? 황당해서 헛웃음을 짓고 있는데 쓰러져 있는 게벨로크가 더 이상 움직이지 않는 게 보인다. 열심히 공격하고 있던 유저들도 잠시 공격을 멈추고 그 모습을 바라보았다.

"어라? 죽은 것 같은데?"

"역시 크리티컬이었나?"

땅에 쓰러진 게벨로크는 정말로 타격이 큰 듯 꿈쩍도 하지 않았다. 정말 죽은 건가? 하지만 그때 유저 중 하나가 소리친다.

"경험치가 없어, 죽은 척이야!"

죽은 척? 문득 녀석이 행했던 텔레포트가 떠올라 난 소리쳤다.

"공간 이동부터 막으십시오! 도망가려고 합니다!"

"드래곤 주제에 약삭빠르다니. 스펠 카운터!"

"안티 텔레포트(Anti Teleport)!"

"Fixations!"

　연속되는 주문과 함께 공간 이동을 방해하는 모든 방식의 방해 공작이 공간을 가득 메운다. 이로써 공간 이동은 불가능. 과연 게벨로크가 노리던 건 공간 이동인 듯 곧 포효하며 몸을 일으켰다.

[크윽! 이 인간 놈들이!]

　그리고 동시에 뿜어지는 브레스 웨폰(Breath Weapon)! 이것만큼은 정말 완벽에 가까운 기습이라서 단 일격만으로 70명에 가까운 유저들을 휩쓸어 버린다! 그나마 일직선으로 뿜었다면 타격이 적었을 텐데 게벨로크는 고개를 움직여 전 범위에 가깝게 브레스를 흩뿌려 버렸다.

　번쩍!

　브레스의 여파가 우리 쪽으로 덮쳐 온다. 하지만 우리 앞에 있는 것은 어느새 걸어나가 있는 제니카, 그녀는 지팡이를 내밀며 외쳤다.

　"북두강옥 발동!"

　말과 동시에 그녀의 주위로 7개의 쇠구슬이 떠오른다. 아니, 언뜻 보기에는 쇠구슬이 아니라 청옥(靑玉)처럼 보이잖아? 정말 염색한 건가? 하여튼 북두강옥은 순식간에 일행 주위로 날아가 거대한 원을 만들었고, 제니카는 재차 주문을 외운다.

　"기원하노라, 사랑하는 자들의 칠월(七月)!"

　무슨 결정 같은 것들이 떠올라 일행 전체를 뒤덮는다. 그와 함께 몰아치는 빛. 하지만 그 어떤 기운도 감히 우리 근처로 범접하지 못한다.

[크하하하! 건방진 인간들!]

　비록 우리는 공격을 막아냈지만 나머지 인간들이 괴멸적 타격을 받았다는 걸 눈치 챈 게벨로크는 광소하며 허공으로 날아올랐다. 역시, 이게 9클래스 주문보다도 강력하다는 드래곤 브레스인가. 지금껏 마나 동결로 쉽게 막아오는 바람에 무시하고 있었는데 실로 살 떨릴 정도의 위력이다.

　"이런."

주위를 둘러보니 반쯤 녹아 있는 대지와 타버린 인간들의 모습이 눈에 들어온다. 우리 뒤쪽에 있던 녀석들은 다 무사했지만 그 밖에 있던 녀석들은 성기사고 죄수고 간에 모조리 죽어버렸다! 물론 게벨로크가 유저들을 노리고 뿜어낸 브레스라 보통 인간들은 꽤 많이 살아남았지만 그래도 태반이 죽었다는 사실엔 변함이 없다.

후웅!

그때 하늘로 날아오르는 게벨로크의 모습이 보인다. 안 돼! 이대로 하늘 높이 올라가 9클래스 마법을 연시하면 우리로서는 막을 방법이 없다! 물론 우리라고 비행 능력이 없는 건 아니지만 드래곤에 비하면 압도적으로 불리한 것이다.

하지만 그때 하늘에서 또 다른 드래곤이 나타나 날아오르던 게벨로크를 짓누른다.

콰직!

[크윽?!]

말 그대로 뜬금없는 기습에 날아오르던 게벨로크가 비명을 내지른다. 하늘에서 나타난 것은 게벨로크와 동등한 덩치를 가지고 있는 레드 드래곤(Red Dragon)! 레드 드래곤은 날렵하게 몸을 틀어 꼬리로 게벨로크를 후려쳤다.

쩡!

매서운 공격에 게벨로크의 몸이 휘청거린다. 하지만 게벨로크도 그냥 맞고만 있는 건 아니어서 떨어지는 동시에 섬광 브레스를 뿜어낸다.

번쩍!

레드 드래곤을 향해 뿜어지는 빛줄기! 하지만 레드 드래곤의 몸이 순식간에 줄어들어 와이번(Wyvern)이 되고, 빛줄기는 허망하게 허공을 가른다. 그리고 와이번은 다시 레드 드래곤으로 변신해 게벨로크의 목을 물어버렸다.

쾌득!

[크아악!]

멀리서도 피가 튀는 게 보일 정도로 무지막지한 광경. 레드 드래곤은 게벨로크의 몸을 두 다리로 차내 버리더니 그대로 포효했다.

[크롸롸롸롸!!]

"저, 저 울음소리는 뭐야?"

어이없어 중얼거리자 멀리서도 그 소리를 들었는지 레드 드래곤이 고개를 갸웃거린다.

[응? 드래곤은 원래 이렇게 우는 거 아냐?]

"……."

정해져 있는 거였냐? 어이없긴 하지만 그래도 저 레드 드래곤의 정체를 파악할 수 있었다. 그 이름은 패러디 오브 라우레시아, 예전 나에게 메크로네스의 뼈와 피를 사 갔던 변신술사(變身術士)다. 하지만 아무리 그래도 드래곤 변신이라니. 장난이 아니잖아? 과연 그것을 눈치 챈 것이 나만은 아닌 듯 게벨로크가 고함을 지른다.

[네놈! 드래곤이 아니구나!]

[이제 아셨어요, 아저씨? 어쨌든 브레스!]

레드 드래곤이 그대로 폭염을 머금더니 망설임 없이 게벨로크를 향해 브레스를 뿜어냈다. 그 기운은 브레스치곤 엄청 약한 편이었지만, 그래도 브레스는 브레스. 게벨로크는 그걸 맞고 다시 땅으로 처박혔다.

[하, 하하하! 정말 짜증나게 하는 녀석들이군! 모조리 죽여 버리겠다!!]

정말 화난 듯 어마어마한 마력이 몰아친다. 이미 30명 정도밖에 남지 않은 유저들로는 감당하기 어려울 정도의 마력. 그 순간 죽었던 유저들이 하나둘 육체를 수복해 일어나기 시작한다.

"으아아~ 예비 생명이 없었으면 큰일 날 뻔했네."

“와우! 나 사실 일루전 시작하고 처음 죽어봐.”

“그러고 보니 전부 살아나는 거야? 저 드래곤도 완전 안구에 습기 차네.”

“눈에서 땀이 그냥 변기 물 내리듯 좔좔 쏟아져.”

다시 살아난 유저들은 모두 가벼운 분위기다. 어쨌든 죽었는 데도 살아났으니 두려울 게 뭐가 있겠는가.

“이제 브레스도 조심해야겠군. 그나저나 넌 예비 생명이 몇 개야?”

“나? 두 개.”

“훗. 나는 세 개지롱.”

“우와! 정말? 세 번째 시련은 진짜 장난이 아니던데.”

30명이었던 유저가 다시금 100명이 되는 걸 보고 그 대단하던 게벨로크조차 할 말을 잃는다. 이젠 유저들도 정신을 빠릿하게 차릴 것인만큼 브레스를 뿜어도 잘 당하지 않을 것이다. 게다가 지금 하늘엔 레드 드래곤으로 변신한 유저. 땅에는 다시 100명이 된 유저들이 포진하고 있다. 주문은 모조리 캔슬 당하고, 검기를 사용하는 유저들이 떼로 달려들어 몸을 후려치겠지.

“우와! 완전 사기다.”

그렇게 헛웃음을 치는데 다시 공지가 뜬다.

신기 강화.

모두 축하! 지금 이 순간부터 신기 강화가 가능해집니다. 물론 신기의 상위력(上位力)이 25레벨은 넘어야 가능하다는 것 정도는 아시죠? 일단 신기 강화를 취하면 신기는 당신들이 염원하던 특정 형태를 취하게 되고, 거기에 어울리는 능력을 얻게 될 것입니다.

방법은 신기에 대고 ‘신기 강화’ 라고 말하는 것.

자, 모두들 신기와 함께 한층 더 강력한 힘을 발휘하시길 바랍니다.

"신기 강화?"

놀라서 에일렌을 돌아보자 에일렌이 미안하다는 듯 사과한다.

"아직 22레벨이야."

"해당 사항 없음인가."

그나마 최근에 많이 먹어서 저 레벨이라도 되는 거지, 얼마 전까지는 10대 였으니까. 그렇다면 다른 유저는?

"신기 강화."

멀리 갈 것도 없이 제니카가 자신의 신기에 손을 올리고 말한다. 그녀의 신기는 30센티 정도 되는 길이의 자수정. 그녀의 목소리에 따라 신기가 빛을 발하는가 싶더니, 순식간에 모습을 변형시켰다.

"에?"

순간 그 모습에 당황했다. 왜냐하면 그녀의 신기가 거대한 보석으로 변해 버렸기 때문이다. 아, 그러고 보니 원래 자수정이었지. 보통 신기는 무기의 형태를 취하는데, 그녀의 경우에는 보석인 것이다.

"에, 에에? 이건 컬리넌(Cullinan). 그것도 제1번이잖아?!"

깜짝 놀라 소리치는 제니카. 전혀 생소한 이름에 묻는다.

"컬리넌이 뭡니까?"

"컬리넌을 몰라? 세계 최대의 다이아몬드. 아프리카의 거대한 별[Great Star of Africa]이라구! 우, 우와! 설마 이런 걸로 변하다니!"

"아프리카의 거대한 별?"

그렇다면 실존하는 보석이란 말이야? 다시 그녀의 신기를 보았다. 주먹보 다도 더 커 보이는 사이즈의 블루 다이아몬드. 너무 커서 보석 같아 보이지도 않다.

"응! 아프리카의 거대한 별. 530.20캐럿의 페어(Pear:물방울) 형태로 74개의 면으로 연마되어 있지. 아, 아니, 뭐 설명할 것도 없이 보니 바로 알겠지? 우와! 이건 영국 여왕의 대관식 때 사용되는 여왕봉에 세팅되어 있는 물건이라 런던 탑 안에 진열되어 있는 건데!"

그녀로서는 정말 드물게도 흥분해서 얼굴 전체에 홍조가 돈다. 헤에……. 보석을 좋아하는구나. 비싼 취미로군. 하여튼 그녀의 경우는 왠지 특이해서 참고하기 힘들 것 같아서 대신 다른 유저에게로 고개를 돌린다. 때마침 근처에는 마창병, 트레스카 오브 바실리스크가 보인다.

"진명은 궁니르(Gungnir)인가……. 뭐? 궁니르라고?!"

별 생각 없이 창을 보고 있던 트레스카가 입을 쩍, 벌린다. 오딘이 사용했다고 하는 전설의 신기. 궁그닐이라고도 불리는 궁니르는 던지면 반드시 명중한다는 물건이다. 각종 신화나 전설에서 보던 물건이 여기에 등장한 것이다.

"신기 강화!"

"신기 강화!"

여기저기에서 신기를 강화하는 모습이 보인다. 온갖 형태와 모습으로 변하는 신기들. 그 모습은 다 달랐지만 특징은 하나, 모두 강력 무쌍해진다는 점이다.

"게이볼그(Gae Bolg)다!"

"사룽가(Sarnga)다!"

"파초선(芭蕉扇)!"

"프라가라흐(Fragarach)!"

"아니, 이건 레일 건(Rail Gun)이잖아?!"

동서양 판타지 SF를 가리지 않고 온갖 강력한 무기들이 쏟아졌다. 당장 무기를 얻은 본인들도 당황할 지경이니 그걸 맞아야 하는 입장에서는 어떻겠는가?

[이, 이건 대체…….]

당혹스러워하는 게벨로크를 보니 절로 한숨이 나왔다. 아아, 얼마 전만 해도 피 토할 정도로 고생해서 싸우고 좀 전에는 죽이고 싶을 정도로 증오스러웠던 녀석인데 이쯤 되면 불쌍할 지경이잖아? 만약 처음부터 그가 유저들의 힘을 알고 차분하게 전투에 임했다면 어떻게 싸움이 진행되었을지 모르지만, 이렇게 포위된 상태에서의 공격이라면 도주조차 불가능하다.

"이왕 무기를 얻었으니."

"시험해 보자!"

나는 왠지 눈물이 날 것 같은 심정으로 슬금슬금 앞으로 나서는 유저들을 바라보았다. 아아, 오늘 눈 감으시는 골드 드래곤에게 심심한 애도를 표합니다.

＊　　　＊　　　＊

크르르…….

키에엑.

수천, 수만 마리의 언데드들과 십수 마리의 미족들. 그들은 벌써 몇 개의 마을을 괴멸시킨 후 숫자를 불려 거대한 성을 포위하고 있었다.

"큭, 이제 죽는 건가."

"젠장……."

성을 지키는 병사들이 공포에 질린 눈으로 성 아래를 가득히 채우고 있는 언데드들을 바라본다.

그들은 지쳐 가고 있었다. 벌써 공격이 시작된 지도 일주일째. 언데드들은 몸이 부서지고 뜨거운 물을 뒤집어써도 상관없다는 듯 성을 올라타고 있었다. 그나마 움직임이 굼떠서 어떻게든 떨어뜨리고는 있었지만, 어느새 식량은 바닥나고 사람들은 지쳐 가고 있었다.

"뭣들 하는 거냐! 검을 들어!"

갑옷을 거의 다 벗어 몸을 가볍게 만든 여기사 하나가 질려 있는 병사들을 다그친다.

그녀의 이름은 에리카 폰 아르네인. 비록 여자의 몸이기는 했지만 소드 익스퍼트에 이른 실력으로 당당히 기사단장의 자리를 차지한 여걸 중의 여걸이었다. 하지만 그녀가 지키던 도시는 어느새 함락 직전, 지금 이렇게 소리치고는 있지만 그녀 역시 지칠 대로 지쳐 버린 상태였다.

"일어서라. 이대로 죽을 셈이냐?!"

"하지만!"

"어차피 죽을 거라면 싸우다 죽어! 우리의 뒤…… 응?"

막 뭐라고 소리치려던 그녀는 문득 말을 멈췄다. 그녀의 시선이 하늘을 향한다. 그녀의 시선에 잡힌 것은 하늘에서 날아오는 무언가. 그녀는 그것이 비행형 마족인 줄 알고 검을 겨누었으나, 이내 자신과 같은 인간이라는 것을 깨달았다.

쿵!

약간의 소음과 함께 대여섯 명의 사내들이 착지한다. 그들은 뭔가 신기하다는 표정으로 주변을 둘러보았는데, 그 느닷없는 등장에 당황한 병사들은 뭐라 말조차 꺼내지 못한 채 그들의 모습을 바라보고만 있다.

"우와! 저 언데드 좀 봐. 장난이 아닌데?"

"분위기를 보아하니 공성전이군."

"지금 위기 맞지? 병사들 상태가 장난 아니다."

별 긴장감 없이 자기들끼리 대화하는 사내들. 그러다 그들 중 하나가 문득 고개를 들어올린다.

"아, 퀘스트다. 언데드를 잡으래."

"흐음. 뭐, 골드(Gold)야 시덥지 않은 정도이지만 경험치는 쌉쌀하네. 마족도 중간 중간에 껴 있으니 정석 수집에도 좋겠다."

"자, 잠깐! 당신들은 누구지?"

에리카가 발끈해서 앞으로 나서자 사내 중 하나가 눈을 가늘게 뜨고 말한다.

"100점 만점에 60점. 신지(神地)의 마스터까지는 안 바라더라도 이건 아니지. 더 예쁜 여자는 없어?"

"아! 공주를 찾아보자, 공주!"

"난 공주는 필요없고, 그냥 미녀면 돼!"

"노예 시장에 가보자! 1골드면 미소녀가 한가득이라던데!"

"오늘 우리는 어른이 되는 것인가⋯⋯. 하악."

뭔가 알 수 없는 대화를 나누며 낄낄대는 사내들의 모습에 에리카의 표정이 차가워진다.

"⋯⋯누군지는 모르겠지만, 지금 이 상황이 장난으로 보이나! 마족들이 성 전체를 포위했다! 탈출로는 없고, 식량도 떨어져 가고 있단 말이다! 너희들이 어떻게 들어왔는지는 모르겠지만!"

"아."

그녀의 말을 별 상관없다는 표정으로 듣고 있던 유저 하나가 문득 생각났다는 듯 말한다.

"아, 그러고 보니 이렇게 전쟁통이어서야 노예 시장 같은 건 안 열리겠네."

"엑? 그럼 안 되잖아?"

"노예 시장? 지금 무슨 바보 같은 소리들을 하고 있⋯⋯."

"그렇다면."

또다시 에리카를 무시하며 웃는 사내들.

“처리해야겠군.”

＊　　　＊　　　＊

“신기 강화.”

어마어마하게 늘어진 언데드 앞에 한 사내가 서 있다. 그의 말과 함께 변형하는 신기. 사내는 그 모습을 보고 고개를 끄덕인다.

“멸살지옥검(滅殺地獄劍)인가……. 아수라가 아닌 게 아쉽지만 천지파열무 정도는 쓸 수 있겠지.”

크르릭!

케에엑!

진득하게 몰아치는 기압(氣壓)에 감히 덤비지 못하고 머뭇거리는 언데드들. 흰색 터번을 두른 사내는 별 상관없다는 듯 앞으로 나서서―

“이쯤에서 끝내도록 하지.”

자신의 검을 바닥에 박았다.

＊　　　＊　　　＊

“나의 20단 콤보에는 자비심이 없지!”

“나의 40단 콤보에도 자비심이 없지!”

“나의 80단 콤보에도 자비심이 없지!”

“나의 160단 콤보에도…….”

유저들의 무자비(無慈悲)한 공격이 마족과 언데드들을 휩쓴다.

[지구의 모든 것들아, 여기에 힘을!! 87/100.]

“저거 또 하나?!”

누군가의 비명에도 상관없이 거대한 에너지 구체가 땅을 때린다.

"에…… 네…… 르… 기……!!"

"오라오라오라오라오라!!"

"약속된— 승리의—!"

"I am the bone of my sword."

언데드는 많았다. 사실상 수십, 수백만에 가까웠을 정도니까. 하지만 유저들이 날뛰기 시작하자 그 수가 무서울 정도로 줄어들기 시작했다. 문자 그대로 학살이었던 것이다.

"Just 1분. 악몽은 잘 꾸셨나?"

예술가의 손짓에 따라 십수 마리의 마족이 일시에 행동 능력을 잃어버린다. 그것은 환술(幻術).

"에너지 충전 100%. 이걸로 마지막이다!!"

몰아치는 광격이 언데드들을 휩쓴다. 그것은 술식(術式).

"암행어사 출두요!"

하회탈을 쓰고 있는 수백의 사내가 공간을 넘어 모습을 드러낸다. 그것은 소환술(召喚術).

방식은 모두 다르지만 그것들은 모두 신기로 강화된 기술들이다. 시전자의 이미지와 기원을 받아들여 형태를 취하는 신기들. 물론 그 신기의 모양이라는 게 사용자들의 만화나 게임 등에서 많이 따오는 편이기는 하였으나 유저들이 신기 강화를 발생과 동시에 완벽에 가깝게 활용하고 있다는 사실은 변하지 않는다.

강화된 신기를 지니게 된 유저들은 무지막지한 기세로 활약하기 시작했다. 물론 신기 레벨이 25에 미치지 못한 이들은 구경만 해야 했으나 신기 강화를 이뤄낸 유저만 해도 200명을 가볍게 넘을 정도였기 때문에 전투에는 하등 지장이 없다. 심지어 유저들조차 '우와! 마족, 너무 불쌍해! 어떻게든 이겨!' 라

소리칠 정도였으니 상황은 더 말할 필요가 없으리라.

대륙에는 순식간에 시리우스의 전사들에 대한 이야기가 퍼져 나갔다. 강대한 신기를 가진, 그야말로 괴물같이 강력한 존재. 그들은 한곳의 언데드들을 모조리 처리하고 다시 다른 곳으로 순식간에 날아갔는데, 그 속도가 어찌나 빠른지 행성 반대편까지 가는 데 10분도 채 안 걸릴 정도였다.

빠르게 줄어들기 시작하는 언데드와 하나둘 죽어 정석을 탈취당하는 마족들.

하지만 그들은 몰랐다. 왜 차원장이 걷혔음에도 상급 이상의 마족이 나오지 않는 것인지. 왜 마족공 핸드린느는 움직이지 않는 것인지.

그리고 그걸 알았을 때는, 아마도 모든 것이 끝난 후일 것이다.

*　　　*　　　*

2021년 1월 12일. 오전 5시.

"너무 조용해."

"뭐가?"

"마족들. 이렇게까지 당하면서도 왜 가만히 있는 거지?"

내 물음에 에일렌은 잠시 고민하다 잘 모르겠다는 듯 말했다.

"막 최상급 떼로 출몰하는 것보다는 이 편이 낫지 않아?"

"틀린 말은 아니지만……. 그래도 불안해."

유저들이 난리치기 시작하면서 우리들은 매우 편해졌다. 할 일이 없어졌다고 해야 할까? 텔레포트에 가까운 '도시 이동' 능력을 얻은 유저들이 전세계를 뒤집어대고 있었으니. 몰랐는데, 파니티리스에는 동방(東方)이라고 불리는 주(主) 나라와(한데 무공은 하나도 없고 주술만 있다) 사막 국가 쿠란(Quan)이라는 곳도 있다고 하더라. 확실히 제이스를 비롯한 다섯 왕국만 가지고 행성 전체를 뒤덮고 있다는 건 이상한 일이었지. 사실은 나도 한번 가보려고 했는데 도시 이동을 할 수 없는 에일렌 덕택에 한동안 쉬며 밀렸던 수련을 하고 있었다.

“이렇게 있는 것도 뭐하니 오늘도 수련이나 하러 갈…….”

쾅!

난데없이 들리는 굉음에 창밖으로 고개를 내밀었다. 창밖으로 보이는 것은 땅바닥에 쓰러져 있는 골렘과 빙긋이 웃으며 주먹을 들고 있는 청년. 쓰러져 있던 골렘은 허탈하다는 듯 웃었다.

[허, 허허허. 대체 왜 못 이기는 거지? 아니, 그보다 미스릴로 만들어진 내 몸이 주먹질에 타격을 받다니.]

“하하. 체르멘은 골렘의 힘을 너무 믿고 있어. 골렘은 물론 튼튼하지만 침투경(浸透勁) 같은 거에는 의외로 약하니까. 내공 수련은 하고 있지?”

태극권(太極拳)의 기수식을 취하고 있던 레이그란츠의 말에 은색의 골렘, 체르멘이 답한다.

[그… 심법(心法) 말이냐? 물론 하고는 있지만 영 진전은 없다.]

“그래? 기본적으로 마력의 흐름으로 움직이는 골렘은 좀 더 쉽게 배울 수 있는 줄 알았는데. 역시 몇 군데 손봐야 하려나…….”

흐응, 하고 뭔가를 생각하는 레이그란츠. 그때 쓰러져 있던 체르멘이 몸을 일으키며 말한다.

[아, 그런데.]

“응, 왜?”

[언제까지 반말 쓸 거냐?]

그의 말에 레이그란츠는 웃었다.

“언제까지라도―”

[…….]

뭐가 그렇게 신나는지 낄낄거리는 레이그란츠를 보며 생각했다. 며칠 보면서 느낀 건데, 확실히 무(武)에 대한 그의 이해는 높다. 소림사나 무당파 같은 정파 계열은 물론 일월신교(마교)나 혈교 쪽 무공도 두루 알고 있었으니까. 하지만 그뿐, 그는 절정으로 익힌 무공이 없었다. 물론 저것만 해도 굉장한 거지만, 다크의 말에 따르면 저 녀석은 엄청난 천재가 아니던가? 그런데 왜…….

확.

순간 세상이 깜깜해진다. 문자 그대로 깜깜해졌다. 마법에 걸린 것도 아니고, 무슨 저주나 특이한 일에 당한 것도 아닌 극히 일반적인 상황. 그렇다. 누군가가 뒤에서부터 내 눈을 가려 버린 것이다.

만약 내가 보통 사람이라면 깜짝 놀랐을 것이다. 그도 그럴 것이, 누군가가 갑자기 눈을 가리는데 놀라는 게 정상적인 반응일 테니까. 하지만 나는 능력자. 그렇기에 정말 '기절할 듯이' 놀랐다. 그 놀라움은 경악에 가까워서, 나는 감히 비명조차 지르지 못했다.

"누구~게~"

"……."

등 뒤에서부터 높고 귀여운 음색이 귓가를 간질인다. 그것은 더없이 사랑스러워서 나도 모르게 미소를 지어버릴 것만 같은 목소리. 하지만 나는 웃지 않았다. 아니, 웃지 못했다. 사실은, 식은땀까지 흘리고 있었다.

"미, 미소녀다!"

"심지어 고스로리!"

호들갑을 떠는 유저들의 소리에 참담함을 느낀다. 아아, 뭐, 짐작 못한 것은 아니지만 이걸로 확신이군.

"오랜만이야, 핸드린느."

"우우, 린느라고 부르라니까."

투덜거리는 소리와 함께 내 눈을 가리고 있던 손이 떼어진다. 신장 차이가 차이인만큼 그녀는 내 등에 업혀 있다시피 했는데, 마치 중력에 영향을 받지 않는다는 듯 가볍게 내려선다.

"왜 이렇게들 소……. 와우, 미소녀잖아?"

체르멘을 훈련시키고 있던 레이그란츠가 핸드린느를 발견하고는 휘파람을 분다. 그 옆에 붙어 있는 것은 시큰둥한 표정의 유리아. 하지만 그녀 역시 핸드린느를 보고 입을 벌렸다.

"귀, 귀엽다. 밀레이온, 그거 대체 어디에서 난 거야?"

"어디에서 나다니……."

마족공이 무슨 물건으로 보이나? 헛웃음을 치는데 핸드린느가 앞으로 나서며 치마를 살짝 끌어올리며 공손하게 예를 표한다.

"모두들 만나서 반가워요~ 제 이름은 핸드린느 레오니아. 멸성의 대공이라고도 불린답니다."

에헷, 하고 뿜어져 나오는 미소에 다들 아아― 하고 쓰러진다. 흠, 확실히 귀엽기는 귀여운 외모다. 완전히 타버린 재를 꼬아 만든 듯한 회색 머리칼에 새하얀 피부와 대조되어 더욱 두드러지는 검은색의 드레스. 그녀의 움직임에는 일정한 율동 같은 게 있어서 가만히 보고 있으면 작은 나비가 팔락팔락하고 날갯짓을 하는 것만 같다.

"만나서 반가워. 나는 레이그란츠 더 페시리온, 레이 오빠~ 하고 부르면 돼."

"나는 유리아! 그냥 언니라고 부르렴."

화기애애한 분위기. 아아, 역시 멸성의 대공이라는 단어를 주의 깊게 들은 녀석이 없군. 제니카가 있었다면 대번에 난리가 났겠지만, 그녀는 밤이 됨과 동시에 자겠다며 나가 버렸다. 누가 뭐래도 지금은 새벽. 물론 이렌토 영지는 한국보다 유럽 쪽하고 시간대가 맞아 낮이지만 한국인이라면 잠들 시간인 것이다.

휘잉!

그때 창문을 통해 푸른색의 비룡이 모습을 드러낸다. 손바닥만 한 크기에 날렵한 비행이 인상적인 글레이드론이다.

"순찰은 끝났어?"

[그래. 대충 다 살펴봤는데 더 이상 단체로 뭉쳐 있는 언데드는 없는 것 같…… 어헉?]

막 내 어깨로 내려서려던 글레이드론은 깜짝 놀라 미끄러졌다. 물론 내가 잡아채긴 했지만, 비행에 능숙한 글레이드론이 그런 상황에 처했다는 자체가 그의 경악을 알려주는 것이리라.

"어머나! 귀여운 모습으로 변하셨군요."

[네가…… 어떻게?]

당장이라도 본체로 돌아갈 것처럼 긴장하는 글레이드론. 하지만 핸드린느는 별 상관없다는 듯 고개를 돌려 레이그란츠에게 말했다.

"레이 오라버니, 7시예요."

"오, 오라버니……."

하트에 직격! 이라는 표정으로 비틀거리는 레이그란츠. 하지만 그는 이내 그녀의 말에 담긴 의미를 깨닫고 비명을 질렀다.

"악!! 7시!"

"7시가 뭐?"

에일렌의 물음에 레이그란츠는 한숨을 쉬었다.

"아침이니까 그만 일어나야 한다고. 학교도 가야 하고."

"그러고 보니 학생이었죠, 당신."

워낙 학생 같지가 않아서 원. 하여튼 시간이 급했던지 레이그란츠는 손을

흔들었다

"자, 그럼 모두들 바이!"

그 모습에 유리아가 투덜거린다.

"지금까지 밤새고 바로 학교 가는 거야? 잠은 자고 다니라고."

"우씨! 애초에 네가 놀자고 해서 나온 거였잖아."

역시 투덜거리며 뒤로 물러서는 레이그란츠, 그리고 로그오프. 그의 모습이 깔끔하게 사라진다.

"저게 로그오프군요."

"에? 핸드린느는 유저가 아니야?"

"네. 저는 NPC예요."

당당한 답에 유리아가 고개를 갸웃거린다.

"에? NPC는 보통 자기가 NPC라는 사실을 모르던데."

"훗, 중요 NPC거든요."

그녀의 말에 무심코 고개를 끄덕인다. 물론 그렇지. 이게 정말 게임이라면, 그녀만큼 중요 NPC가 없다. 왜냐하면 그녀는 일종의 최종 보스 같은 존재였으니까.

"그런데 린느는 왜 온 거야?"

"아, 오빠한테 할 말이 있어서요."

"뭔데?"

"언니한테 말해줄 필요는 없다고 보는데요."

흥, 하고 고개를 돌리는 핸드린느. 그 동작 자체는 매우 귀여웠으나 에일렌은 주먹을 떨었다.

"그럼 어쩌자고?"

"헤헤, 따라와요."

내 옷깃을 잡아당기는 핸드린느의 모습에 주변 전력을 계산한다. 이런, 제길. 실수한 건가? 그나마 이 중에서는 가장 강한(물론 나는 제외) 편에 속하던 레이그란츠가 빠져 버린 이상, 만약에라도 그녀를 이길 가능성은 없다. 아니, 사실 그런 요소들을 뺀다 해도 여기 멤버들로 그녀와 싸울 수 있을지는 미지수다.

철컥.

무심코 품속에 손을 넣어 데져트 이글을 꺼내 든다. 아, 역시 나온다. 파니티리스의 문명 레벨에 맞지 않아 꺼낼 수 없는 물건들이지만, 한정 조건으로 핸드린느가 가까이 다가오면 꺼낼 수 있는 것이다.

"시리우스의 무한한 힘이여, 지금 그 영광으로 내 존재를 억압하는 그 모든 봉인을 해제한다."

봉인을 해제하자 후욱— 하고 기파가 퍼져 나간다. 깜짝 놀라 내쪽으로 시선을 돌리는 유리아와 다른 유저들. 하지만 핸드린느는 별로 놀라지 않고 웃고 있었다.

"에헤헤. 평화적으로 가죠? 저 오늘 무기도 가지고 왔는데."

"무기?"

"웃차."

핸드린느가 손을 뻗자 공간이 일그러지며 한 자루의 검이 모습을 드러낸다. 온통 새까만 검신에 아름답게 양각되어 있는 룬어. 핸드린느가 그 검을 꺼내 드는 순간, 사방으로 강대한 오오라가 퍼져 나간다.

"어, 어어?"

"이건 무슨……."

"하, 하하하?"

모두들 놀라 뒤로 물러선다. 아니, 다른 사람을 볼 것도 없이 나만 해도 지금 엄청난 공포를 느끼고 있다. 검에서 느껴지는 것은 그 끝을 알 수 없는 힘. 수없는 절망과 죽음. 파멸과 증오의 결집체.

“윽.”

꼼짝도 하지 못한다. 아니, 숨조차 제대로 쉬지 못한다. 단지 보고 있는 것만으로 위압되어, 감히 어떤 행동도 취할 수 없었다.

“도베라인?”

“네. 전에 레이그가 들고 나갔을 때 한 번 봤었죠?”

“한층 더 강해진 것 같군.”

“그때는 휴면 상태였으니까요.”

나는 예전에 꾼 꿈을 떠올렸다. 그래, 저 검은 일루전의 사장이라고 할 수 있는 존재. 그러니까 초천사(超天使) 시리우스가 다루던 쌍검 중 하나다. 그리고 보니 저 검은 봉인되었던 것 같은데 왜 핸드린느가 가지고 있는 거야?

“우, 우와. 너, 뭐야?”

“NPC요. 말하자면……. 최종 보스?”

에헤헷, 하고 웃음 짓는 핸드린느의 모습에 유리아는 황당하다는 표정을 지었다.

“하지만 퀘스트 같은 건 없는데?”

“그야 파니티리스로 향하는 모든 퀘스트 링크(Quest Link)를 끊었으니까요.”

“최, 최종 보스는 그런 것도 할 수 있는 거야?”

“헤헤, 너무 쫄지는 마세요. 시나리오상 전 아직 유저랑 부딪치지 않으니까요.”

“흥.”

자존심에 상처를 입었다는 듯 투덜거리기는 하지만 싸우지 않는다는 것에 안도하는 유리아. 그래, 사실상 죽음의 두려움이 없는 그녀조차 긴장할 정도로 도베라인에서 뿜어지는 기운은 엄청났다. 저걸 들고 있는 최상급 마족보다도 검이 더 대단하다고 생각했는데, 이제 보니까 마족공보다도 무섭다. 아, 물론 나로서는 마족공의 힘조차 감히 가늠할 수 없을 정도지만 말이다.

"어쨌든 따라오세요."

"잠깐."

문득 나서는 에일렌의 말에 핸드린느는 도베라인을 놓아버렸다. 허공에서 모여든 어둠에 빨려 들어가 버리는 도베라인. 핸드린느는 오른손을 흔들어 어둠까지 깔끔하게 털어버린 후 물었다.

"왜 그러세요?"

"별거 아니야, 최종 보스. 그냥 무슨 일을 하려는지가 궁금해서."

"별거 아니에요. 그냥 보여 드릴 게 있어서 그러는 거니까."

"그럼 여기서 보여줘."

에일렌의 말에 핸드린느는 눈을 가늘게 떴다. 하지만 별 상관없다는 것일까? 이내 어깨를 으쓱이며 말했다.

"좋아요. 봐도 상관없는 거니까."

그녀는 그렇게 말하더니 오른손을 슥, 하고 그었다. 그와 동시에 열리는 차원의 문. 그리고 그 문에서는 익숙한 존재가 모습을 드러냈다.

검은 머리칼에 검은 눈동자를 가지고 있는 전형적인 동양인. 키는 조금 작아 인형 같은 외모를 가지고 있는 10대 중후반의 청년. 그는 차원의 문을 걸어 나오며 휘파람을 불었다.

"와우! 샛길을 이용하시는 센스가 느껴졌군요."

"흥. 준비는 끝났어?"

"물론입니다, 아가씨."

장난스럽게 웃기는 하지만 자세 자체는 매우 정중하다. 하지만 왜? 핸드린느가 마족공이라고는 하지만 그는 무려 마왕이다. 힘, 직위 등 모든 면에서

그가 핸드린느에게 밀릴 이유가 없을 텐데? 당황하는데 그가 우리를 발견한
듯 인사한다.

“둘 다 오랜만~ 잘 지냈어?”

활짝 웃으며 손을 흔드는 형준. 여전히 그에게서는 아무런 힘도 느껴지지
않았지만 그래도 난 움직이지 못했다. 그는 마왕(魔王). 마계에서도 10명밖
에 없으며, 그 한 명 한 명이 신에 필적한다는 초월자(超越者)로 힘으로만 치
면 나를 훈련시키던 12지신에 맞먹는 존재다. 다른 신들과 마찬가지로 물질
계에서는 힘을 쓸 수 없다고 알고 있었는데 왜 여기에서 나온단 말인가?

“정말…… 오랜만이야, 리블.”

“하하. 그렇게 반겨주니 나도 고…….”

사람 좋게 웃던 형준의 얼굴이 딱딱하게 굳는다. 잠시 멍하게 있다가 이내
한숨 쉬는 형준. 그는 난감하다는 듯 웃으며 머리를 긁적였다.

“기억을 되찾았어?”

“응. 이 상황에 할 말은 아니지만, 이 몸을 준 건 고마워.”

“하하.”

갑자기 무거워지는 분위기에 당황한다. 기억을 찾다니. 그건 무슨 소리지?
하지만 내가 당황하거나 말거나 상관없다는 듯 에일렌이 묻는다.

“이미 다 지난 일이지만……. 하나만 물을게. 왜 그랬지?”

그녀의 물음에 형준은 웃었다.

“훗, 나는 배신의 군주. 배신의 군주는 원래 배신하는 법이지.”

“……리블.”

“웃차! 핸드린느님, 이것.”

형준은 잽싸게 물러서며 핸드린느에게 뭔가를 넘겼다. 손가락만 한 크기
를 가지고 있는 검은색의 돌. 핸드린느는 그걸 받아 들었고, 형준의 몸은 다
시금 공간의 틈으로 빨려 들어갔다.

“리블!!”

“Good bye my lady. 이번에는 행복하시길 바랍니다. 죄송하게도……. 조금 어렵겠지만.”

“이봐, 잠깐!”

에일렌은 소리쳤지만 형준의 모습은 순식간에 사라져 버렸다. 닫히는 차원의 틈. 나는 무심코 손을 뻗어 앞으로 나서려고 하는 에일렌을 잡았다.

“뭐야……. 저 녀석을 알고 있었어?”

“살아 있었을 때야. 기억난 건 최근이고.”

살아 있었을 때라는 건, 그녀가 일루전의 신들과 계약해 환원령이 되기 전을 말하는 거겠지. 하지만 그렇다고는 해도 마왕과 아는 사이였다니.

“어떻게 아는 사이인데?”

“나를 죽였던 녀석.”

“…….”

순간 할 말을 잃어버렸다. 뭐라고? 당황해 뭔가 물으려는데 핸드린느가 오른손을 들어올리며 소리친다.

“자자, 모두 거기까지! 슬슬 저도 하려던 걸 해도 될까요?”

“하려던 것?”

“네. 요컨대!”

핸드린느의 손이 내려지는 것과 동시에 하늘에 거대한 구가 모습을 드러낸다. 그것은 단 한 점의 밝음조차 포함하지 않은 암흑. 그것은 이내 땅으로 떨어졌고, 그와 함께 땅에 거대한 구멍이 뚫린다. 그러자 그 범위 안에 있던 건물들이 다 그 안으로 무너져 내린다.

“장비 2번! 실라이론!”

사령검을 불러내 몸 주위로 띄워놓고 마력을 활성화시켰다. 저 건물들에는 당연히 사람들도 있다! 저 암흑이 뭔지는 모르겠지만 빠졌다가는 결코 안

전할 수 없……!

"멈춰요."

막 달려가려던 자세 그대로 멈춘다. 그뿐이 아니다. 마력 전체가 문자 그대로 '멈춰' 버린다. 뭐, 이런?!

"까악! 집이!"

"이게 뭐……. 우아악!"

무너져 내리는 건물 속에서 비명이 들려오지만 꼼짝할 수가 없다. 완벽하게 걸렸다. 성표까지 얻어버린 내 항마력은 결코 쉽게 뚫릴 정도가 아닐 텐데도 이렇게 쉽사리 당해 버리다니. 나는 어떻게든 움직이는 눈동자를 돌려 난데없이 생겨 버린 거대한 구덩이를 보았다. 폭은 대충 봐도 500미터 이상. 순식간에 생겼다고 하기에는 상당한 크기다. 하지만 왜?

콰드드득— 키릭—

"맙…… 소사!"

무저갱(無底坑)처럼 펼쳐져 있는 어둠 속에서 무수하게 많은 적광이 번뜩거린다. 그것들은 정말 무수하게 많은 눈동자들. 맙소사! 어마어마한 숫자다. 내 천리안이 잘못되지 않았다면 그 수는 못해도 수십만. 게다가 언뜻 봐도 최상급 마족으로 보이는 녀석도 십수 마리 이상 보인다.

"대체…… 무슨 생각이야? 지나치다고!"

에일렌이 당황해 소리친다. 아아, 동감이다. 세상이 이 무슨 숫자란 말인가? 최고로 약해 보이는 것도 중급. 게다가 그 수는 수십만에 달한다. 맙소사, 겨우 800의 유저로 자신만만하던 우리 쪽이 놀라 뒤집어질 만한 숫자가 아닌가? 저 정도 마족들이면 세상을 열댓 번은 들었다 놨다 할 수 있을 정도다. 아니, 만약 유저가 없었다면 파니티리스 따윈 최상급 마족 하나만 떠도 멸망의 위기다! 그런데 최상급 십여 마리에 그 아래 마족들은 수를 셀 수가 없을 정도라니!!

"헤에, 지나치다니. 뭘 말하는 건가요?"

"저, 저 마족들, 아니, 그보다 아무리 차원장이 걷혔다고 해도 이만한 숫자를 끌어올 수 있는 거야? 차원을 넘는 건 결코 간단한 일이 아닐 텐데?"

그 강력하다는 다크나 카인조차도 사건이 물질계에 관여되면 덜덜 떨면서 최대한 아껴가며 깃털을 사용한다. 실제로 핸드린느 혼자서도 힘을 사용하는 데 제약이 있을 거라고 하지 않았는가? 그런데 이만한 숫자의 마족들을 불러오다니.

"아, 깃털을 말하시는 건가요?"

핸드린느는 귀엽게 웃으며 양손을 들어올렸다. 그와 동시에 공간의 틈이 열린다.

"아……."

나도 모르게 신음한다. 아무리 적게 잡아도 몇백은 되어 보이는 깃털이 핸드린느의 주변을 맴돌고 있었으니까. 뭐, 뭐냐, 저거. 귀하다면서? 현자의 돌을 변형시켜도 열 몇 개밖에 안 나온다더니 이 규모는 뭐야?!

"아, 깜빡하고 말씀을 안 드렸네요. 사실 전 파니티리스에는 아무런 관심도 없습니다. 파니티리스의 신드로이아는 이미 봉인되어 버린 상태니까요."

"뭐? 그럼 왜……."

쿠르르르―

땅에 뚫린 구덩이에서 기어 나온 마족들이 하나둘 핸드린느의 주변에 포진하기 시작한다. 수십, 수만의 마족들 사이에서 태연하게 서 있는 회색 머리칼의 소녀. 그녀는 손을 들어 근처에 있는 마족을 쓰다듬었다. 그 마족은 덩치만 해도 십여 미터에 달하는 괴물이었는데, 핸드린느가 자신을 쓰다듬자 가릉거리며 좋아한다.

"괴, 괴물이다!"

"으아악!"

당연하게도 주변은 완전 패닉 상태였다. 마족들은 딱히 인간들에게 관심을 가지지 않았지만 수만의 마족은 단지 움직이는 것만으로도 자연재해에 맞먹는 재앙이다. 무너지는 건물, 밟혀 터지는 인간들, 그리고 그런 재앙의 한가운데에서 회색 머리칼의 소녀는 웃고 있었다.

"일루전이라는 게임이 처음 생겼을 때 생각했죠. 이걸 어떻게 이용할 수는 없을까, 하고요. 만약 그 '유저'라는 존재들이 다른 차원에서 온다면, 그 링크를 이쪽에서 연결할 수 있을 테니까요."

무슨 소리를 하는지 모르겠다. 그러니까, 그녀는 지금 파니티리스를 지키기 위해 만들어진 일루전의 시스템을 이용하겠다고 말하는 것인가?

"왜 그런 과정을 거쳐야 하지?"

"모르세요? 천족과 마족은 원래 물질계로 나가기 힘들어요. 간혹 고만고만한 천, 마족들이 기계의 힘을 빌어 차원을 넘어가긴 하지만, 어차피 신드로이아는 문명권이 존재하는 거의 모든 행성을 지키고 있어요. 가끔 낮은 확률로 가호를 받지 않은 행성이 나오기도 하지만, 문자 그대로 희귀한 확률일 뿐이죠."

"잠깐 기다려. 그게 대체 파니티리스랑 무슨 상……. 설마?"

문득 대항쟁의 기록이 머릿속에 떠올랐다. 수많은 천족과 마족이 힘을 합쳐 파니티리스에 잠들어 있는 신드로이아를 탐했던 사건. 그리고 그 덕에 신드로이아는 폭주했고, 행성 파니티리스는 외적 차원에 대해 매우 취약한 구조를 지니게 되고 말았다. 12지신들이 일루전이라는 게임을 만들어 유저들을 파니티리스에 파견시키기로 한 것도 그 때문이다.

하지만 파니티리스에는 마족이 별로 나오지 않았다. 그만한 가치가 없었기 때문이다. 파니티리스에 존재하던 신드로이아는 이미 봉인되었으니까. 하급 천, 마족이라면 몰라도 고위급 존재들은 관심을 가질 이유가 없었던 것이다. 예전 다크도 그랬다. 핸드린느가 파니티리스를 노리는 이유를 모르겠다고.

하지만 이렇게 생각하면 어떨까? 애초에 핸드린느가 노리던 것이 파니티리스가 아닌 '다른 곳'이라면? 그렇게 공격하던 파니티리스가 사실은 신들의 행동을 유도하기 위한 미끼라면?

"어머, 이제야 눈치 채셨나요?"

"너……."

"네, 제가 노리던 건 프레이드. 아, 이렇게 하면 잘 못 알아들으시겠네. 그러니까 제가 노리는 건 지구 쪽입니다."

"잠깐만! 지금 무슨 소리들을 하고 있는 건지 전혀 모르겠어! 이거 퀘스트? 이벤트? 뭐야, 대체?!"

혼란스럽다는 표정으로 소리치는 유리아. 하지만 핸드린느는 상관없다는 표정으로 좀 전에 형준에게서 받았던 돌을 들어올렸다.

"멸성(滅星)의 대공(大公) 핸드린느 레오니아의 이름으로 명한다."

우어어어어—!!

난데없는 포효 소리에 놀라 하늘을 올려다보았다. 하늘에 떠 있는 것은 세 번째 달. 세상에! 더 커졌다. 저 세 번째 달은 원래부터 컸는데, 지금은 너무나도 커져 하늘 전체를 뒤덮고 있다. 아니, 커진 게 아니다. 저 달은, 틀림없이 가까이 다가왔다!

"눈을 떠라, 퀴클롭스(Kyklops)."

나직하게 울려 퍼지는 목소리. 그리고 그와 함께 거대한 달이 그녀의 말대로 [눈을 뜬다]. 은은하게 빛나는 회백색의 눈동자. 거대한 달은 그 눈동자를 움직여 우리 쪽을 응시했고, 이내 난 비틀거리기 시작했다. 마치 뭔가가 내 내부에 파고들어 와 휩쓰는 듯한 불쾌감. 그 느낌을 받는 게 나뿐만이 아닌 듯 유리아를 비롯한 유저들의 몸이 쓰러졌고, 잠시 후 나 역시 주저앉고 말았다.

"이건……."

"나중에 뵙도록 하죠."

양손으로 치마를 살짝 끌어올려 정중하게 예를 취하는 핸드린느. 순간 세상이 공명하기 시작하고—

"큭……."

나는 정신을 잃었다.

귀환

　　　　　　　"어이, 쪼다~"

"……."

"부르면 대답해, 이 병신아."

픽!

의자에 앉아 있던 중석은 머리를 후려치는 타격에 그대로 땅에 떨어졌다. 반쯤 졸고 있던 그로서는 문자 그대로 당혹스러운 기습. 그는 깜짝 놀라 몸을 일으켰고, 그를 포위하듯 자리하고 있던 이들 중 하나가 비릿한 웃음을 흘렸다.

"얼씨구, 또 졸았어."

"이런 새끼가 점수 나오는 거 보면 존나 신기하네."

"커닝한 거 아냐?"

낄낄거리며 떠들어대는 세 명의 모습에 중석은 주눅이 든 표정으로 눈치를 살폈다.

“저, 그……. 무, 무슨 일이야?”

“일루전을 하는데 요금이 모자라서. 돈 좀 빌려주라.”

“어, 없어.”

“하?”

쫙―!

거친 소리와 함께 중석의 머리가 세차게 돌아갔다. 느닷없는 소리에 깜짝 놀라 모이는 시선들. 하지만 삼인방이 뭘 보냐는 듯 마주 보자 하나둘 관심을 잃고 흩어져 버렸다. 딱히 그들을 겁내서라기보다 하루 이틀 일이 아니었기 때문이다.

“와우. 정원이, 너 오늘따라 왜 이렇게 까칠하냐?”

“오늘이고 뭐고, 이 새끼만 보면 짜증나서. 아, 병신. 깝치지 말고 어서 내놔. 너 용돈 꽤 많이 받잖아?”

“…….”

항상 그랬다. 딱히 잘못한 것도 없는데 무시와 경멸을 받는다. 어쩌면 운이 나쁜 것일 수도 있다. 정원을 만나기 전엔 이 지경까진 아니었으니까. 하지만 그의 잘못이라고도 할 수 있다. 그가 좀 더 반항하고, 싫은 티를 확실하게 내었다면 정원이라고 해도 이렇게까지는 할 수 없었을 테니까.

학교에서 벌어지는 폭력은 대부분 이런 방식이다. 무슨 80년대처럼 조직 폭력배가 성행하고 불량 문화가 퍼진 것도 아닌데, 격렬히 저항하는 이를 괴롭히는 건 여러모로 피곤한 일이다. 학원 폭력이라고 해봐야 자기보다 약한 이를 괴롭히는 것뿐, 실제로 괴롭히는 이들이 특출하게 싸움을 잘하는 건 아니었다. 당하는 건 소극적이고 자기 의사를 잘 표현하지 못하는 이들뿐이다. 싸움을 잘하고 못하고가 아니라 성격의 문제인 것이다.

“대답 좀 하지? 이 새끼가 누구 말을 씹…….”

쿠구구구―

그때 땅이 흔들리기 시작했다. 깜짝 놀라 자리에서 일어나는 학생들. 그 진동은 이내 멈췄지만 학생들은 술렁이기 시작했다.

"방금 뭐야? 지진?"

"우와! 나 이런 거 처음이야."

"뉴스에라도 나오는 거 아냐?"

중석의 문제에는 신경도 쓰지 않던 학생들이 웅성거렸다. 그것은 중석을 괴롭히던 삼인방도 마찬가지여서 그에 대해서는 잊고 좀 전의 일에 대해 자기네들끼리 떠들어댔다.

"후우."

중석은 학생들이 떠들기 시작하는 모습에 한숨을 쉬었다. 어쩌다 이렇게 까지 된 것일까. 그가 당하는 모습을 하도 봐왔기 때문인지 그나마 몇 안 되던 친구들도 다 떨어져 나간 상태다. 자신은 아무런 잘못도 하지 않았는데……. 단지 좀 소극적이라 괴롭힘에 단호히 반항하지 못하고, 그냥 두면 괜찮아질 거라는 안이한 생각만 하다 이 지경에 이르러 버렸다.

그는 조용히 문제집을 폈다. 요새는 일루전을 플레이하느라고 공부에 좀 소홀했다. 그도 이제 고3. 일루전 속에서 마스터의 경지에 올라 어지간한 직장인보다도 많은 돈을 벌 수 있게 되었지만, 그래도 수험생이 공부를 포기할 수는 없었다. 펼쳐지는 문제집과 공책. 그는 작게 투덜거렸다.

"하긴 뭐, 아빠한테 마스터가 되었다고 말하면 기껏 배운 무술을 엉뚱한데 낭비한다고 하시겠지."

그는 강했다. 솔직히 말하자면, 상당히 강한 편이라 어지간한 운동선수에 맞먹을 정도였다. 만약 실제로 싸우고자 마음먹으면 어지간한 성인 남성 대여섯 명 정도는 거뜬히 쓰러뜨릴 수 있을 정도. 하지만 그럼에도 사람들과 다툰다는 행위 자체를 할 수가 없었다.

"두려운 걸까나."

역시 성격의 문제. 그가 일루전 속에서 이중인격에 가까운 행동을 하는 것도 어쩌면 그런 자신이 싫어서일지도 모른다.

"우와! 저것 봐!"

"뭐야, 대체?"

막 문제집을 풀려던 중석은 창가에 있는 학생들의 소란스러움에 고개를 들어 그쪽을 쳐다보았다. 뭔가 신기한 것이라도 생긴 것일까? 이미 상당수의 학생들이 창가에 달라붙어 밖을 바라보고 있었다.

크르르…….

그때 들려오는 소리. 중석에게는 익숙한 소리가 들려왔다. 거기에 진득하게 풍겨 나오는 악의(惡意)와 살의(殺意). 현실에서는 도저히 들을 수 없는 공포의 파동.

"뭐, 뭐야?"

"이쪽으로 온다!"

이제야 뭔가 잘못되고 있다는 걸 깨달은 학생들이 술렁인다. 그것은 있을 수 없는 상황. 중석은 재빨리 일어나 창가로 다가가 밖을 쳐다보았다.

크르르…….

"마…… 족?"

믿을 수 없는 현실에 중석은 저도 모르게 신음을 하였다. 마족. 마족이라니? 게임 속에서나 존재하던 이들이 왜 운동장에서 나타나고 있다는 말인가?

"저게 뭐야, 괴수 인형? 왜 저런 게 운동장에 있지?"

"그래도 꽤 실감나는데? 저기 저건 거의 5미터는 되는 것 같…….".

"엎드려!!"

비명을 지르며 고개를 숙이는 중석. 하지만 평소 그를 무시하고 있던 학생들은 그를 비웃었다.

“크하하! 병신새끼, 지금 뭐라고 하…….”

콰득!

순간 기다란 촉수 같은 게 창문을 후려치고 지나갔다. 일시에 터져 나가는 유리창과 거기에 휩쓸리는 학생들. 그와 동시에 문자 그대로 피의 비[血雨]가 내리기 시작했다.

“우, 우와아악!!”

“뭐야? 뭐야, 저게?!”

“까악!!”

마족의 공격을 받은 건 비단 중석의 교실뿐이 아니었다. 낯선 괴물의 등장으로 학생들은 창가에 바짝 몰려 있는 상태였고, 마족들은 그들에게 돌진했다. 4층에 있던 중석의 교실까지 단방에 공격당할 정도이니 거리란 건 사실상 의미가 없다는 소리.

크르르륵!

캬아아!!

마족들이 포효하며 공격하기 시작했다. 그 앞에서 인간은 무력할 뿐이다. 마족들의 운동 능력은 무시무시할 정도여서, 3~4층 정도의 건물 정도는 우습게 뛰어 올라온다.

“말도… 안 돼.”

때는 겨울. 차가운 바람이 패닉에 빠져 있던 중석의 머리를 식혀주며 지나갔다. 하지만 머리가 식었다고 해도 현 상황이 파악되는 것은 아니다.

마족들이 현실에 나타났다.

말이 되는가? 마족이라는 건 게임 속에 존재하던 캐릭터다. 문자 그대로 공상의 존재. 하지만 꿈이 아니라면, 마족들은 틀림없이 인간들을 살육하고 있었다.

콰득!

거대한 못이 날아와 창가에서 우왕좌왕하고 있던 여학생의 머리를 부숴 버렸다. 아니, 못이 아니다. 그것은 일종의 뼈. 마족은 자신의 몸속에서 뼈를 총탄처럼 발사한 것이다.

"기랄트."

아는 마족이다. 그것도 무려 상급의 마족. 중석은 절망했다. 상대가 정말 그가 알던 기랄트라면, 상황은 시간을 끈다고 해결되지 않을 것이 분명했기 때문이다. 상급 마족이라는 건 상식을 초월하는 존재. 설사 군대가 온다 해도 상대하기 버거울 것이다.

"사, 살려줘!"

"까악!"

비명과 절규가 가득한 공간에서 중석은 필사적으로 복도를 향해 기었다. 도망쳐야 한다. 그들이 정말 그가 아는 마족이라면 저항 따윈 무의미하기에. 여기에서의 그는 마스터가 아닌 일개 학생일 뿐이다.

찌릿.

"웃?"

막 기어가려던 중석은 왼손에서 느껴지는 통증에 신음했다. 뭔가에 찔린 건가? 하고 고개를 숙였는데, 그 순간 그의 손등 위로 그려져 있는 문장이 눈에 들어왔다.

"……말도 안 돼."

신음한다. 왜냐하면 있을 수 없는 일이었으니까. 하지만 그는 곧 고개를 들어올렸다. 생각해 보면 마족이 튀어나온다는 것 자체가 있을 수 없는 일이기는 하다. 그렇다면…….

슥.

중석은 자신의 품속에 손을 넣었다가 뺐다. 딸려 나온 것은 태극 마크가 그려져 있는 머리띠. 그는 헛웃음 지으며 그것을 들어올렸다.

“하하하.”

문득 뭘까, 이건? 하는 생각이 들었다. 만약 평화로운 나날이 지속되던 상황에서 문장이 생겨났다면 머리띠를 매는 데 한참을 고민했을 것이다. 하지만 지금은 마족들이 공격을 시작한 상황. 그는 그대로 머리띠를 들어올려 질끈 동여매었다.

“이거야…… 원.”

그것이 스위치. 침침하게 가라앉아 있던 그의 눈동자가 생기로 빛나기 시작했다. 이미 그는 수만의 몬스터를 꿰뚫으며 평원을 달리는 최강의 무투가로 되돌아가고 있었다.

키에엑!

그때 마족 하나가 창문으로 뛰어올라 학생들을 습격한다. 그 속도는 실로 빨라 그야말로 쏘아진 화살처럼 느껴질 정도였지만.

펑!

터져 나간다! 주먹질이라기보다 산탄총에 가까운 공격! 놀랍게도 마족의 몸은 공기가 징— 하고 울릴 정도의 충격파와 함께 넝마로 변해 버린다. 그것은 무슨 애니메이션에서나 나올 것 같은 광경이어서 패닉에 빠져 있던 학생들조차 숨을 멈춘다.

“뭐, 뭐야, 방금?”

“괴, 괴물이……?”

당혹스러워하는 학생들. 중석, 아니, 레이그란츠 더 페시리온은 피비린내 나는 교실에서도 유쾌하다는 듯 웃으며 손을 흔들었다.

“와우! 모두들 미안. 나라는 인간이 좀 둔해서 자각이 늦고 말았네. 이제부터 여기는 내가 맡을 테니까 모두 계단 쪽으로 뛰어.”

“하? 이 새끼가 무슨 소…….”

콰득!

순간 뒤쪽에서 덤벼든 마족 하나가 달려들 때의 배 이상 속도로 팅겨 나간다. 그것은 실로 믿을 수 없는 광경. 평소 그를 발아래 두고 지냈던 정원은 그 믿을 수 없는 광경에 숨을 들이켰다. 그의 앞에 있는 것은, 마치 그가 알던 중석이 아닌 것만 같다. 마치 한순간에 전혀 다른 사람이 된 것처럼.

"도망가라면 도망가라, 좀! 에잇, 제기랄!"

레이그란츠는 투덜대며 창밖으로 뛰어내렸다. 물론 그의 교실은 4층이었지만, 인간을 초월한 그에게 그 정도의 장애는 아무런 문제도 아니었다.

"좋아."

레이그란츠의 몸을 휘돌고 있는 것은 반투명한 형태를 가진 바람의 정령, 그리고 그의 주먹에 맺힌 것은 푸르스름하게 권기(拳氣)! 그의 눈앞에는 수많은 마족이 있었지만 그는 전혀 두렵지 않다.

"그럼 시작해 볼까!"

*   *   *

"모두 피해!!"

"꺄악!"

병원으로 들이닥치는 마족들의 습격에 사람들이 비명을 지르며 도주하기 시작했다. 하지만 시속 20킬로에도 못 미치는 인간들이 자동차보다도 훨씬 빠른 마족들을 상대로 도망칠 수 있을 리가 없다! 게다가 마족들의 지각력은 인간의 수준을 가볍게 상회하기 때문에 자기 속도를 못 이기고 벽에 충돌한다거나 하는 일은 결코 일어나지 않았다.

쾨득!

사냥이다. 문자 그대로 가장 원색적인 의미의 사냥. 마족들은 노련한 사냥꾼이었고, 사냥감들을 능숙하게 몰아 처리했다.

사람들은 비명을 지르며 도망갔다. 사실은 마족이 자신들을 몰아가고 있다는 것도 모른 채. 그들이 그 사실을 알았을 때는 이미 포위된 후였다.

"끄, 끝이야."

"……우리를 시험에 들게 하지 마옵시고, 다만 악에서 구원하옵소서. 나라의 권세와 영광이 아버지께 영원히 있사옵나이다. 아멘."

"살려줘……. 죽고 싶지 않아……."

패닉에 빠진 사람들을 천천히 포위하기 시작하는 마족들. 그때 모여 있는 사람들 사이에서 묵묵히 자신의 손등을 보고 있던 사내. 원중은 옆에 있는 간호사를 돌아보며 말했다.

"혜선 양, 자네는 담배 피지? 줘."

"다, 담배라고요? 지금 이 상황에 무슨 소……."

"줘."

"……."

혜선은 흔들림조차 없는 그의 목소리에 당황하면서도 거의 무심결에 자신의 담배를 넘겼다. 그녀의 담배를 받아 들기가 무섭게 탈탈 털어내는 원중. 그는 담뱃갑을 버리고 담배들을 들었다.

"저, 저기요, 원장님? 뭘 하……."

휙―

원중은 망설일 것도 없다는 듯이 담배를 마족들을 향해 뿌렸다. 그 난데없는 행동에 바로 몸을 날려 덤벼드는 마족. 하지만 담배들은 허공에서 일정한 자리를 취하더니, 순식간에 둥그런 형태를 짜기 시작했다.

쩡!

튕겨 나가는 마족. 튕겨 나갔다고는 해도 별다른 타격을 입지 않은 분위기였지만 원중은 신경 쓰지 않았다. 애초에 그 담배들이 만들어낸 건 방어 마법진이 아니었으니까.

원중은 근처의 인턴 하나가 무기랍시고 들고 있는 메스를 빼앗아 자신의 엄지손가락을 찔렀다. 흘러나오기 시작하는 피. 그는 그것을 허공에 뿌렸고, 그것들은 담배에 스며들었다.

"내 이름으로 부른다. 너를 부른다. 나는 너의 주인. 무한이 지속될 영겁의 이름이노라!"

나직한 목소리. 그리고 그와 함께 담배로 만들어진 마법진 속에서 은색의 골렘이 모습을 드러냈다.

쿵!

"로, 로봇?!"

"아니, 저건 일루전 속의 골렘이잖아?! 하, 하지만 저게 어떻게……."

믿을 수 없다는 표정으로 벙긋거리는 사람들. 원중, 그러니까 배가본드 길드의 마스터 레이리스 폰 라우레시아는 골렘의 등을 살짝 쓰다듬었다.

"우리를 지켜다오, 럭셔리."

[――!!]

소리조차 없는 포효. 그리고 그와 동시에 은백색의 거인이 움직이기 시작했다.

*　　　　*　　　　*

"……농담이겠지?"

마창사(魔槍士) 트레스카는 자신의 손에 잡혀 있는 거창(巨槍)을 바라보았다.

"이럴 수가……."

더블 마스터(Double Master) 키리에는 잘려 나간 벽의 모습에 신음했다.

“에, 에, 또…… . 이게 말이 되나?”

노래로써 마에스트로(Maestro)에 이른 데이나는 자신에게로 모여드는 시선을 느끼며 어색한 표정을 지었다.

“일어설 수 있어. 병이…… 나았다?”

하이 프리스트(High Priest), 로안은 멀쩡히 움직이는 자신의 몸을 믿을 수 없다는 표정으로 바라보았다.

“선생님!”

“나도 아니까 소리칠 필요 없어. 하지만…… 마나가 느껴지다니.”

재민은 시험 삼아 불꽃을 불러내고는 혹시 자신이 미친 것은 아닌가 하고 진지하게 고민했다.

“괜찮아, 은혜야?”

“응. 하지만 이건— 우리가 로그아웃을 안 했나?”

“확실히 했어. 하지만…… 변신술이 된다.”

인범, 아니, 패러디 오브 라우레시아는 자신의 팔을 오우거의 그것으로 잠시 바꿨다가 원래대로 돌리며 허탈하게 웃었다.

“오, 오우…… .”

청월랑은 미족들에게 잘려 버린 팔이 순식간에 복구되는 모습을 멍청하게 지켜보았다.

“이게 뭐야?” “맙소사! 말도 안 돼.” “새, 샐라임? 에 또… 네가 여기 웬

일?" "잠깐, 잠깐만 여보. 이 아이는 소환수라는 걸로……."

마족들의 공격이 시작되고, 그와 동시에 세계 곳곳의 마스터들이 깨어나기 시작했다. 왼손에 떠오르는 것은 시리우스의 문장, 전신으로 느껴지는 것은 마나의 파동. 유저, 그중에서도 800인의 마스터는 거의 완벽에 가깝게 일루전 속에서의 능력을 발휘할 수 있게 되었다.

"이거 재미있어졌는데?"

석구는 수많은 마족들의 시체 사이에서 피식, 웃었다. 그의 몸을 감싸는 것은 강대한 마력. 그는 하늘을 바라보았다. 멀리에서 날아오고 있는 거대한 검이 느껴졌다.

"슬슬 마무리 작업이나 해놓을까나."

일렁이는 차원. 이내 그의 모습이 사라져 버렸다.

*　　　*　　　*

2021년 1월 15일. 오후 3시.

"으……."

눈을 뜨자 연두색으로 빛나는 이상한 공간이 눈에 들어왔다. 주변은 거대한 들판. 하지만 땅에 박혀 있는 것은 풀이라기에는 좀 특이해 보이는 물건들이다. 이건 뭐야? 마치… 털 같잖아? 물론 하나하나가 내 팔뚝만큼이나 굵은데다 길이도 1미터를 넘어 보여 털이라 부르기는 힘들겠지만 말이다.

"여기는 뭐야?"

하늘에 떠 있던 거대한 달이 눈을 뜨던 것까지는 기억하는데, 그 뒤로는 아무런 기억도 나지 않는다. 정신을 잃었던 건가?

[일어났냐?]

"다크? 어디에서 말하고 있는 겁니까?"

익숙한 목소리에 주변을 둘러보았지만 어디에서도 그의 모습을 찾을 수 없다. 게다가 이 소리는 영언(靈言). 멀리에서 말만을 전하고 있는 것일까?

[그렇게 찾아서는 못 찾을 거다. 네 아래에 있으니까.]

"아래?"

고개를 숙여 땅을 바라보았다. 뭔가 연두색으로 빛나는 기묘한 땅. 딱히 아래층이 있을 것 같지는 않았다.

[후— 그거, 내 몸이다. 넌 지금 내 꼬리 위에 올라와 있는 거야.]

"꼬, 꼬리?"

황당해서 중얼거리자 세찬 바람이 불어오기 시작한다. 아니, 잘 느껴보니 바람이 아니다. 놀랍게도 땅이 움직이고 있었다.

후웅—

순식간에 공간이 옮겨지는가 싶더니 배경이 변한다. 거대한, 정말 농담 안 하고 숨 막힐 정도로 거대한 연두색의 눈동자가 나를 응시하고 있는 것이다. 마, 맙소사! 이게 무슨 크기냐? 보아하니 나와 그 눈과의 거리는 상당한 데도 세상 전체가 그의 눈으로 가득 찬 느낌이다.

[이 상태에서는 대화를 나누기 힘들겠지만, 사정상 현현(顯現)했다.]

"이게……. 당신의 본체?"

[호신(虎神)이라고 했었잖아?]

그는 거대한 호랑이였다. 정말 어지간한 산맥만큼이나 거대한 육체. 그의 몸은 은은한 바람에 감싸여 있었는데, 그의 털 한 올 한 올에서조차 뭐라 범접할 수 없는 힘이 느껴졌다. 정말 앞발 한 번의 휘두름으로 지구고 태양이고 간에 다 한 방에 날아가 버릴 것만 같은 느낌이다.

"그런데 무슨 일입니까?"

[크게 당했지. 핸드린느가 퀴클롭스를 발동시켰어. 일이 이렇게 될 줄이야.]

"퀴클롭스?"

생소한 단어에 의아해하자 다크가 고개를 끄덕였다. 한데 그 크기가 크기인지라 그것만으로 세상이 흔들리는 느낌이다.

[퀴클롭스(Kyklops). 핸드린느가 소유하고 있는 우주 함정의 이름이다. 네가 알고 있는 달[Moon]보다도 최소 5배는 큰 물건으로, 마계에서도 알아주는 물건이지.]

"우, 우주 함정?"

너무 어이없어서 헛웃음이 나온다. 아, 아니, 이젠 별게 다 나오네. 설마하니 그런 거하고 싸워야 한다는 뜻은 아니겠지? 황당해하는데 다크가 이어서 말했다.

[……일루전에는 몇 가지 마법적 장치가 되어 있지.]

"네?"

전혀 뜬금없는 소리에 당황했다. 아니, 지금 이 상황에서 이 녀석은 무슨 소리를 하고 있는 거야? 내가 당황하거나 말거나 상관없다는 듯 다크는 어깨를 으쓱였다.

[일루전에 접속하기 위해 우로보로스(Uroboros)에 탑승하면 우로보로스는 자동적으로 유저의 영체를 읽기 시작한다. 사실상, 손바닥만 하다 해도 상관없는 우로보로스가 그렇게나 큰 이유도 거기에 있지.]

"다크? 지금 그런 이야기를 할 때가……."

[들어.]

너무도 단호한 목소리에 멈칫했다. 내 눈앞에 있는 것은 숨이 막힐 정도로 거대한 호랑이. 언뜻 봐도 그와 나는 몇십 킬로미터 정도 떨어져 있지만 우리는 이렇게 대화하고 있다. 나야 그가 워낙 커 볼 수 있다고 하지만, 그는 대체 나를 어떻게 인식할 수 있는 것일까? 하지만 의아해할 틈도 없이 그가 설명을 하기 시작했다.

[우로보로스는 영체를 읽어 그 대상의 잠재적 가능석. 즉, 재능이라고 하는 것을 알아내. 그리고 그 가능성의 판별이 완료되는 즉시 대상에게 강제적 암시[Suggestion]를 걸어버리지.]

"암시? 일종의 최면 같은 겁니까?"

전혀 처음 듣는 소리에 의아해한다. 암시라니. 일루전을 접속하기 위해 탑승해야 하는 우로보로스에 그런 장치가 있었단 말인가. 내 물음에 다크는 고개를 끄덕였다.

[그래, 요컨대 유저가 게임을 하기 전부터 '아아, 검 휘두르는 거 너무 좋아. 난 기사를 해야지~! 라고 마음먹는다고 해도 그의 재능이 마법 쪽에 있다면 일루전에 접속하는 순간 '흠, 마법사가 더 좋지 않을까?' 라고 생각하게 된다는 거다. 말 그대로 자기도 모르게 그렇게 생각해 버리게 되기 때문에 어지간한 저항력이 있다 해도 그 암시를 피하는 건 불가능에 가까워. 때문에 유저는 언제나 자신의 재능이 향하고 있는 직업을 선택하게 되지.]

"잠깐. 그럼 나는……."

당황하는 나에게 다크는 내 생각이 맞다는 듯 고개를 끄덕였다.

[그래. 네 녀석이 열두 직업을 몽땅 골랐을 때 우리는 정말 놀랐다. 아마 넌 모르겠지만, 열두 직업을 모두 고른 녀석은 2억 명이 넘는 유저 중에서도 네놈이 유일해. 뭐, 다들 '의미 없는 짓이라 넘겼다' 고 생각하겠지만, 네놈이 진짜 특이한 인간이라는 데에는 변함이 없겠지.]

"……."

다크의 고개가 살짝 움직인다. 살짝, 이라고는 하지만 세상 전부를 뒤흔들 것 같은 엄청난 움직임. 하지만 별로 의식한 움직임은 아니었던 듯 다크는 말을 계속했다.

[핸드린느는 모든 인과를 역전하여 파니티리스와 지구를 링크(Link)시켜

버렸어. 궁여지책으로 마스터 급 유저들의 능력을 해방시켜 주기는 했는데, 덕택에 우리들은 인간들을 도울 만한 간섭력이 없게 되었다.]

간섭력이…… 없다? 불길한 느낌에 나는 바로 반문하였다.

"잠깐만, 그게 무슨 말입니까?"

[말 그대로, 한 10분 정도 지난 후의 우리는 인간을 돕긴커녕 조언 한마디 할 수 없는 처지가 된다는 말이야. 상황이 꽤 치명적이라 최대한 서둘러도 향후 100년은 활동할 수 없겠지.]

"그런……!"

이를 악문다. 물론 800명의 마스터는 강하지만, 그들로 핸드린느가 불러 낸 마족들을 다 막아내는 건 너무 힘든 일이니까. 아니, 어쩌면 불가능할지도 모른다. 그런데 그런 상황에서 신들의 원조를 기대할 수 없…….

"……후."

잠시 생각을 멈추고 한숨을 내쉰다. 아니, 내가 지금 무슨 소리를 하고 있는 거지? 신들의 원조라니. 신의 구원도 자비도 필요없다고 여긴 지 얼마나 지났 다고 이런 생각을 한단 말인가. 내가 그렇게나 다크들에게 기대고 있었던가?

[괜찮나?]

"아…… 물론. 그래서 결국 핸드린느의 목적은 뭐죠?"

[생명의 멸망.]

"생명의 멸망?"

전혀 뜻밖의 소리에 의문을 표하자 다크가 입을 열었다.

[그래. 지구 외부에 결계를 설치한 후 모든 생명이 멸절시키면 행성 자체 가 '우주의 모든 생명이 죽었다'고 착각을 일으키게 되거든. 그렇게 되면 생 명의 재창조를 위해 신드로이아가 모습을 드러내게 되지.]

"그렇다는 건……."

[그래, 핸드린느가 원하는 건 바로 그 신드로이아다.]

또 신드로이아인가. 헛웃음만 나온다. 우주를 제어하고 유지한다는 신드로이아는 너무나 귀한 꽃이기에 모든 초월자들이 원한다. 문명을 지켜준다는 점에선 참 고마운 물건이지만 이런 상황에서는 난감하기까지 하군.

"그렇다면 내가 할 일은 뻔하겠군요."

[……그래. 핸드린느를 쓰러뜨리면 된다.]

하지만 그렇게 말하는 다크의 목소리는 별로 밝지 않았다. 힘들다고 보기 때문일까. 하지만 나는 흔쾌히 고개를 끄덕였다.

"좋습니다. 지구를 멸망시킨다는데 그냥 보고만 있을 수는 없죠. 공격은 시작됐습니까?"

내 물음에 다크는 고개를 끄덕였다.

[그래. 그래서 말인데, 좀 빨리 가줘야겠다.]

"좋습니다. 하지만 어떻게……?"

[욥.]

"네에네에."

웅― 하고 공간이 일렁이는가 싶더니 나와 완전히 똑같이 생긴 사내가 모습을 드러냈다.

"오랜만이군요."

"아, 저도 오랜만. 만수는 무강하신지요오."

"……."

아니, 이 녀석 상태가 왜 이래? 어이가 없어서 다크를 돌아보자 헛웃음 소리가 들려왔다.

[좀 부려먹었더니 요새 좀 개기는군.]

"좀? 좀이라고요?!"

분노해 으르렁거리는 욥. 흠, 뭔가 고생을 한 모양이구나. 하지만 일일이 신경 써주기도 뭐해 물어본다.

“그런데 욥은 왜 부르신 겁니까?”

[차원도 넘어야 하고, 겸사겸사 줄 것도 있으니까. 욥.]

“하아, 아주 이 차원에 와서 뿌리를 뽑히는군요.]

[욥.]

“네에네에.”

이젠 포기했다는 표정으로 한숨을 쉬는 욥. 흠, 저 녀석도 나름대로 쿨한 이미지였는데 어쩌다가 이 지경이 되었을까. 하여튼 그는 내 쪽으로 다가오더니 오른손을 들었다.

“잠시 머리를 내밀어 보세요.”

“머리?”

의아해하는데 욥이 내 이마에 손을 올렸다. 찌릿, 하고 뭔가가 찌르는 듯한 느낌. 물러설 뻔했으나 딱히 나에게 나쁜 일을 할 것 같지는 않아 반항하지 않고 그대로 있었다. 욥은 눈을 감고 뭔가 알 수 없는 주문을 외웠는데, 그에 따라 은은한 기운이 내 이마에 모여드는 것이 느껴졌다.

“됐습니다.”

“이렇게 쉽게?”

“원래는 쉽기는커녕 가능하지도 않은 일이지만…… 다크님이 도와주셔서 되는 겁니다. 보세요.”

욥은 거울을 내밀었고, 난 그 거울에 내 이마를 비쳐 보았다. 앞머리에 가려서 잘 보이지는 않았지만 이마에 뭔가 문양이 새겨졌다는 것을 알 수 있었다.

“이건?”

“역($易$)의 문장입니다. 아주 근래, 그러니까 대충 5초 전의 과거를 수정할 수 있는 힘이 있죠.”

“과거를 수정한다고?”

내 물음에 그는 더 말하려다가 이내 뭔가를 깨달은 듯 오른손을 들었다.

“……설명할 시간이 없군요. 기능은 차차 시험하시길.”

그렇게 말하고는 손을 이리저리 휘젓자 딱 내 키만 한 마법진이 떠오른다. 그리고 공명(共鳴). 나는 고개를 들었다. 그곳엔 거대한, 실로 거대한 연두색의 눈동자가 나를 바라보고 있다.

[부탁하지.]

머릿속을 가득히 울려 퍼지는 목소리. 그리고 그와 동시에 눈부신 빛이 세상을 뒤덮는다.

*　　　　　*　　　　　*

툭.

땅에 내려섰다. 어라? 이동된 거야? 너무 밋밋한 이동이라 순간적으로나마 황당할 지경이다. 아니, 명색이 차원 이동인데 이렇게 쉽게 된단 말인가? 하지만 내 발 밑에 있는 것은 아스팔트가 틀림없다. 이게 깔려 있는 이상 이 세계는 분명 내가 알고 지내던 곳이 맞다.

“돌아온 건가.”

자동차, 신호등, 현대식 인테리어의 주택들. 이 세계에서는 너무나 당연하지만 다시는 못 볼 거라 생각했던 것들.

[뭐, 뭐야?]

“여긴 어디?”

[이 무슨…….]

글레이드론, 에일렌, 그리고 체르멘이 주변의 모습을 보고 당황하고 있었다. 아, 그렇구나. 내가 오면서 세트로 딸려 온 것이겠지. 하지만 이들은 이곳의 배경과 명백하게 어긋나는 모습을 하고 있었다. 환한 금발에 검과 방패를 착용하고 있는 에일렌도 에일렌이지만, 드래곤의 모습(작지만)을 하고 있는 글레이드론이나 골렘의 몸에 머물고 있는 체르멘은 누가 봐도 비정상적인 존재이다.

아니, 뭐, 생각해 보면 나도 배틀 코트에 이런저런 장비들을 착용하고 있어서 여기 사람들이 보면 코스프레를 한 것처럼 보이겠군. 제대로 돌아다니려면 복장부터 고쳐야 할 것 같다.

"일단 체르멘은… 모습을 숨기세요."

[어째서?]

"그런 모습이면 여기 사람들이 당황할…….."

쿵!

그때 묵직한 울림과 함께 진동이 전해졌다. 에? 뭐야, 교통사고? 하지만 건물을 박차고 날아오른 건 까만 피부에 사자의 머리를 하고 있는 괴물이었다.

키에엑!!

"마족?!"

아무리 그래도 그렇지 이동하기가 무섭게 등장하다니! 시간이 없다는 게 이런 소리였나?!

"레온! 저 녀석이 물고 있는 거……!"

"칫!"

마족이 물고 있는 시체의 모습에 이를 악물었다. 제길! 정말 화끈하게 해주는군. 망설임없이 땅을 박차 날아올랐다. 그리고 뇌정각(雷霆脚)! 순간 마족의 몸이 단박에 터져 나갔다.

[주인, 여긴 어디냐?]

"내 고향. 그런데 공격받고 있는 모……. 내 고향?"

내 스스로의 말에 놀라 말을 멈추었다. 고향? 고향이라? 다시 한 번 주위를 둘러보니 건물들의 위치나 지형이 매우 눈에 익다. 여기는……. 당황하는데 체르멘이 소리친다.

[조심해라. 사방에 마족들이 깔렸어!]

"……따라오십시오! 에일렌, 경공 쓸 줄 알아?"

"초, 초급이라면."

"그럼 뛰어!"

그렇게 소리치고는 망설임 없이 달리기 시작했다. 어이없게도 주변은 이미 초토화되어 있었다. 마족들이 얼마나 많은지 인간들이 무차별 학살되고 있었다. 미친! 대체 몇 마리나 풀린 거야?!

쾅!

어떤 여인을 공격하려던 마족의 머리를 잡아 땅바닥에 처박았다. 그리고 쇼크 웨이브(Shock Wave)! 손끝에서 퍼지는 충격파에 버둥거리던 마족의 움직임이 멎는다.

"다, 당신은 누구……."

"일단 어디에라도 몸을 피하세요! 에잇, 이럴 게 아니라."

나는 근처의 벽을 후려쳤다. 쾅! 하고 터져 나가는 벽. 나는 거기에서 돌 조각들을 몇 개 주워 모아 마력을 불어넣었다.

"마스터 스킬 발동."

정석 변이(精石變異). 정신을 집중함과 동시에 열댓 개의 돌이 푸르스름하게 빛나기 시작했다. 그것은 룬 스톤(Rune—Stone). 나는 거기에 수호의 주문식을 담았다.

"에, 에? 그건……."

"가지고 있으면 괴물들한테서 몸을 숨길 수 있을 거예요. 한 개당 한 명씩은 커버가 가능하니까 다른 사람들을 만나면 하나씩 나눠 줘요. 단, 너무 강한 마족한테는 통하지 않으니 조심하고요. 알았어요?"

여인의 대답도 듣지 않은 채 그대로 땅을 박차고 앞으로 나아갔다.

나는 익숙한 간판과 건물, 그리고 길을 보고는 이를 갈았다. 제길, 역시 이

마을은……!

"카이더스!"

콰득!

카이더스를 불러 덤벼드는 마족을 잘라 버렸다. 검기를 실었으니 영체까지 베었으나 그래도 마족의 생명력이 질긴 만큼 행동 불능이 될지는 모른다. 여유있다면 확인 사살까지 하겠지만, 아쉽게도 신경 쓸 틈이 없어 무시하고 달린다. 그리고 도착한 곳은 빨간 벽돌의 단독 주택. 이미 그곳 역시 공격을 받은 듯 담이 무너져 있는 상태다.

"합!"

강격(强擊)! 내 쪽으로 덤벼들던 마족이 미사일처럼 날아가 다른 두세 마리의 마족과 함께 날아가 버렸다. 그리고 착지. 나는 집 안을 살펴보았다.

탕! 탕탕!

안쪽에서 총소리가 들려왔다. 엄격한 치안으로 유명한 대한민국에서 총기를 소지하고 있는 인물은 그리 많지 않다. 그렇다면 지금 집 안에 있는 사람 역시 그리 평범하지만은 않다는 소리. 하지만 아쉽게도 권총 같은 건 최하급 마족에게조차 통하지 않는다!

쾅!

돌아가기도 바빠 벽을 부수고 안으로 들어갔다. 집 안에 있는 것은 여덟 개나 되는 늑대의 머리에 황소의 몸을 가지고 있는 마족. 거, 기괴하게도 생겼군. 나는 망설임없이 카이더스를 내뻗었다.

콰득!

관월아(貫月牙). 부드럽게 마족의 몸을 파고든 카이더스의 경력이 마족의 내부를 엉망으로 헤집는다. 비명조차도 지르지 못하고 쓰러지는 마족. 다행히 늦지는 않았군. 나는 카이더스를 뽑으며 안도의 한숨을 내쉬었다.

"너…… 는?"

“오랜만이군요.”

집 안에 있던 세 사람. 마족에게 저항하고 있었던 듯 온몸이 상처투성이인 중년 사내와 두려움에 떨며 그런 그의 뒤에 숨어 있는 두 여인. 아니, 정확히 말하면 한 여인과 한 소녀이다. 전형적인 가정이랄까. 게다가 그들은 내게 매우 익숙한 이들이기도 하다.

“오, 오빠?”

“건영아?”

어안이 벙벙하다는 표정으로 나를 바라보는 시선들. 나는 카이더스를 문양에 집어넣어 버렸는데, 그때 무너진 벽으로 에일렌이 들어섰다.

“하아… 하아……! 아니, 왜 이렇게 서둘……. 응?”

집 안의 묘한 분위기에 이상함을 느낀 듯 눈을 동그랗게 뜨는 에일렌. 나는 한숨 쉬며 고개를 숙였다.

“오랜만입니다, 아버지, 어머니. 그리고 은영아.”

오랜만에 보는 얼굴. 그들은 내 가족들이었다.

『올마스터』 9권에 계속…